梅达格
胡同

〔埃及〕纳吉布·马哈福兹 著
郅溥浩 译

华文出版社
SINO-CULTURE PRESS

زقاق المدق

نجيب محفوظ

前　言

本书作者纳吉布·马哈福兹（1911—2006）是埃及现当代最负盛名的作家。在近半个世纪的文学生涯中，他已创作出各类长篇小说、中篇小说和短篇小说集五十余部。其中《宫间街》（1956）、《思宫街》（1957）、《甘露街》①（1957）三部曲，以强烈的现实主义批判精神和巨大的艺术感染力，形象地描绘出二十世纪初以来近半个世纪埃及社会的广阔历史画卷，蜚声埃及和阿拉伯文坛，被誉为"阿拉伯长篇小说之柱"。

1988年，马哈福兹获得本年度诺贝尔文学奖。这是用阿拉伯母语进行创作获得此奖的第一人，也是迄今为止唯一的一人。诺贝尔奖评选委员会在颁奖词中指出："他的中长篇小说和短篇小说的艺术技巧均已达到国际优秀标准，这是他融会贯通阿拉伯古典文学传统、欧洲文学灵感和个人艺术才能的结果。最重要的是可以把它们（指小说）当作作者对其生活环境深邃、睿智、几乎是预见性的评论。"

马哈福兹出生在一个中产阶级家庭，自幼受到良好的教育。他曾

---

① 三部作品的题目都是开罗街道的名字。

攻读于埃及大学（今开罗大学）文学院哲学系，大学毕业后在宗教基金部和文化部供职。他早期从古埃及历史中吸取题材，创作小说，如《拉杜比斯》等，借古喻今，表达埃及人民对英国殖民统治的不满。第二次世界大战期间，他创作了以城市，主要是以开罗为背景的四部现实主义小说《新开罗》《始与末》《梅达格胡同》《赫利勒市场》，通过对不同阶层形形色色人物的塑造和描绘，反映了埃及社会生活的方方面面，既有对社会不公和丑恶的揭露和摈斥，也有对美好人物和现象的讴歌。

马哈福兹是一位极富正义感的作家。1952年埃及"自由军官团"的革命成功后，他站在新政权的一边。他曾停笔一段时间，但社会的不公和存在的诸多问题，使他重新拿起笔。他用象征手法先后创作出《小偷与狗》《候鸟与秋天》《乞丐》《道路》等小说。他认为，在新的环境中，社会矛盾、冲突始终存在，还有人们普遍的苦闷、彷徨和失落感，表现和揭露这些矛盾、弊端，是一个作家义不容辞的职责。他的象征性作品，不仅在新的时代表现了新的内容，在艺术性和新的手法探索上，也取得可喜的成功。

他于1959年创作的小说《我们街区的孩子们》达到了创作的高峰。作品以开罗近郊一个街区为背景，现实中含着象征和寓意，表现了他对人类命运的关心和思索。小说描写杰巴拉维子孙后代不一，贫富悬殊，互相斗争。街区先后经历了几代人。马哈福兹以宗教为背景进行创作。小说中对事件的描写和对人物的塑造，寓意着人类社会某种发展和进程。诺贝尔文学奖评奖委员会授奖决定直言不讳地指出："非同寻常的小说《我们街区的孩子们》的题材，是对人类精神价值的永恒追求。亚当、夏娃、摩西、耶稣、穆罕默德，以及其他先知、使者，还有近代学者，都稍微改头换面地出现了。"颁奖词也说："他就像人类的一部精神史……"在作者看来，物质与精神，科学和信仰，应该是统一的。小说出版后，受到埃及文学界好评，认为它表现了人类的奋斗史。

有评论家认为,马哈福兹一生即使只写过这一部《我们街区的孩子们》,他也称得上是一位伟大作家。

马哈福兹的其他重要作品还有《平民史诗》《尼罗河上的絮语》《雨中情》《卡纳克咖啡馆》《自传的回声》,还有短篇小说集《安拉的世界》《名声不好的家庭》等。

马哈福兹的创作被分为不同阶段,写作手法也不断变化。时而具有传统的现实主义精神,时而具有很强的象征性,并大量运用意识流、内心独白、时空变化,既拓展了表现空间,又加深了小说的内涵。不落窠臼,独辟蹊径。后期小说由以往描写某个阶层、某个家庭,或某个街区的人物群像,到集中表现作为社会主题的个人,突出"人"的思维、意识、行为和追求。表现了对更高的人类精神价值的向往和求索。他的创作曾遭到一些个人和团体的攻击。但马哈福兹,这位品行谦恭、待人和善、默默耕耘的作家,在选择自己的创作道路时,表现得无比执着和坚定。

《梅达格胡同》创作于1947年,是马哈福兹一部有代表性的现实主义小说。主要写第二次世界大战末期开罗一条胡同里发生的事。二战中,埃及是英国在中东的重要战略基地,为盟军服务的"中东供应中心"就设在这里。埃及经济被纳入战时轨道,严重畸形发展。农业凋敝,物资匮乏,物价剧涨,劳动人民生活不断恶化,由此带来种种社会问题。这条胡同里住着各式各样的居民:理发匠、咖啡馆老板父子、面包铺夫妇、媒婆母女、牙医"博士"、女房东、小贩、虔诚的宗教徒、终日流浪的失意文人、给乞丐制造假残者,还有在胡同里开店的富商……这是一个典型的底层社会。故事就是通过这些人物之间错综复杂的关系以及他们与外界的联系展开的。作者通过哈米黛的堕落,阿拔斯的惨死,侯赛因的幻灭,以及对其他形形色色人物的行为、心理、道德和被扭曲的灵魂的描写,真实而形象地反映了当时埃及人民的苦难,揭露了种种丑恶的社会现象,对西方殖民主义者进行了控诉。

阿拔斯和哈米黛失败的爱情是作品的一条主线,但它不是小说的唯一情节。作者笔下的梅达格胡同里那些可爱、可怜、可悲的居民,全在这变化多端、光怪陆离的生活舞台上扮演着自己的角色。寓政治社会问题于风俗民情之中,正是这部小说艺术上的独特之处。小说结构紧凑、布局严谨,尤其对人物的刻画,更是神形逼肖,各具特色,表现出作者深厚的艺术和语言功力。

由于《梅达格胡同》在马哈福兹作品中的特殊地位,诺贝尔文学奖授奖决定中特别提到这部作品:"他作品的一系列事件表现了开罗的市民社会,并都发生在现代。属于这类作品的有《梅达格胡同》。一条胡同成了各式各样人物汇聚的舞台,真实地表现出了他们的心理状态。"

马哈福兹的作品已经译成多种外文出版,受到世界各国文学界的重视,并为许多学者所研究。他的小说在埃及曾多次改编为电影、电视和戏剧。曾在我国上映的《咖啡馆》便是根据他的小说改编的。

译　者
2017 年 6 月 11 日

第一章 / 001

第二章 / 015

第三章 / 023

第四章 / 029

第五章 / 039

第六章 / 047

第七章 / 057

第八章 / 065

第九章 / 073

第十章 / 081

第十一章 / 089

第十二章 / 099

第十三章 / 105

第十四章 / 113

第十五章 / 121

第十六章 / 129

第十七章 / 139

第十八章 / 145

第十九章 / 153

第二十章 / 165

第二十一章 / 175

第二十二章 / 181

第二十三章 / 191

第二十四章 / 207

第二十五章 / 215

第二十六章 / 223

第二十七章 / 233

第二十八章 / 239

第二十九章 / 249

第三十章 / 257

第三十一章 / 265

第三十二章 / 275

第三十三章 / 283

第三十四章 / 291

第三十五章 / 299

第一章

  好多事物可以做证，梅达格胡同是珍贵的古代遗迹之一，它在开罗值得骄傲的历史上，曾像明星般闪耀过光辉。我所指的是哪个朝代的开罗呢？法蒂玛王朝①？马穆鲁克王朝②？还是别的素丹王朝？这只有安拉和考古学家才知道。总而言之，梅达格胡同是一个遗迹，一个珍贵的遗迹。怎么不是呢？它那石板铺砌的路面，一直延伸到具有历史意义的萨那迪格胡同；它的闻名远近的卡尔什咖啡馆，墙上点缀着五光十色的阿拉伯壁饰；更何况，这条胡同年深月久，破旧不堪，散发出浓烈的古老香味，随着时光的流逝，这古老香味又成了今天与明天的馨香。

  虽然这条胡同与周围世界近乎隔绝，但它却按自己特有的方式生活着，喧闹着，而这种生活实质上是和普通生活联系在一起的。不仅如此，它还有不少不为人知的秘密呢！

  太阳西沉了，暮色笼罩着梅达格胡同，胡同显得更加幽深莫测。这条死胡同就像一只由三道墙壁组成的口袋，袋口直通萨那迪格胡同。

---

① 即埃及的什叶派哈里发王朝（909—1171）。
② 也叫奴隶王朝（1250—1517）。

沿着胡同，一边有一爿铺子，一家咖啡馆和一个面包铺；另一边有一爿铺子和一个公司代办处。再往上，就像它过去的光荣很快消逝一样，立即到了胡同的尽头，那里是两幢毗连的三层楼房。

白天的喧闹渐渐沉静下来，夜生活开始了。胡同里到处是人们轻声交谈和喃喃低语的声音："啊，安拉，我们的救助！我们衣食的来源！""啊，高贵的主！使人善终的主！一切全靠你的庇护！""大家晚上好！请吧，散心的时刻又到啦！""醒醒吧，格米勒大叔，铺子该关门了。""桑格尔，再给烟壶换一杯水①！""把炉子熄了，贾阿德。""噢，可把我憋死了！""五年来，我们尝够了躲警报和灯火管制的苦头，这都是我们自作自受！"

不过，有两爿铺子却一直到太阳落山后才关门。一爿是路口右边卖糕点的格米勒大叔的铺子，另一爿是左边阿拔斯·侯勒维的理发铺。格米勒大叔总是习惯地坐在他铺子门槛上的椅子里——或确切地说，他在沉睡，发出呼噜呼噜的打鼾声，怀里放着一把蝇拂，只有当顾客喊他，或是理发匠阿拔斯·侯勒维来逗弄他时，他才会醒。他肥胖得像一团肉，长衫下面露出像盛水的大皮袋似的两条小腿，长衫后面是像圆屋顶一般的臀部。事实上，他一坐下来，只有臀部中心是在椅子上，其余部分全都悬在空中。他长着一个水桶般的肚子，胸脯和女人的胸脯一样，高高耸起，人们看不到他的脖子，两个肩膀中间是一张红润的圆脸庞，面部的条纹差不多已经消失，因此几乎看不出他脸上的表情，也几乎看不到鼻子和眼睛。最上面，是一颗秃顶的小脑袋，颜色和身上一样白里透红。他一直在沉睡、打鼾，就像刚跑完一段路坐下休息的人；他常常是刚卖掉一块糕点，便又倒头进入梦乡。人们多次提醒他："你会突然死去的，那压迫你心脏的脂肪会断送你的性命！"他自己也跟着大家这么说。不过，死对他而言有何损害呢？他的一生不就是一场持续

---

① 阿拉伯国家的水烟和我国的不同，装水的是像壶一样的东西，通过皮管子吸烟。

不断的睡梦吗?!

阿拔斯的理发铺虽然不是很大,但在胡同中却算得上考究的,店里有一面镜子、一把座椅和其他理发用具。阿拔斯显得十分憔悴,中等身材,身体微微发胖,椭圆形的脸上嵌着一对大眼睛,金黄色的头发梳理得十分整齐。不知是否为了仿效高级理发师,他总是穿一身制服,系一条围裙。

他俩一直待在自己铺子里,直到理发铺旁的公司代办处的职工们下班陆续离去。公司代办处最后离去的总是老板赛里姆·阿勒瓦先生,身穿长衫和敞袍,大模大样向停在胡同口的四轮马车走去,然后矜持地登上车,肥胖结实的身躯填满了座位,他的唇边蓄着两撇塞加西亚式的胡子。这时,车夫用脚踩响车铃,发出清脆的声音,于是这辆一匹马拉的车子便经过奥里叶胡同,直向哈勒米叶胡同驶去。梅达格胡同中的两幢楼房的窗户,为了不让寒气入侵都已掩上,透过窗隙可以看见丝丝亮光。卡尔什咖啡馆里还亮着灯,电线上爬满了苍蝇,要不是散心的人们陆续来到这儿,整个梅达格胡同就完全阒然无声了。咖啡馆是一间陈旧的四方形房间,而墙壁四周却装饰着阿拉伯壁画,屋子除了年代久远和里面几张长椅外,并无光荣历史可言。门口,一个工人正靠墙装配一架半新收音机。几位顾客分散坐在长椅上,一面品着清茶,一面吸着水烟。离门不远的椅子上,坐着一个五十上下的男人,他身穿一件翻领长袍,脖子上系着一条有身份的人才系的那种领带,近视眼上架一副昂贵的金边眼镜,他把木屐脱在脚前的地上,像尊雕像似的坐着,一动不动,活像个木乃伊。他目不斜视,似乎世上只有他一人存在。这时,一个身体瘦弱的老人由一个孩子搀着左手,蹒跚地走进咖啡馆。岁月的流逝,已使他行动不灵,他右腋下夹着一把四弦琴和一个唱本,进门后,便向大家问好。随即朝屋中央那张双人椅走去,在孩子的帮助下坐稳。孩子在他身边坐下,四弦琴和唱本放在两人中间。老人开始做演唱前的准备,他仔细地观察顾客的脸色,似乎想寻找出他的到来在他们心中引起的反应,最后他的两道无神但却很急切的目光落在店伙计桑格尔身上。他不安地等待着,当时间等得过长,他感觉到伙计故意在冷落他时,便粗暴地大声喊道:

"桑格尔,端咖啡来。"

伙计看了看他,随即掉过脸去,一声不吭,对他的要求不予理睬。老人知道伙计是故意冷落他,这原在他的意料之中。不过,福从天降,恰在这当儿走进一个人,他听见老人的呼唤,看见伙计对他的冷落,便下命令似的对伙计说:

"快给诗人上咖啡,孩子……"

老人满意地看了看来者,伤感地说道:

"感谢安拉,布什博士。"

博士向他还了礼,在他旁边坐下。博士穿一件长袍,戴一顶便帽,跋一双木屐。他是一位牙科博士,不过他的医术是从生活中学来的,没进过医科学校或别的什么学校。起初,他在贾玛利叶胡同的一个牙医那儿做护理,不久,便熟谙此道。他对症开药是遐迩闻名的,虽然他最好的治疗方法大多数是把牙拔掉,而且,在他的流动诊所中拔牙也许是痛苦得难以忍受的,但这里价钱便宜,穷人只收一个基尔什[①],富人(当然是梅达格胡同的富人)也只收两个基尔什。假如拔牙时流血过多——这并不是很少有的事——他通常认为这是安拉的原因,而止血的工作也只好留给安拉了!他为咖啡馆老板卡尔什镶了一副金牙,只收了两埃镑。他在胡同和附近地区里自称博士,也许,他是第一个给自己封头衔的医生。

在博士的命令下,桑格尔给老人送上咖啡。老人把咖啡端近嘴边,吹了吹热气,便一口接一口呷了起来。喝完后,他把杯子放在一旁,此

---

① 埃及的小货币。

时才记起伙计对他的冷淡,于是狠狠瞪了他一眼。愤愤地说道:

"缺少教养……"

随后,他拿起琴,试试音色,避开桑格尔向他投来的愤怒的目光,弹起了序曲。二十年来,也许还更长些,卡尔什咖啡馆的人每天晚上都听这琴声。老人衰弱的身子随着琴声颤动起来,然后他清清嗓子,吐了一口唾沫,开始赞颂先知和安拉,大声唱道:

今天以赞颂先知起始,

阿拉伯人的先知、阿德南①族的好儿子。

艾布·赛尔德·宰那蒂说

"别唱了!难道就没新词儿……"

一个声音粗暴地喝道,打断了他的弹唱,咖啡馆老板走了进来。

老人抬起无神的眼睛看了看卡尔什老板,又高又瘦的身躯微微战抖,脸色发白,两只似睡非睡的眼睛痛苦地呆望着。他犹豫了一会儿,似乎不相信自己的耳朵,

便装作没听见,又大声唱道:

艾布·赛尔德·宰那蒂说……

但老板又不耐烦地厉声喝道:

"还使劲唱哩?!得了!得了!难道我没在一周前警告过你吗?!"

老人的脸略露愠色,用责备的口吻说道:

"我看你大麻烟吸多了吧,为什么单拿我开刀?"

老板怒冲冲吼道:

---

① 阿德南,阿拉伯人的祖先之一。阿德南人指北方的阿拉伯人。

"我脑子清醒着哩,老糊涂!我知道我该做什么!假如你那肮脏的舌头再骂我,你以为我还会让你在我的店里弹唱吗?"

老人口气缓和了,想获得发怒的老板的怜悯,说道:

"这也是我的店嘛!二十年来,难道我不是这店的诗人?!"

卡尔什老板走到钱箱后面他的老位置上坐下,说:

"你的那些故事,我们都能背下来了,不用再唱了!眼下人们需要的不是诗人,顾客老早就要我装一架收音机,这不就在装吗?我们干我们的,至于你的生计,托靠安拉吧……"

老人脸色陡变,不禁开始万分悲哀,在度过多年的体面日子后,卡尔什咖啡馆成了他唯一的立足之处,或者说是他唯一得到生活来源的地方。不久前,盖勒阿咖啡馆也下了逐客令。经过漫长的岁月,生计突然中断,如今,他将以什么为生呢?他再将这弹唱艺术传授给可怜的儿子还有什么用?这玩意儿现时已不吃香,未来会是怎样?他儿子的命运如何?他感到失望,老板脸上毫不妥协的神情,更加深了他的这种感觉。他说道:

"请息怒,卡尔什老板。迁徙的故事①常听常新,收音机里是决计唱不出的!"

但老板陡然回答他:

"这是你的说法,顾客们可不这么看。你别毁掉我的家,如今一切都变了!"

老人失望地说:

"难道你没听说,自从有了先知②——向他祝福和致意——的时代起,这些故事就是百听不厌的吗?"

---

① 指穆罕默德于公元622年9月由麦加迁徙到麦地那。
② 伊斯兰教对直接得到或通过天使、做梦等得到安拉"启示"的人的称谓。这里指穆罕默德。

卡尔什老板使劲地敲打钱箱，吼道：

"我对你说了，如今一切都变了！"

这时，那位身穿翻领长袍、系着考究领带、戴金边眼镜、一直僵坐在那儿的人动了动身子，抬起双眼，望着天花板，像要将五脏六腑倾吐出来似的，自言自语地说道：

"唉，一切都变了。是的，一切都变了，先生！除了我的心至今还爱着阿米尔家族外，一切都变了……"

他缓缓低下头，左右摇动着身体，随后渐渐恢复平静，又像先前那样僵坐在那儿出神，熟悉他的人谁也没有瞥他一眼，只有老人求救般地向他走去，带着希望的口吻说道：

"你愿意看着这事发生吗，达尔维什长老？"

然而，长老一言不发，他还没有从沉思中回过神来。这当儿，又走进一个人，人们对他投以尊敬和爱戴的目光，热切地回答他的问候。来人是利德瓦·侯赛因先生，他外表威严，一件宽大的黑色斗篷裹住了魁梧的身躯，他有一张白里透红的宽脸庞，蓄着两撇褐红色的胡须，额头闪闪发亮，一副光彩照人、宽容自信的神情。他微低着头，迈着缓慢的步子，嘴角含着微笑，显示出对人们和整个世界的热爱。他在诗人身旁的一个位子上坐下，诗人立即对他表示欢迎，并向他倾诉苦衷。利德瓦先生把耳朵凑过去听他诉说，他明白诗人要讲什么，他曾多次劝说卡尔什老板，不要驱逐诗人，但都无效。诗人诉完苦衷，他当即好心地表示要为诗人的儿子找个谋生的职业，随后他又拍拍诗人的肩膀，附在耳边慷慨地说："我们全都是阿丹①的子孙，如果需要，你就来找兄弟我，一切资财，全属安拉，一切功德，也全归安拉。"说完这话后，他那俊秀的面庞越发显得容光焕发，就像高尚的人行善后变得愈加高尚一样。他常常希望，在他的一生中天天都做好事，或者是没有一天因遭到人们的

---

① 《古兰经》故事中人类的始祖。

责备而闷闷不乐地回家。他的乐善好施和宽容大度,使他显得像一个腰缠万贯的富翁。实际上,他只有胡同里靠右边的一幢三层楼房和马尔吉①的几费丹②地。在那幢楼上,住着他的房客:第三层住着卡尔什老板,第一层住着格米勒大叔和理发匠阿拔斯。他是一个心地善良、容易和人相处的房东,出于对普通房客的同情,他甚至不收一楼住户应当多缴的那部分房租,而这在特别军法中都有明文规定的。他在居住的地方和所到之处,都表现出他的善良和恻隐之心。他的生活,特别是早期的生活,充满了失望和痛苦。他在爱资哈尔大学求学以失败告终,虽然度过了漫长的学习岁月,却未能获得学士学位。他还遭到了失去孩子的不幸,尽管他有过好几个孩子,可一个也没活下来。他备尝了人生的痛苦,心中充满失望,两眼时时流露出惊慌、烦躁的神情,有好长一段时间,他心灰意懒,意志消沉。不过,在极度悲伤中,信念却使他走向了爱的光明,他的心不再悲痛,而是变得慈爱、乐观和坚韧。他把世间一切忧愁踩在脚下,他带着他的心振翅飞翔,把爱普施给所有的人。生活越是艰难,他变得愈加坚韧和慈爱。一天,人们看见他为自己的一个孩子送葬时,容光焕发地吟诵《古兰经》。人们安慰他,劝他节哀,他却微笑着,用手指指天空说:"安拉能给予,也能收回。一切听从安拉的安排,一切听从安拉的安排。悲伤是对安拉的亵渎。"他反倒成了抚慰者。因此,布什博士评价他说:"有病时找利德瓦先生,他会使你身体健康;失望时找利德瓦先生,他会使你充满希望;忧愁时找利德瓦先生,他会使你笑逐颜开。"

  诗人得到一丝安慰,表示满意。随后,他离开座位,孩子把四弦琴和唱本收好,跟在他后面。诗人握了握利德瓦·侯赛因的手,同时向在座的人招呼致意,却故意不理睬卡尔什老板。然后以鄙夷的目光,看了

---

① 阿拉伯文的原意是草原。
② 埃及面积单位。1费丹等于4200平方米。

看那快装配好的收音机,突然把手伸给孩子,由孩子扶着走出咖啡馆,一会儿便从人们的视野中消失了。此时,达尔维什长老又恢复了活力,扭头看着老人和孩子离去的方向,感慨地说道:

"诗人走了,收音机来了,这便是安拉创造的规律。过去,我记得历史上——历史的英文是 History……"他把字母一个一个分开来,读成了 H i s t o r y。

话音未落,阿拔斯和格米勒大叔在关了铺子后,一前一后跨进咖啡馆。阿拔斯走在前头,面孔经过修饰,容光焕发,金黄色的头发梳理得整整齐齐;格米勒大叔跟在后头,摇摇晃晃,活像一乘大轿子,艰难地挪动着脚跟。他俩向人们道过安,并肩坐下,每人要了一碗茶。刚坐下来,两人便谈个不休。阿拔斯说道:

"大家听着:我的朋友格米勒大叔向我诉苦,说他随时都可能死去,如果死了,他连下葬的钱都没有……"

在座的人中间有人嘲讽地说道:

"穆罕默德的民族总是安然无恙的。"

又有人说:

"他有的是糕点,那钱足够为整个民族下葬的了。"

布什博士对格米勒大叔笑道:

"你老是说你会死,向安拉起誓,说不定我们全都会由你来下葬呢!"

格米勒大叔像孩子般天真地大声说道:

"敬畏安拉吧,老兄!我可是个可怜的人……"

阿拔斯继续说:"格米勒大叔的话使我不安,他的糕点对我们都有好处,这是大家公认的。而我已给他买了一套寿衣,存放在一个可靠的地方,准备在那不可避免时刻到来时所用。"他转向格米勒大叔,"这秘密我瞒了你好久,今天当众宣布,好让大伙儿做证……"

不少人流露出欣喜又故作严肃的神情，以便让一向轻信的格米勒大叔相信。他们赞扬阿拔斯的慷慨和仗义："正是他的美德，不管是他喜欢的人，还是和他居住在一起的人，他都同他们和睦相处，就像同胞手足那样。"就连利德瓦·侯赛因先生也对他露出满意的微笑。格米勒大叔真诚而惊讶地看着面前的这个小伙子，问道：

"你说的是真话吗，阿拔斯？"

布什博士说道：

"格米勒大叔，你还怀疑啥？你朋友说的事我都知道，我亲眼看见过那套寿衣，那可是值钱的上好寿衣啊，我也真想有一套呢！"

此时，达尔维什长老第三次转动身子，说道：

"好运气，寿衣可是后世的点缀啊。格米勒，在未死之前，你先穿上它享受享受吧。以后你会变成虫子的好食料的，你那像糕点一样的酥肉喂给它们吃，它们越吃越肥，会变成青蛙那么大，青蛙的英文是Frog……"他把字母一个一个分开来，读成了Ｆｒｏｇ。

格米勒大叔相信了，他向阿拔斯询问寿衣的料子、颜色和件数。然后长时间地为他祝福，满心欢喜，不停地赞颂安拉。这时，门口走过一个青年，高声向大家问候：

"晚上好！"

然后他马上朝利德瓦·侯赛因的楼房走去。这青年是咖啡馆老板卡尔什的儿子侯赛因·卡尔什。他二十岁上下，像父亲一样，皮肤黝黑，身材颀长，富有表情的面庞显示出聪慧和活力，他穿一件蓝色羊毛衫，深色长裤，戴一顶便帽，蹬一双大皮靴，表示出他在英国军队服役享有良好的待遇，许多人向他投来赞赏和羡慕的眼光，他的好朋友阿拔斯邀他进咖啡馆，但他却婉言谢绝，继续朝前走去。

整个胡同隐没在夜幕中，只有咖啡馆的灯还亮着，灯光在门前地面上照出一个四方形的亮框,并且映照到对面代办处的墙上。两幢楼房窗户后的亮光接连着熄灭。咖啡馆里,散心的人们在玩着多米诺骨牌和库米牌。达尔维什长老仍茫然地坐在那儿一动不动,格米勒大叔头耷拉在胸前,昏昏欲睡,桑格尔精力充沛地来回奔走,添茶续水,不时将硬币扔进钱箱。卡尔什老板发涩的两眼不停地盯着他,他感到大麻烟的余劲儿在肺中发生作用,于是沉浸在愉快的享受中。夜深了,利德瓦·侯赛因离开了咖啡馆。一会儿,布什博士也起身向第二幢楼房的底层走去。随后,阿拔斯和格米勒大叔也相继离去。座位越来越空,到了午夜,咖啡馆里只剩下三个人:老板、伙计和达尔维什长老。这时,卡尔什老板的几个同行朋友打从这儿经过,全都上了建在利德瓦·侯赛因家屋顶上的木屋里,大家围坐在炉火旁,开始那新的夜生活,直到东方发白。此时,桑格尔对达尔维什长老说道:

"已经后半夜了,达尔维什长老……"

长老似乎这才回过神来,缓缓取下眼镜,用长袍的一角擦拭干净,然后重新戴上,整了整领带,站起身,趿上木屐,一声不吭走出咖啡馆。木屐碰击胡同路面的响声,划破了夜晚的宁静。茫茫夜色,万籁俱静,大街小巷,空无一人,长老拖着脚步,毫无目的地笔直朝前走,不久便消失在夜幕中。

达尔维什长老年轻时是宗教基金部一所学校的教员,而且还是英文教员,他工作勤奋努力,运气也不错,还有一个幸福的家庭。学校并入教育部后,像许多不具有高等学历的人一样,他的情况发生了变化,成为宗教基金部的一个小文书,由六级降为八级,薪水也减少。自然,他为自己的命运忧伤不已,并尽可能表示反抗,有时是公开的,更多的时候则是痛苦地把怒火压在心底。他多方努力,投递报告,求助上司,诉说他家庭负担重,处境艰难,但都不见成效。他的精神受到极大刺激，不得不失望地屈服于命运。在部里，他以爱发牢骚、桀骜不驯、神经过敏而出名，几乎每天都要和人争吵，并且十分自负，鄙视同人。他只要和人发生争吵——这是常有的事——总要趾高气扬地跟人讲英语，如果对方也对他讲英语表示抗议，他便鄙夷地吼道："先去学习学习，再来跟我说吧！"不过，他所反对的和争吵的对象主要还是上司。而上司一方面出于对他的同情，另一方面为了避免受到他的伤害，对他总是客客气气的。因此，他除了有时被警告几句外，还未受到过惩罚，依旧三天两头和人争吵，以后竟变得越发目空一切。一天，他别出心裁地用英文书写文件，他在解释他的动机时说，他是一个有专长的职员，与其他文书不同。局长不得不下决心严厉地对付他，辞掉他的工作。然而，他比局长的决心下得更快。一天，他要求会见副局长，于是达尔维什先生——像当年称呼的那样——从容不迫地走进副局长办公室，与他互致敬意后，便先发制人，以高傲的口吻说道：

"局长阁下，安拉已选定了他的仆人。"

副局长要求他解释此语的含义，他便一本正经地说道：

"我是安拉的使者，给你送来一名新职员。"

于是，他在宗教基金部的生活结束了，与这个他曾是其中一员的社会机关从此断绝了联系。他离开了亲人和朋友，像他所说的，走向了安拉的世界，往昔只给他留下了一副金边眼镜。在新的世界中，他既无朋友，又无金钱，更无住房。他的生活证明了一点，在这疮痍满目的世界中，有些没有住房、金钱和朋友，也没有忧愁、烦恼和要求的人，艰难挣扎，是能够生存下来的。他们不会挨饿，不会赤身裸体，也不会到处流浪。他们会处于一种从未有过的平静、安宁和愉快的生活中。如果说他失去了家庭，那么整个世界就是他的家；如果说他领不到薪水，那么他从此就不用与金钱发生关系；如果说他失去了亲人、朋友，那么所有的人都是亲人和朋友。他的木屐坏了，会有人给他一双新的；领带破了，会有人送他一条新的。他走到哪儿，人们都欢迎他，尽管他神情木然，只要一天不去咖啡馆，卡尔什老板就会亲自去找他。虽然如此，他并未像人们通常以为的那样，表现出预卜未来、创造奇迹的能力。他不是木然地一声不吭，就是随心所欲地说些不着边际的话。然而，他仍然招人喜爱，人们都因他在场而感到愉快和吉祥。人们都说他是安拉派到人间的圣徒，并启示他懂得阿拉伯语和英语两种语言。

第二章

　　她不是用挑剔者的目光望着镜子，确切地说，她是用满意的神情照着镜子。镜中是一张清瘦的瓜子脸，脸上的眉毛、眼睛、两颊和嘴唇都经过了一番修饰。她对着镜子左照右看，一边梳理发辫，一边用几乎听不见的声音自言自语道："这脸蛋还算漂亮，凭安拉起誓，还算漂亮！"真的，从出世到现在这张脸已经快有五十年了，半个世纪的时间，世界是绝不会让任何一张脸一成不变的。她身材苗条，或者照胡同里女人们的形容，是干瘦的。胸部平平板板，不过，一件好的连衣裙便会把这遮掩过去。这个女人是赛尼娅·阿菲菲太太，胡同里第二幢楼房的女房东，布什博士就住在这幢楼房的第一层。今天，赛尼娅太太正准备去叩二层楼房客乌姆·哈米黛的门。平常，她很少到谁家去拜访，也许只在月初收房钱时才会上乌姆·哈米黛的家。不过，内心深处的一种新的动机使她前去拜访乌姆·哈米黛成了一次重要的行动。她离开房间，走下楼梯，心中暗暗祝愿："主啊，让我实现愿望啊！"她用瘦细的手敲敲房门。哈米黛把门打开，脸上露出不自然的微笑，对她表示欢迎，把她让进客厅，随即便去叫她的母亲。这是一间小巧的屋子，面对面摆着两张老式沙发，中间有一张旧木桌，上面放着一个烟灰缸，屋子的地上铺着席子，没等多久，乌姆·哈米黛便疾步走了出来，她已换下了在家里穿的筒裙，两人互相问候，并彼此亲了亲面颊，然后并肩坐下来。乌姆·哈米黛开口说道：

"欢迎，欢迎，赛尼娅太太，你的来访犹如先知光临。"

乌姆·哈米黛中等身材，年已花甲，但体格健壮，两只眼睛有点儿往外突，两颊上散布患天花后留下的麻点。她嗓音尖厉，这是她与女邻居们发生争吵时的第一件武器。显然，她不欢迎赛尼娅来访，因为房东太太的访问，结果往往代表着凶多吉少，不过，她竭力自持，应付各种情况，是吉是凶，只好听之任之，反正两种情况她都有办法对付。由于职业特点——媒人和澡堂女仆人，她具有敏锐的观察力，健谈，而且讲起话来没完没了，随口能说出本地每个人和每个家庭的逸闻和趣事，她还是个传播丑闻——这是主要的——的女史学家，一部人们隐私的活百科全书。她要与往常一样，通过嘴巴来表示对这位女客人的欢迎，她不断颂扬她，向她讲述胡同内外一系列新闻：你知道卡尔什老板的新丑闻吗？跟前几次一样，他老婆得到消息后与他闹得不可开交，撕坏了他的大衣；面包铺老板娘哈丝尼娅昨天揍了她男人，把他打得头破血流；善良虔诚的利德瓦·侯赛因狠狠地训斥他老婆，他为什么要这样对待她呢？他是个和蔼可亲的男人——假如他妻子不是个行径恶劣的女人的话；布什博士在一个隐蔽的黑洞里猥亵了一个小女孩，被一个可敬的人揍了一顿；木材商马瓦尔迪的女儿与店伙计私奔，她爸爸已经报告了有关部门；卡夫拉维面饼店出售偷工减料的面饼，等等。

赛尼娅心不在焉地听着，因为她一直在考虑她为之而来的那件事，她下定决心无论如何一定要亲自提出这件考虑已久的事，不过，她还是先与对方敷衍，等待适当的时机。当对方问她"近况如何"时，她认为时机已到，便皱了皱眉头说：

"我感到太劳累了，乌姆·哈米黛太太。"

"劳累？愿安拉保佑你平安！"

乌姆·哈米黛睁大了眼睛，似乎感到惊诧。

哈米黛这时走进了屋，赛尼娅太太停了停，等她将盛着咖啡的托盘摆在木桌上，又回到里屋后，才不安地说：

"是啊，乌姆·哈米黛，十分劳累！难道收房租不是一件劳累的事吗？你想想，像我这样一个女人，站在一个陌生男子面前，向他要房钱……"

说到收房租，乌姆·哈米黛禁不住心怦怦乱跳起来，她用遗憾的口气说道：

"你说得对，赛尼娅太太。愿安拉襄助你。"

不过，她脑子里突然闪出一个重大疑问：赛尼娅太太为什么老是诉说她劳累？她记得，她已不止一次听见这样的话了；已经是第二次或第三次了，而且不是在月初来访的时候。出于职业习惯，她产生了一个连自己都感到惊愕的念头，在这种问题上，她的本领是特别高明的，她决心旁敲侧击，探测一下这位来访者的目的，于是别有用心地说：

"这都是你孤身一人造成的，你是个独身女人，赛尼娅太太！在家里是孤身一人，在路上、在床上也是孤身一人，你不想摆脱这种孤独生活吗？"

这话正合赛尼娅太太的心意，她从心底感到高兴。她掩藏住内心的喜悦说：

"叫我怎么办呢？我的亲戚都拖家带口的，我除了待在家里，哪儿都不愿去。感谢安拉让我离开所有的人。"

乌姆·哈米黛狡猾地看着她，同时开门见山地说道：

"万赞归于安拉。不过，请告诉我：你为什么要过这么长时间的独身生活？"

赛尼娅太太的心不禁战抖起来，她发现自己已经面对着她希望谈

及的问题,然而她叹息着,假装烦躁不安地说:

"我已经尝够了结婚的苦头!"

赛尼娅太太年轻时曾和一个香料商店的老板结婚,然而婚后并不幸福。丈夫虐待她,侵吞她的财产,搞得她不得安宁。十年前,丈夫去世,她成了寡妇。这么多年她一直孤身一人,因为她——照她自己的说法——对夫妻生活感到厌恶。这话倒并不是她为了掩饰男性对她的忽视而说的谎言,她确实对夫妻生活感到厌恶,她为重新获得自由和安宁而高兴。很长时间里,她不愿谈起婚姻两字,对自由自在的生活感到满意。后来,随着岁月的流逝,这种情绪渐渐消失了,如果有人主动向她求爱,她还想重新试试运气。开始,她还时常抱着希望,但数年后,她不得不感到失望,于是她摆脱那些虚幻的希望,又满意地过她的独身生活。人的生活中必须有寄托有希望、使生活变得有意义的事,即便它是虚幻的、荒诞的。赛尼娅太太在失望中找到了她的寄托。幸而,她并不缺乏像她这种独身女人的爱好,她喜欢喝咖啡、吸烟、收集新钞票。对后者,她本来就有一定兴趣,她曾是储蓄所的一个办事员。如今,老兴趣变成了新爱好,而且兴趣越来越浓。她将新钞票放在一个小象牙盒中,藏在衣柜底层,五镑的扎成一扎,十镑的扎成一捆,不时取出来看看,翻来覆去清点,然后再整整齐齐地放好,从中得到乐趣。由于纸币不像硬币那样会发出响声,所以她避免了许多灾祸。胡同里的小偷尽管十分狡猾,却没有一个人知道她有这些钞票。她在她的金钱世界中得到安慰,并找到她独身的理由,她常常自言自语道:"哪个男人能像我死去的丈夫一样,配获得这些金钱?谁配在一瞬间花掉我这么多年积累的心血?"尽管如此,只要她心中掠过结婚的念头,所有这些理由和担心全都会荡然无存。不管是有意还是无意,乌姆·哈米黛要对她这一奇异的转变负责,因为她跟赛尼娅讲过,她帮助一位老寡妇找到了丈夫。赛尼娅经过仔细考虑,认为她也可以这样,这想法很快就控制了她，以至于不能自制。她曾以为，她已经忘掉了结婚，可突然发现，结婚才是她真正的追求，这是金钱、咖啡、香烟、新钞票所不能代替的。她不禁担忧地自问："我怎么让宝贵的年华白白地浪费掉？怎么孑然一身度过了十个年头？转眼间已近五十岁了，这简直是发疯！"她把责任归于死去的丈夫，决心补偿丈夫给她造成的损失。如果可能，今天就行动，而不是等到明天。

媒人机敏而轻蔑地听了她故作姿态的感叹，心里想道："这女人，干吗玩弄心计？"然后用责备的口吻对她说道：

"别把事情看得那么严重，赛尼娅太太！如果说你的第一次婚姻运气不好，那么，新的幸福婚姻到处在向你招手……"

赛尼娅太太将咖啡杯送回盘子里，一边表示感谢，一边说道：

"如果命运不济，聪明人是不应与之抗争的。"

乌姆·哈米黛表示异议道：

"这是什么话呀，聪明的太太？你应当结束独身生活，应当结束了。"

赛尼娅太太用左手拍了一下平板的胸脯，假装否定道：

"瞧你说的！难道你想让别人把我说成疯子？！"

"你指的是哪些人呢？比你年纪大的人结婚的每天都有。"

赛尼娅对"比你年纪大的人"一词感到很不舒服，便低声说道：

"我并不像你想象的那么大……让安拉诅咒不愉快的事儿。"

"你这是说到哪儿去了，赛尼娅太太？你现在还很年轻，对此我从没怀疑过。我指的是忧愁，就是你自寻烦恼、备受折磨的那种忧愁。"

赛尼娅太太感到高兴，但她仍想扮演被迫接受，而不是主动提出结婚的角色。她犹疑了一会儿，问道：

"过了这么多年独身生活再结婚，人们不会谴责我吗？"

乌姆·哈米黛暗暗想道："那你找我干吗？"随后又对她说道：

"这是合法的，人们怎么会谴责你？你是一位聪明、高贵的太太，这是大家都承认的。亲爱的，婚姻是半个宗教。安拉智慧地制定了它的法则，先知——向他祝福和致意——又对它做了训示。"

赛尼娅太太虔诚地接着说道：

"向安拉的先知祝福和致意！"

"怎么不是呢？亲爱的。先知是阿拉伯人，安拉又极喜欢他的仆人。"

赛尼娅太太抹着脂粉的两颊掠过一阵红晕，内心感到一阵喜悦。她从烟盒里掏出两支香烟，说道：

"谁愿意和我结婚呢？"

乌姆·哈米黛把弯着的左手食指顶在眉心上，安抚赛尼娅太太道：

"一千零一个男人都愿意和你结婚。"

赛尼娅太太开怀大笑，说道：

"有一个男人就足够了……"

乌姆·哈米黛充满自信地说：

"所有的男人心里都愿意结婚。对婚姻不满意的、差不多全是结过婚的男人。许多想结婚的单身汉，只要我对他们说'我给你找个新娘子'他们眼睛里就会闪出光芒，就会掩饰不住内心的喜悦，焦急地问我：'真的吗？是谁？在哪儿？'男人需要女人，即使他瘫痪在床上也一样，这是安拉智慧的表现。"

赛尼娅太太满意地点点头说：

"安拉的智慧真是伟大。"

"是啊，赛尼娅太太，所以安拉才创造了世界。安拉可以使世界上全都是男人，还可以使世界上全都是女人，但他还是创造了男人和女人，并赋予我们智慧，理解它的用意，因而结婚就不可避免了。"

赛尼娅太太喜形于色，柔声说道：

"你的话像蜜一样甜,乌姆·哈米黛太太。"

"愿安拉使你生活快乐,用美满的婚姻温暖你的心。"

赛尼娅太太受到鼓舞,说:

"托安拉的福,也托你的福。"

"我是个有福之人,感谢安拉。我牵线搭桥的婚姻是不会破裂的。经我之手建起了多少家庭,现在有了多少孩子,使多少颗心得到了幸福。愿你依靠安拉,也依靠我吧!"

"你的恩德是不能用金钱报答的。"

乌姆·哈米黛暗暗想道:"不,不,赛尼娅太太。应该用金钱来报答,用很多金钱。把你的储蓄箱打开,给我钱,别再小气了……"然后,她像做完准备工作转入正题的办公人员一样,用严肃的口吻问道:

"我想你是喜欢年纪大的男人吧?"

赛尼娅不知如何回答是好。她并不希望和青年人结婚,与青年人结婚对她是不适宜的,但她对"年纪大"几个字也不高兴。通过交谈,她对乌姆·哈米黛已感到亲切和随便,已经可以一边笑着掩饰她的不安,一边说出这样的话:

"我封过了斋,开斋时却让我吃葱头?!"

乌姆·哈米黛听后哈哈大笑,笑得前俯后仰,嘴都合不拢,使人感到有点儿害怕。她更加相信眼下正洽谈的这笔交易的可贵,便狡黠地说:

"你说得对,赛尼娅太太。经验告诉我,最幸福的婚姻是妻子的岁数要比丈夫大,三十或三十出头的男人,对你再适合不过了。"

赛尼娅太太惴惴不安地问道:

"人家会同意吗?"

"会同意的,会同意的。你是一位既漂亮又有钱的太太。"

"能避免产生恶果吗?"

乌姆·哈米黛皱了皱她的麻脸皮，摆出一副严肃、认真的神情说：

"我将对他说：一位年近五十的太太，没有孩子，没有公婆，知书识礼，人品出众，在哈姆扎维街拥有几家店铺的房产，在梅达格胡同有两层楼房。"

赛尼娅太太笑着纠正她，她以为她是无意间说错了话：

"是三层楼房。"

但乌姆·哈米黛反驳她说：

"只有两层，因为我居住的那一层，只要我活着，你就永远不会再收房钱的。"

赛尼娅太太高兴地说：

"我愿为你献出一切，乌姆·哈米黛太太！"

"愿你珍重。安拉总是普降恩惠的。"

赛尼娅太太摇摇头，故作惊诧地说：

"多滑稽呀！我来你这儿不过随便坐坐，结果却谈成了这么档子事儿！出门时我都快成新娘子了！"

乌姆·哈米黛也故作惊诧地迎合她，笑道：

"这都是安拉的意愿！一切事情不全都托他的襄助吗？"

其实，她内心却想道："这女人真不害臊，你以为你的花招能瞒得过我吗？"

赛尼娅太太兴高采烈地回去了，同时心里嘀咕道："终生占用我一层楼房，这贪心的女人！"

第三章

赛尼娅太太离开后,哈米黛走进客厅,开始梳理她乌黑的长发,发中散发出浓郁的头油味。母亲看着姑娘快拖到膝间的黑发,不禁惋惜地说道:

"多可惜,怎么能让虱子爬在这漂亮的头发上呢?!"

姑娘长长的睫毛下,一双乌黑的眼睛睁得大大的,闪射出坚定、有力的光芒,她高声说道:

"虱子?以先知起誓,梳子上一共才两只虱子!"

"你忘了两个礼拜前我给你梳头时共掐死了二十只!"

姑娘漫不经心地答道:

"我已经有两个月没洗头了……"

她坐在母亲身旁,继续用力地梳着头发。她芳龄二十,中等个头,身材苗条,紫铜色的皮肤,一张招人喜爱的鹅蛋脸,焕发出青春的魅力。最引人注目的是她那双乌黑迷人的眼睛。她紧闭薄薄的嘴唇,怒目而视时,有一种女性很少有的刚强。她常常发怒,以至整个梅达格胡同的人都不敢轻视她。她母亲虽然以泼辣著称,也不得不防备她三分。有一次母女俩争吵时,母亲对女儿说:"安拉绝不会让你找到男人的。

哪个男人愿意把一盆炭火搂在怀里?!"她还不止一次说过,她女儿发怒时一定是疯了。她把女儿称作"五旬热风"①。虽然如此,她还是非常喜欢她。而实际上,她并不是她的生母。她的生母是和乌姆·哈米黛一起卖催肥药的,在困难的条件下,她们共同租赁了梅达格胡同的这层楼房。后来她死去了,留下一个待哺的婴儿,于是乌姆·哈米黛收养了她,把她托给咖啡馆卡尔什老板的妻子,与老板的儿子侯赛因·卡尔什一同哺乳,因此哈米黛与侯赛因是同乳兄妹。

哈米黛继续梳她乌黑的头发,像往常一样等待着母亲对来访和来访者的评论。谁知,母亲却迟迟不开口,她忍不住问道:

"这么长时间,你们都说些了什么呀?"

母亲鄙夷地笑笑,低声说道:

"你猜猜?"

姑娘关注地说道:

"要求增加房租?"

"要是那样,她出这门就得被医护人员抬在担架上。她是来要求减少房租的。"

哈米黛几乎喊了起来:

"她发疯了?"

"对,发疯了。不过,你还是猜猜吧……"

姑娘吐了口气:

"猜不着。"

乌姆·哈米黛抬了抬眉毛,挤挤眼睛说:

"你的房东太太想结婚!"

姑娘吃惊地问道:

"结婚?"

---

① 指埃及3月中旬至5月上旬间刮的热南风。

"对，她想找个年轻人。唉，我真替你着急，倒霉的姑娘，至今没人向你献殷勤。"

姑娘瞪了她一眼，边梳头边说道：

"哼，会有好多人的！你才是个没出息的媒婆，现在倒想来掩饰你的无能。我有什么错？但你，正像我说的，是个没出息的媒婆。你倒应了一句俗语：'木匠的房子没门儿……'"

乌姆·哈米黛笑道：

"要是赛尼娅太太都能结婚，别的女人更不用发愁。"

然而，姑娘却盯住她愤愤地说：

"我才不围着结婚打转呢，正相反，一般的婚姻我还不屑一顾呢。"

"那当然，骄傲的公主！"

姑娘不理会母亲的嘲讽，而是用同样激烈的口气说道：

"难道胡同里有谁值得我考虑的吗？"

实际上，乌姆·哈米黛并不担心姑娘嫁不出去，她不怀疑她俊美的长相，但对她的高傲自负却常常忍不住发火。她生气地说道：

"你别咒骂胡同里的人，他们全都是这世上的主人。"

"都是你那个世上的主人。他们中间没有看得上的人，说真的，只有一个人还值得考虑，可你们让他成了我的兄长！"

她指的是同乳兄弟侯赛因·卡尔什。她母亲听了这话不安起来，便生气地责备她说：

"你怎么能说这种话？我们没有使他成为你的兄长，我们没有能力给你创造一个哥哥，或者创造一个妹妹。但你们是同乳兄妹。"

姑娘却放荡地讲起来：

"难道当时不可能是他吮一个奶头，我吮另一个奶头吗？"

母亲在她背上捶了一下，吼道：

"该死的，让安拉惩罚你！"

姑娘鄙夷地说道：

"整个胡同里没有看得上的人！"

"好像你就该嫁个大职员似的！"

姑娘挑衅地问道：

"职员又不是神！"

母亲叹了口气：

"唉，但愿你不那么高傲！"

她学着母亲的口吻说道：

"唉，但愿你公正点儿，哪怕一生就这么一次！"

"让你吃饱喝足了都得不到感谢！你不记得为了一件连衣裙，你是怎么跟我饶舌的？"

哈米黛感到意外地说：

"连衣裙还是件小事吗？没有好衣服穿，活在世上还有什么意思？一个姑娘如果没有漂亮的衣裳来打扮，还不如死了的好！"

她叹了口气，接着说道：

"你要是看看工场的女工，看看上班的犹太姑娘就好了，她们全都打扮得花枝招展！要是想穿的衣裳穿不到，还活着干什么？"

母亲也怒气冲冲地说道：

"你看工场女工、犹太姑娘都看馋了眼，安不下心来了！"

她没理会母亲的话。此时，她已结完发辫，从袋里取出一面小镜子，放在沙发扶手上，站在前面，微微弯下腰，照了照脸。然后带着自我欣赏的口吻咕哝道：

"唉，不幸的哈米黛，你为什么要生在这条胡同里？为什么你母亲是个不识珍珠和泥土的女人？"

她走到俯瞰胡同的唯一的一个窗户跟前，将两扇打开的窗户关得只留五六厘米的空隙，然后把手放在窗台上，向下环视着胡同的每一个地方，同时带点儿嘲讽地自言自语道：

"你好啊，欢乐而幸福的梅达格胡同！愿我和你的伟大居民们长存！啊，多美好的景致，多壮观的人群！我看到了什么？这是面包铺老板娘哈丝尼娅，像个麻袋包，坐在铺子门前，一只眼睛看着面饼，一只眼睛盯着丈夫贾阿德，可怜的贾阿德小心翼翼地干活儿，生怕老婆冷不防给他一阵拳打脚踢；这是咖啡店老板卡尔什，耷拉着脑袋似睡非睡；格米勒大叔可是进入了梦乡？苍蝇在糕点盘上飞来飞去，无人驱赶；啊，这是阿拔斯·侯勒维，一双漂亮的眼睛正有意朝这扇窗户偷看，也许他以为他的眼神能把我的魂勾去呢。哼，咱们走着瞧吧；这是代办处老板赛里姆·阿勒瓦，他抬起两眼，垂下去，又抬起来……真是的！如果第一次是偶然的，那么第二次呢？赛里姆贝克①！也许还有第三次。这没羞没臊的老东西，想干什么呢？每天这时候是偶然的吗？但愿你没做丈夫，也没当父亲，那我就跟你交换眼神，对你说：你好啊，欢迎，欢迎！这就是梅达格胡同，这就是一切！为什么哈米黛一不注意洗头，就会生虱子呢？唉！……瞧，达尔维什长老来了，木屐打在地面上嗒嗒作响……"

这时，母亲打断她的思绪，嘲讽地说：

"达尔维什长老做你的丈夫最合适！"

哈米黛没理睬她，只对着她扭了扭屁股，说：

"一个有能耐的人。他说他为先贤栽娜卜太太②捐了十万镑，难道给我一万镑也不行吗？"

随后，她似乎感到站得太久，有点儿累了，突然从窗口退到屋里，回到镜子前，仔细端详着自己，嘴里不住叹息：

"不幸的哈米黛呀……"

---

① 奥斯曼帝国时代的爵名，后用于尊称。
② 栽娜卜（590—641），穆罕默德妻室之一。以慷慨而著名。

第四章

　　清晨，梅达格胡同的空气阴凉潮湿，因为只有在正午，只有在太阳爬过四周的房顶升到当空时，胡同里才充满阳光。尽管这样，从一大早起，胡同的各个角落就开始活动。咖啡馆伙计桑格尔打开店门，收拾桌椅，点燃炉火；代办处的职员三三两两地前来上班；贾阿德在搭和面的案板；就连格米勒大叔也在这时把铺子打开，在吃早饭而不是在打瞌睡！阿拔斯和格米勒大叔在一起进早餐，他俩中间摆着焖蚕豆、大葱和腌黄瓜，两人吃饭的习惯各不相同：阿拔斯狼吞虎咽，几分钟一大块饼就下肚了；格米勒大叔则细嚼慢咽，以致食物在他嘴里都快变成溶液了。他常说："好的食物应当先在嘴里消化。"因此，当阿拔斯已经吃完饭、喝过茶、吸了烟后，他仍在不紧不慢地啃大葱。为了保证自己那份食物不被侵吞，他用勺子将蚕豆分成两半，不让阿拔斯多吃。格米勒大叔虽然身躯肥胖，嗜糕点成癖，但还称不上是饕餮者。他做糕点的手艺很高明，不过，他并不将自己的技艺全都使出来，除非是像赛里姆·阿勒瓦先生、利德瓦·侯赛因先生和卡尔什老板这样的人向他专门订货。他的名声早已越过梅达格胡同，传到萨那迪格胡同、奥里叶胡同和萨加胡同。然而他的收入却仅够维持简朴的生

活。他向阿拔斯诉苦说他死后没钱下葬,这并非撒谎。那天早上,他俩进完早餐,他对阿拔斯说:

"你说你给我买了一套寿衣,这美德真值得感谢和祝福。你现在就将它给我怎么样?……"

阿拔斯一愣,他都几乎快忘记寿衣的事了,就像忘记所有说过的戏言一样。他问道:

"你要寿衣干什么?"

格米勒大叔故意提高嗓门,像年轻人那样说道:

"我去把它换成钱!你没听说最近布价涨了吗?"

阿拔斯笑道:

"你真是个老滑头,虽然平时装出天真的样子。你抱怨死后没法下葬,我给你买了寿衣,你却要用它换钱!但你休想得到它,我是给你百年后的尸体准备的。"

格米勒大叔尴尬地笑了笑说:

"假如我活的时间长,一切又恢复到战前状态,寿衣再也卖不出昂贵的价钱,我们岂不是白白损失了吗?"

"那你明天就死吧!"

格米勒大叔皱皱眉说:

"那不是安拉的意愿!"

阿拔斯大笑道:

"你休想使我改变主意。寿衣将一直放在牢靠的地方,直到安拉让那不可避免的时刻到来!"

他说完仍笑个不停,逗得格米勒大叔也跟着笑了起来。随后阿拔斯埋怨他说:

"你这人,谁也别想从你身上捞到好处!我这一生赚过你一分钱吗?没有。你一根胡须也不长,脑袋光秃秃的;你把你的身体比作广阔的世界，可我连上面的一根毛也没剃过，愿安拉宽容你。"

格米勒大叔笑笑说：

"干净纯洁的身躯死后洗起来不费劲哩。"

这时，一阵喊叫声打断他俩的谈话，他俩朝胡同里望去，只见面包铺老板娘哈丝尼娅在用鞋底猛打她丈夫贾阿德，贾阿德左闪右躲，不敢还手，一声声喊叫在胡同上空回响。他俩笑了笑，阿拔斯向那女人喊道：

"发发慈悲，饶了他吧，老板娘！"

但那女人依然不停手，直打得贾阿德倒在她脚下哭着向她求饶。阿拔斯对格米勒大叔笑道：

"你这肥胖的身体倒是经得起鞋底打的，就是打出油来也不怕！"

这时，侯赛因·卡尔什从屋里走出来，他穿着长裤、衬衫，头戴便帽，得意地看了看手腕上的表，两只灵活的小眼睛充满了自豪。他向朋友阿拔斯问过好，便走进理发铺，坐在椅子上，利用休假日让阿拔斯给他理发。他俩一块儿在梅达格胡同长大，而且出生在同一幢楼房里，即出生在利德瓦·侯赛因先生的楼房里，不过阿拔斯比侯赛因早出生三年。那是十五年前，阿拔斯的父母还健在，格米勒大叔还没有和他们同住在一层楼。两个朋友从小在一块儿，亲密无间，后来因为工作，不得不分手。阿拔斯在靠近新铁路区的一家理发馆当伙计，侯赛因在贾玛利叶胡同一家自行车铺当学徒。他俩的性格从小就不同，也许正是这种不同，才使他俩一直保持着友谊。阿拔斯性情温和，心地善良，待人宽厚，他最大的愿望，不过是些平平常常的玩乐，也就是在咖啡馆吸水烟、玩玩库米牌。他从不与人争吵，而且总是用亲切的微笑和用"安拉宽容你，大叔！"这样有礼貌的话来避免可能发生的口角。他坚持礼拜和封斋，主麻日[①]一定要到先贤侯赛因清真寺祈祷。虽然如今他对这些

[①] 主麻指穆斯林每星期五正午过后于当地清真寺举行的集体礼拜，故星期五称作主麻日。

礼仪多少有些懈怠，那倒不是因为放荡，而是出于懒惰，不过他始终坚持主麻日礼拜和斋月封斋。侯赛因常常向他挑衅，但朋友越是厉害，他就越是温柔，侯赛因从未能得逞过。此外，他还容易知足。他在理发馆一直当了整整十年伙计，在五年前才自己开了一爿小小理发铺。从那时起，他认为他已经实现了自己的最高理想。这种知足的情绪充满了他的心灵，并通过他两只突出而安详的眼睛、发胖的身体和总是欢乐的面孔表现出来。侯赛因是胡同里的浪荡子，以精力充沛和胆大妄为而出名，一旦需要，他可以侵犯别人的权利，干出越轨的勾当。起初，他在父亲的咖啡馆里干活儿，但父子合不来，他便到自行车铺当学徒，直到战争爆发，他又到英国军队里服役。在英国军队里，他的日薪是三十个基尔什，而原来的工作一天才三个基尔什，情况再不像他曾经说过的那样"要想活就要靠手巧"了。他的境况好了起来，口袋里装满了钱，从此便不加节制地挥霍享受：穿新衣，下馆子，贪婪地吃肉——他认为这是有钱人吃的食品，出入影剧院和游乐场，饮酒作乐，结交女人，还慷慨地邀集他的同伙到自己住房的阳台上，给他们提供食物、酒和大麻烟。据说，有一次他得意忘形地对伙伴们说："在英国，像我这样生活富裕的人被认为是 Large，也就是说，是'阔绰的'。"由于他周围有许多妒忌者，开始人们还称他"阔绰的侯赛因·卡尔什"，后来就称他为"开车的①侯赛因·卡尔什"了。

　　阿拔斯拿起理发工具，主动、热情地给朋友修剪边上的头发，不去碰那粗粗的都快竖起来的鬈发。他每次与老友相会，心中总不免掠过一股悲哀的情绪。他俩现在仍是朋友，但地位不同，处境各异，侯赛因如今再不像过去那样在他父亲的咖啡馆里夜坐了，两位朋友见面的机会就越来越少。阿拔斯每想到他俩之间的巨大差异，也难免产生一丝妒意，但这妒意——正如他本人在生活中那样——是温和的、理智的，

---

① 英文 Large 发音与阿拉伯语"开车的"发音近似。

不会使他陷入窘境和做出轻率的行为，他从不恶言伤害朋友，而是好像在为他高兴，并不是妒忌。也许他内心在自我安慰道："战争总有一天会结束，侯赛因将回到梅达格胡同，像从前一样一无所有。"

喜欢夸夸其谈的侯赛因对好友谈起了"奥兰斯军营"的生活，谈起那里的工人、薪水、偷盗事件，谈他和英国人之间的一些趣闻，以及士兵们如何喜欢他、尊敬他。他说：

"班长古里扬一次对我说，除了肤色外，我跟英国人没什么区别！他常劝我要节俭，但我认为，在战争期间能赚钱的手（这时他自豪地挥挥手），在和平期间定能赚更多的钱。你认为战争什么时候会结束？别被意大利人的失败迷惑住，他们在战争中算不了什么，希特勒还要打二十年！古里扬班长十分钦佩我的勇敢，他完全信赖我，还让我参加他经营的范围很广的烟草、香烟、针、刀、睡袍、长袜、鞋子的生意！……啊，这世界！"

阿拔斯一边沉思，一边咕哝：

"啊，这世界！"

侯赛因用审视的目光盯住镜中阿拔斯的脸说：

"你知道我现在上哪儿去吗？去动物园！你知道我和谁去吗？和一个像蜜一样甜的姑娘（他做了一个飞吻的动作，嘴里还发出亲昵的哝哝声），我要带她到那儿去看笼子里的猴子。"

说完便大声笑起来，随后接着说：

"你一定会问：干吗去看猴子？像你这样只见过耍猴人的猴子，产生这种想法是自然的。要知道，你这蠢驴，动物园的猴子都是一群群生活在铁笼里的，在形状和粗野方面跟人差不多。你可以看见他们公开的调情和厮打，我把姑娘带到那儿去，就等于为我叩开幸福之门！"

阿拔斯一边理发，一边咕哝着：

"啊，这世界！"

"女人是一门深奥的学问,光凭你这梳得光光的头发是精通不了的。"

阿拔斯笑了笑,在镜中看了看他的头发,忧伤地说:

"我是个可怜的人!"

侯赛因用锐利的目光盯住镜中阿拔斯的脸,半开玩笑地问道:

"哈米黛怎么样?"

阿拔斯的心剧烈跳动起来,他没料到会听见这可爱的名字,他眼前浮现出哈米黛的面庞,他的脸红了,不由自主地咕哝道:

"哈米黛?"

"对,就是乌姆·哈米黛的女儿!"

阿拔斯沉默不语,脸上露出为难的表情。对方却慷慨激昂地说道:

"你真是个没有活力的无名小卒,两只眼睛老是闭着,理发铺也像打瞌睡似的,你的生活就跟睡眠一样没有名堂。为了唤醒你,我嘴都说破了,你这死人。你以为单凭这生活就能实现你的理想吗?差远了,不管你怎么努力,一天最多也只够你糊口的!"

阿拔斯两只安详的眼睛显出思考的神情,他伤心地说:

"安拉的安排总是好的……"

"格米勒大叔、卡尔什咖啡馆、水烟袋、库米牌……一切都是好的?!"

阿拔斯不安地说:

"干吗嘲笑我的生活?"

"这难道是真正的生活?这胡同里除了死人外,什么也没有,只要你在这里头,死后就用不着下葬。愿安拉怜悯你!"

阿拔斯犹疑了一会儿,虽然知道对方会说什么,还是问道:

"你让我怎么办呢?"

侯赛因冲着他嚷道:

"我早劝告过你,脱下这身脏衣服,关掉这爿理发铺,离开这条胡同，避开格米勒大叔死人般的目光，到英国军队里去。那里有无尽的宝藏，像巴士拉银匠哈桑的宝藏①一样。这个战争并不像愚昧无知的人说的那样应该诅咒，而是一种幸福，安拉用它来使我们摆脱贫困和不幸。只要能给我们带来金钱，让大地上发生一千零一次战争吧。我难道没劝过你到军队去服役吗？我仍然要告诉你，现在还有机会。不错，意大利人是战败了，但德国还存在，还有日本，战争还要打上二十年。我最后一次跟你说，广阔的大地上有的是空地方……去试试吧！"

一席话唤起了阿拔斯的幻想，他情绪激动，难以自持，甚至不能很好地接着继续理发。这不只是侯赛因眼下一席话引起的，而是他多次劝说的结果。他生性知足，不喜欢运动，墨守成规，讨厌出远门，如果让他自由选择，他绝不会离开梅达格胡同，在这儿即使过上一辈子，他也不会感到厌烦，也不会减弱对它的热爱。然而经过长时间的昏睡，如今他的希望开始复苏；每当他心中泛起生活的激情，其中总混有哈米黛的身影，也许是哈米黛唤醒了他，使他获得了新生。他的理想和哈米黛可爱的形象形成不可分割的整体。虽然如此，他仍不敢说出内心的想法，似乎还想给自己留下思考和筹划的时间。他假装畏怯和不情愿地说：

"出远门的都是狗崽子！"

侯赛因用脚拍打地面，吼道：

"你才是个十足的狗崽子！出门比待在梅达格胡同强，比和格米勒大叔在一起强。出去吧，把命运交给安拉！你现在等于还没出世哩。你吃的是什么？喝的是什么？穿的是什么？看到的又是什么？相信我吧，你现在等于还没有出世哩……"

阿拔斯遗憾地说：

"可惜的是，我没生在有钱人家里。"

---

① 这是《一千零一夜》中的一个故事。巴士拉银匠哈桑历尽艰险，发现宝藏，成为巨富。

"可惜你生下来不是个姑娘!你要是个女的,准保会是个守礼教的闺女,在家里过一辈子,也为家庭活一辈子,不进电影院,不去动物园,甚至连哈米黛在黄昏时经常去的穆士基大街也不去。"

朋友提到哈米黛这名字,使他感到不安,更使他痛心的是,朋友是用蔑视、嘲笑的口吻提到它的,似乎这是个引不起人心疼的平平常常的名字。他为他的姑娘辩护道:

"你的妹妹哈米黛是个品行高尚的姑娘。她独个儿步行去穆士基大街,这没什么好指责的。"

"对,她是个有抱负的姑娘,这是毫无疑问的。可你不改变想法,休想得到她……"

阿拔斯的心又剧烈地跳动起来,脸颊烧得绯红,内心的爱欲、激动和不安交织在一起。他给侯赛因刮完脸后,便默默地用梳子梳理着头发,脑子始终平静不下来。最后,侯赛因站起来,把钱给他,在离开理发铺前,他忽然想起忘了带手绢,便飞身跑回自己的住房。阿拔斯站在原地目送他离去,在他看来,侯赛因是如此快活、幸福和充满朝气,好像他第一次在他身上发现了这些特征。"你不改变想法,休想得到她",侯赛因显然是对的。他过的是一种勉强糊口的生活,干一天活儿,挣来的钱只够过一天。这样意志消沉、束手无策,只沉浸在幻想和愿望中,到哪一天算个完呢?为什么不去碰碰运气,像别人那样闯出一条路呢?"有抱负的姑娘",侯赛因是这么说她的。如果说他对她的具体情况不太了解,也许侯赛因比他知道的更多些,因为他——阿拔斯——总是习惯用幻想的、神奇的、热爱的眼光去看她。如果他的姑娘是有抱负的,那么他也应该有抱负。也许侯赛因是在为将来打算——想到这儿,他暗自笑了笑——是他把自己从沉睡中唤醒,要他成为一个新人。但他比任何人都清楚,要不是那个可爱的人儿,任何力量也不能改变他自己那苟且偷安的想法。在这生活的转折关头,阿拔斯感受到了爱情的力量和它神奇的魅力。也许,这是一种模糊的感觉,还未达到理智的自觉的程度,但他确实感受到了蕴藏在爱情中的巨大的创造力量。爱情在人们心中的价值,正在于它是一切创造、变革和更新的动力,因此安拉创造的人是懂爱情的,它把建设尘世的任务统统交给爱情去完成。阿拔斯内心不安而激动地自问道:为什么不出去走走呢?他已在这胡同里过了差不多四分之一个世纪!在这儿得到了什么呢?梅达格胡同对它的住户并不公正,不像他们爱它那样报答他们。也许它对讨厌它的人笑容满面,而对热爱它的人却紧皱双眉,在资财上对他们那么吝啬小气,而对赛里姆·阿勒瓦先生那样的人却那么慷慨大方。就在离阿拔斯不太远的地方,成捆的钞票堆在那儿,甚至都可以嗅到它那具有魅力的气味了;而同时,他的手里除了一天的面包钱外,什么也没有。走吧,改变改变生活吧!

阿拔斯站在理发铺前,沉浸在遐想中,同时看见格米勒大叔已经沉沉入睡,怀里放着蝇拂。他听见胡同那边传来轻微的脚步声,回头望去,见侯赛因快步返回来了。此时,他心中仍惴惴不安,难以平静,他像赌徒死死盯住转盘那样盯住侯赛因,直到侯赛因走近他。侯赛因刚要从他身边走过时,他将手放在侯赛因肩头上,毅然对他说:

"侯赛因,我想跟你谈一件重要的事⋯⋯"

第五章

傍晚……

梅达格胡同又渐渐被夜幕笼罩。哈米黛穿上长袍，一边下楼梯，一边听着自己拖鞋踏在楼板上发出的有节奏的声响。她经过胡同时，格外注意自己的步履和姿态，她知道有两双眼睛在仔细端详她：代办处老板赛里姆·阿勒瓦和理发匠阿拔斯·侯勒维的眼睛。她的装束极为平常，一件达摩尔①连衣裙，外面套一件褪了色的长袍，一双后跟磨得很薄的拖鞋，但她将长袍紧紧裹在身上，为的是显示出她那苗条的身材、丰腴诱人的臀部和高高隆起的乳房。长袍底下露着两只戴着脚镯的小腿，长袍最上面披着乌黑的头发，还有一张漂亮动人的紫铜色脸庞。她故意什么也不看，径直往前走，拐进萨那迪格胡同，一直朝奥里叶胡同走去，然后穿过新铁路区，到达穆士基大街。她避开追随她的目光后，嘴角便浮起一丝笑容，两只美丽的眼睛贪婪地扫视着繁华大街的两侧。她是个没有亲人、无依无靠的姑娘，但她从未失去过自信。也许是她的容貌使她内心滋长了这种精神力量，然而，容貌并不是唯一的因素，她生性倔强，在一生中从未失去过这种倔强劲儿。她的两只迷人的

---

① 一种廉价的织品。

眼睛有时表现出这种倔强精神，在一些人眼里，这一点损伤了她的美貌。而在另一些人眼里，她却因此更富有魅力。她始终怀有强烈的好胜心，极想引起男性对自己的爱慕。她企图控制自己的母亲，还与街上的女人们争吵和厮打，因此胡同里所有的女人都憎恨她，在背地里说她的坏话。也许，最奇怪的坏话要算是说她厌恶儿童，是个不开化的、缺乏女人天性的人，这甚至使卡尔什老板的妻子——她的乳母——祈祷安拉，让她今后嫁个厉害的丈夫，成为一个早晚挨男人打的、生儿育女的母亲！她继续朝前走，享受着一天的欢乐，两眼不住扫视街道两旁鳞次栉比的商店橱窗。橱窗里琳琅满目的华贵衣服和各种器具使她入了迷，并在她能强烈控制的有奢望的心中激起各种美好的遐想。因此，她对各种事物的向往都集中到对金钱的热爱上，因为它是打开世界之门的神奇钥匙，是一切潜藏力量的集中表现。如果说她对自己还有点儿自知之明的话，那就是她只知道自己渴望金钱，渴望那能给她带来美丽衣服和一切愿望的金钱。也许，她心中常想："我的愿望有实现的一天吗？"事实上，她并没有失望，而且始终没有忘记萨那迪格胡同一个姑娘的奇遇。那姑娘和她一样是个穷丫头，但后来交上好运，嫁给一个有钱的承包商，从此便脱离苦海，阔绰起来。这奇遇为什么不能重演？命运之神为什么不能重新在这儿对她微笑呢？她比那个小姑娘长得漂亮，在别人生活中起过作用的命运，同样可以毫不费力地在她的生活中重演！

　　不过，她的这种企望只限于狭小的范围，只到法利黛王后广场为止，在那后面是个什么样的世界，她一无所知。在广阔的世界里，有些什么样的人，有什么样的命运，有多少人能交上好运和获得幸福，有多少人像她一样彷徨街头不知所终，这些她都一无所知。

　　这当儿，在不远的地方，她看见在工场做工的女友们向她走来，她飞快地向她们跑去，刚才的想法已全部抛在脑后，脸上堆满了笑容，她们互相问好致意后，便在一块儿闲聊起来。她仔细打量着女友们的脸蛋和衣着，她们的体面和自由使她不禁感叹万分。她的这些朋友们家住在戴拉赛街，由于家境贫困和战争的原因，她们不得已违背传统的做法，像犹太姑娘那样抛头露面到工场做工。刚去时一个个瘦骨嶙峋、衣衫褴褛，不久便发生了变化，不仅能吃饱，有衣服穿，还学犹太姑娘的样儿，注意修饰打扮。有的还学会几句外国话，毫无顾忌地挽着男人的胳膊进商店、逛马路。她们懂得了人生，闯入了生活。而自己呢，因为幼稚而错过了机会。如今，她只得掩藏内心的苦楚和悔恨，故意在她们面前装得为她们愉快的生活、华美的衣饰和装满钱币的口袋而高兴。她内心充满忌妒，脸上却装出微笑。忌妒的心理使她对女友们的细小疏忽，哪怕是用开玩笑的方式，也要毫不犹豫地挑剔一番：这位的裙子太短，真不害臊；那位毫无鉴赏力，第三位两眼尽朝男人瞟，第四位似乎忘了以前自己脖子上爬满了像蚂蚁一样多的虱子！这种会面虽然不免使她产生抱怨，但也是她在充满忧愁和内心斗争的漫长一天中最大的消遣。因此，有一天她曾感叹地对母亲说：

"犹太姑娘们过的生活才是真正的生活哩！"

母亲不安地说：

"你怕是被魔鬼迷住心窍啦，这可与我不相干！"

姑娘却越说越使母亲生气：

"说不准我还是哪个帕夏①的私生女呢，哪怕是通过非法途径生的也好！"

母亲一个劲儿地摇头，话中带刺地说：

"愿安拉怜悯你那死去的卖棕榈果的父亲……"

现在哈米黛走在女友们中间，对自己出众的容貌颇为得意，一面走，一面絮絮叨叨地和女友们谈个不停。使她感到莫大快慰的是，过路

---

① 帕夏是土耳其统治时代高级官员的称号。

人对女友们只是尊敬地瞥一眼，但却紧紧盯着她看。

快走到穆士基大街中段时，她无意中朝后瞟了一眼，只见阿拔斯在后面不远处跟着，那熟悉的目光紧随着她。她暗自思忖：阿拔斯为何不像往常一样，却在这时候就关了铺子？是有意跟随她吗？难道他还不满足于在胡同里向她眉目传情？他虽然穷，但却像干他这行的多数人一样，打扮得整洁漂亮。他的出现并没有使她感到不安。她心想：这些女友中谁都不可能找到比阿拔斯更好的丈夫。她对他的感情是奇怪而复杂的。从他那方面来说，他是胡同里唯一适合做她丈夫的青年；从她那方面来说，她向往有一个有钱的丈夫，就像萨那迪格胡同那位幸运的姑娘嫁给有钱的承包商。所以她并不爱阿拔斯，也不希望得到他那样的人，但同时她又不和他断绝联系，也许，那是因为他那充满爱欲的目光使她感到惬意。平常，她总是要把姑娘们送到戴拉赛街的尽头，然后，再自个儿返回梅达格胡同。她和女友们一边走，一边偷偷回过头去看阿拔斯。她不再怀疑他是有意跟随她的，他终于忍不住那长期的沉默了！她没猜错，当她刚送走最后一个女友，转身沿原路返回时，阿拔斯心神不宁地从人行道上向她走来，脸上流露出激动和不安的神情。他靠近她，和她并肩走在一起，用战抖的声音说：

"晚上好呀，哈米黛！"

她掉过头来，故作惊讶地看着他，似乎对他的出现感到十分突然，随即紧蹙双眉，一语不发，加快步伐朝前走去。阿拔斯的脸涨红了，但仍以责备的口气说道：

"晚上好呀，哈米黛！"

她担心这样沉默地快步走下去，会在他说出心里话之前就走到繁华区，而她倒十分乐意听听他究竟想说些什么，于是佯作恼怒地说道：

"真不害臊！既然是邻居，做出的事儿还像生人一样！"

阿拔斯激动地说：

"我是你的邻居,但绝不会像外人那样对待你。难道是邻居就不能说话吗?"

她蹙蹙眉头说:

"对,邻居应当保护邻居,不应当伤害她……"

小伙子真诚而热切地说道:

"我是你的邻居,知道做邻居的责任。我从未想过要伤害你——安拉不容这样。不过,我想跟你谈谈,邻居间男女一起谈谈,总不是可耻的事吧……"

"你怎么能说出这种话,你在大街上拦住我,让我出丑,这还不是可耻的事吗?"

她的话使他不安,他怅惘地说:

"出丑?安拉保佑,哈米黛。我的心是纯洁的,指先贤侯赛因的生命发誓,我对你是一片好心。你会知道的,一切将以安拉的意愿结束,而不是出丑。你听我说,我要跟你谈一件重要的事。我们到爱资哈尔街去,免得在这儿碰到熟人……"

哈米黛故作气恼地说道:

"躲开熟人?我才不去!你还算个好邻居呢!"

她跟他争辩似的交谈,使阿拔斯受到鼓舞,他深情地说:

"邻居有什么罪过?……难道他应当在还没说出心里话之前就死掉?"

她奚落他说:

"多好听的话呀!"

阿拔斯生怕走近繁华区,便急切而不安地说:

"指先贤侯赛因发誓,我的心是纯洁的。别走这么快,哈米黛,让我们一起到爱资哈尔街去走走吧。我有重要的话告诉你,你应该听我说说。你一定知道我想说什么。你不知道?难道没感觉出来?虔诚者的心便是他的证明……"

哈米黛装出发怒的样子说：

"你已经过分啦！不，不，让我走……"

"哈米黛，我想对你说……我想你……"

"真不害臊！让我走，不然你会让我当众出丑的。"

他俩边走边谈到了侯赛因广场，哈米黛迅速离开阿拔斯，走上左边的人行道，放开步子飞快地朝前走去，一会儿就到了奥里叶胡同。此时她嘴边掠过一丝微笑，她知道他会说些什么的。她没有忘记他是胡同中唯一能与她匹配的青年，她在他微微鼓出的两眼中看到了爱情的火焰，就像不久前从窗户上多次看到他时那样。然而，这一切果真能使她冷漠的心活动吗？她对他的收入了如指掌，这不能打动她的心。他为人和善，两眼闪现出知足和温顺的目光，这倒适合她那喜欢控制别人的性格。虽然如此，她还是觉得对他有一些反感，是什么原因她也说不清楚。那么她究竟想要什么呢？如果这位善良温和的青年还不中她的意，她还能喜欢谁呢？她找不到答案，她把对他的反感归结为他的贫穷！看来，她的控制欲是服从于她的斗争欲的，而不是相反。她不接受恭顺，也不愿轻易取得胜利。她的心仍处在朦胧中，自己也不完全明白它究竟想要什么。她觉得一阵不可名状的感情向她袭来，使她惶惶不安。

阿拔斯害怕被人发觉，便没再去追她，他内心充满失望和痛苦的感情，但还远远没有绝望。他迈着缓慢的步子，哪里也不看，心里想：她跟自己交谈了好长时间，假如她真的要回避他、甩开他，那是很容易的。她不讨厌他，也许像所有姑娘一样在故作姿态，也许是因为腼腆才使她不愿意和他亲近而逃跑。他远远没有绝望，而是仍然陶醉在希望中，准备着下一次的进攻。他心中产生了一种从未有过的神奇的兴奋感觉。他在真诚地、热烈地爱着，在她坚毅动人的目光下，他感到自己完全被征服了，尝到了一种巨大的愉快和永存的爱情的滋味。是呀，像他这样的年轻人，总是爱恋女性的。然而他却像一只鸽子，在广阔的天空翱翔后，最后在主人的哨音下返回栖息的塔笼。在所有女人中，哈米黛才是他追求的希望。是的，他内心并没有绝望，理想的蓓蕾绽开了希望之花，使他浑身充满了爱和青春的喜悦。他拐向萨那迪格胡同时，碰见了从侯赛因清真寺前来的达尔维什长老，他俩在胡同口相遇。他正要伸手与对方握手致意时，长老却用食指指着他，两道无神的眼光透过金边眼镜端详着他的脸，劝诫他说：

"别不戴帽子在外面行走！你要注意，别这样光着头在这种气候和这个世界上行走。年轻人的脑袋容易出汗，也容易想入非非，这在悲剧中是众所周知的，'悲剧'的英文是 Tragedy……"他把字母一个一个分开来，读成 t r a g e d y。

第六章

卡尔什老板在干一桩重要的事儿，在他的一生当中，鲜有一年不干这种事儿，虽然这会给他带来困顿和烦恼。然而他意志薄弱，大麻烟没有使他的意志坚强起来。他的境况与干他这一行的多数商人不同，他近于贫困，这并非他的生意不兴隆，而是他在外面挥霍过度，把赚的钱全用来满足他的欲望，特别是用在那恶习上。

太阳就要西沉了，他披上那件黑色长袍，挂着一根弯拐杖，也不告诉桑格尔他的去向，便拖着沉重的脚步，缓缓走出咖啡馆大门。那两片耷拉着的眼皮后面的混浊深凹的双眼，简直很难使人相信还能看得见走路。他的心突突直跳，虽然已年近五旬，可是心脏还是跳个不停。奇怪得很，卡尔什老板的一生竟能一直过着一种毫无规律的生活，可是由于陷得太深，他甚至以为这是正常的生活。他是一个习惯暗中贩卖毒品的商人，脱离了正常生活的轨道，当了不正常的牺牲品。他无限度地满足自己的嗜好，始终不知悔改。他抱怨政府追查他们这种人；咒骂人们把他的另一种嗜好看成丑行。关于政府，他说："安拉禁酒，政府却卖酒，安拉没禁大麻烟，政府却禁大麻烟！政府保护卖毒品的商店，却不准人们吸大麻烟，而大麻烟对人的精神和脑子都是有益的！"也许，他还会感慨地摇摇头说:"大麻烟又怎么啦?既能使脑子清爽,又能调剂生活,而且还是生育的催化剂哩!"关于他的另一种嗜好,他以他那出了名的厚颜无耻的态度说:"你们有你们的爱好,我有我的嗜好!"不过,虽然他对这种嗜好兴趣很浓,但是他在每一次满足这种嗜好之前他的心还是会怦怦直跳。他在奥里叶胡同徐步前行,同时各种想法涌入脑际,他满怀希望地暗自问道:"今晚会是什么结果呢?"他尽管沉浸在思绪中,但仍能辨认出道路两旁的商店,并不时回答一些熟人的问候。他对这些问候极为敏感,不知这是真诚的问好呢,还是包藏着某种含义?他知道人们并没有闲着,也不会让他闲着的,他们惯于探听隐私,并添油加醋传播。他们老是议论他,出他的丑对他们又有什么好处呢?一点儿也没有!他似乎也因此乐于与他们抗争,把过去偷偷摸摸干的事都公之于世!就这样,他一直走到临近爱资哈尔街左边的最后一家商店前,心突突跳个不停,顾不上对那些使他感到怀疑的问候还礼,他的两只近乎瞎掉的眼睛闪现出一丝邪恶的亮光。他半张着嘴走近商店,跨过门槛。这是一爿小百货店,屋中央的桌子后面坐着一位上了岁数的人。一个年轻的伙计靠在堆满商品的货架上,看见有人进来,便挺直身子,有礼貌地微笑着接待顾客。卡尔什沉重的眼皮这时才第一次完全睁开,仔细端详着年轻人,随后款款地向他问好。年轻人客气地回了礼,他一看见卡尔什就记起这已经是连续三天第三次看见他了,便暗自思忖:"这人为什么不一次就把要买的东西买好呢?"

卡尔什老板说道:

"把袜子给我看看……"

年轻人把各式各样的袜子取出来摊在柜台上,卡尔什仔细挑选,同时却偷着瞟年轻人的脸。年轻人觉察后,随即收起了挂在嘴边的笑容。卡尔什故意挑了很长时间,然后低声对年轻人说:

"原谅我,孩子,我眼神不好。请你替我选一双颜色合适的,我相信你的鉴赏力是美好的……"

他停了停，仔细端详着年轻人的脸，然后，两片张开的嘴唇上挂起了笑容，补充说：

"你的鉴赏力就像你的面容一样美好……"

俊俏的年轻人没理会他的赞扬，选了一双袜子递给他，卡尔什立即说道：

"给我包六双……"

年轻人已经开始包扎，他停了停，又说道：

"顶好给我包一打，我手头不缺钱，感谢安拉！"

年轻人默默地替他包好，然后递给他，低声说：

"您拿好……"

卡尔什笑了笑，或者说是他的嘴不自然地轻轻咧了咧，同时眨眨眼睛，不怀好意地说：

"谢谢你，孩子！（随后低声说）感谢安拉！"

他付完钱，像刚进来时那样心情激动地走出商店。他向爱资哈尔街的方向走去，快步穿过马路，靠在商店对面的一根树干上，隐没在傍晚以后的夜色中。他一手挂着拐杖，一手握着纸包，从远处目不转睛地注视着对面的商店。那青年像他刚进店时那样靠在货架上，两手在胸前交叉着。卡尔什仔细地观察他，但只能看见他模模糊糊的影子。不过，他的记忆和想象弥补了他视力衰弱的不足，他自言自语道："他肯定懂得那意思的！"他记得这青年是多么温文尔雅、惹人喜欢，他耳边又响起他甜蜜的声音："您拿好！"他屏住呼吸，深沉地长叹了一声。他在原地惴惴不安地站了一会儿，便看见商店开始打烊。此时，那老人已离开了商店朝萨加胡同走去，年轻人却向爱资哈尔街走来。卡尔什慢慢离开树干，迎着青年来的方向走去。青年在过了马路三分之一的地方看见了卡尔什，但却没理会他，要不是卡尔什走过来小声招呼他，他就要从他身旁走过。

"晚上好，孩子！"卡尔什招呼青年道。

青年眼角掠过一丝微笑，低声答道：

"晚上好，先生！"

卡尔什似乎是真心实意想和他交谈，问他：

"店铺关门了吗？"

青年发现他很缠人，似乎是有意想留住自己。然而，他还是继续边朝前走边答道：

"是的，已经关门了，先生！"

卡尔什不得不跟着他一道往前走，他们一同走上人行道，卡尔什的脸始终没离开青年，又问他：

"你工作的时间好长，愿安拉襄助你……"

青年叹口气说：

"有什么办法？要想活就得辛苦点儿……"

青年愿意和他交谈，卡尔什感到高兴，同时，他温柔的态度使他受到鼓舞。于是他接着说：

"愿安拉报偿你的辛苦，孩子！"

"谢谢先生！"

卡尔什热情地答道：

"人的一生是很辛苦的，这话一点儿不假。但通过辛苦获得应得的报偿，却是很少有的事。在这世上被奴役的劳苦者真是太多了！"

这话拨动了年轻人敏感的心弦，他抱怨道：

"是的，先生。在这世上被奴役的劳苦者真是太多了！"

"忍耐是幸福的钥匙。不错，被奴役者是很多，换句话说就是奴役别人的人太多了。不过，托安拉的福，世上的好人也不少哩……"

青年问道：

"这些好人在哪儿呢？"

他差点儿要说："这不，我就是其中的一个。"不过，他忍住了，用责备的口吻说：

"别悲观，孩子！穆罕默德的民族总是幸福的。（随后转换话题）你为什么走得这么快？莫非有急事？"

"我要赶回家换衣服。"

卡尔什关切地问：

"换好衣服干什么？"

"上咖啡馆。"

"去哪家咖啡馆？"

"拉玛丹咖啡馆。"

卡尔什无意识地笑了笑，口里的大金牙在夜色中闪闪发光，他诱惑地问道：

"为什么不到敝馆来？"

"你是哪一家咖啡馆，先生？"

卡尔什提高嗓门说：

"梅达格胡同的卡尔什咖啡馆，我就是卡尔什老板。"

青年高兴地说：

"见到您很荣幸，卡尔什老板。贵馆闻名遐迩，无人不知……"

卡尔什听后心中一阵喜悦，满怀希望问道：

"你愿意来吗？"

"按安拉的意愿……"

卡尔什失去了耐性，说：

"一切都按安拉的意愿。不过你是真想来还是应付应付我？"

青年莞尔一笑，说道：

"我是真想来……"

"那么今晚就来吧！"

对方没回答，卡尔什却心神激荡地强调道：

"一定来……"

青年咕哝道：

"愿安拉允许……"

卡尔什轻轻地叹了一口气，问道：

"你住哪儿？"

"代办处的那条胡同里。"

"那我们几乎是近邻……结婚了吗？"

"没有……和家里人住一起。"

卡尔什温柔地说：

"看来你是个好人家的子弟。俗话说，好罐子里盛的总是干净水。你要珍惜自己的前途，不能一辈子在商店里当伙计……"

青年俊秀的脸庞上显出关注和向往的神情，心情忧郁地问道：

"像我这样的人还想怎么样呢？"

卡尔什用鄙夷的口吻说：

"难道我们会没有办法？一切大人物原来不都是小人物吗？"

"这话倒不假，不过，小人物倒不一定都能变成大人物……"

卡尔什接过青年的话说：

"这要看时机！让我们记住我们相识的这一天，这是一个重要的时机。今晚我等着你?！"

青年犹疑了一下，笑着说道：

"盛情相邀怎能推却，除非是小人。"

他俩在穆太沃里门握手道别后，卡尔什便跟跟跄跄在夜色中往回走。此时他已完全清醒，心中有说不出的高兴。他这人除非是在邪恶的欲望受到强烈刺激时，才会从昏睡中清醒过来。当他经过那关闭的商店时，禁不住深情地望了一眼。他回到梅达格胡同时，胡同里的商店都已关闭，要不是他的咖啡馆里还射出一些亮光的话，整个胡同便会是一片漆黑。水烟壶冒出的烟，顾客们的呼吸和炭炉放出的热气，使咖啡馆的空气比外面暖和得多。此时，夜晚消闲的人们正坐在长椅上，一边喝着茶或咖啡，一边交谈，收音机也在哇啦哇啦地响个不停。不过，它像个做冗长报告的演说家，并未引起人们的注意和兴趣。桑格尔像个蜜蜂似的不停地忙碌和吆喝着。卡尔什悄悄走到钱箱后面坐下，避开人们投来的目光。他进来时格米勒大叔正好在要求众人说服阿拔斯把他保存的寿衣拿出来交给他，但遭到众人拒绝，大家谴责他这要求的动机。布什博士说道：

"你对后世的衣服别太不重视。人在尘世常常是赤身露体的，可他再穷，也不能光着身子跨进坟墓呀。"

头脑简单的格米勒大叔不断重复他的要求，每次都遭到拒绝和嘲笑，最后他只得失望地不再吭声。此时，阿拔斯向大家宣布，他决心到英国军队服役，想听听众人的意见。大家一致赞成他的打算，并祝他成功和走运。利德瓦·侯赛因先生为此发表了他充满训诫和教诲的长篇演讲，他凑近阿拔斯说：

"你别说感到厌烦了，感到厌烦是违教的。感到厌烦会影响你的信仰，厌烦不就意味着生活不如意吗？可生活是至高无上的，是安拉恩赐的，有信仰的人怎能觉得厌烦和不如意呢？你会说我对这个那个感到不如意，可我问你，这些都是谁安排的？还不是伟大安拉赐予的吗？用善心去待人处世吧，别违背造物主的意志！生活中的每种情况都有它美的味道，可是那唆使人作恶的痛苦的心灵却会损害这美味的。相信我，痛苦中有愉快，失望中有欢乐，死亡中有诚悔，一切都是美好的，一切都是愉快的！我们为什么要厌烦呢？天这么蓝，草这么绿，花这么香，心有这么奇特的爱的本领，精神里有这么崇高的信仰和无穷的力量。我们为什么要厌烦呢？在这世上有值得我们爱和赞赏的人，也有爱我们、赞赏我们的人。祈求安拉保佑你免遭魔鬼的伤害，别再说感到厌烦了……"

他呷了一口咖啡，好像要倾吐出他的全副衷肠，接着说：

"对于灾难，我们要用爱去承受和战胜它，爱是最有效的方法。灾难中隐藏着幸福，就像普通矿物中隐藏着宝石一样，让我们用爱这条真理来充实我们的心灵吧！"

他红润的面容洋溢着欢乐，焕发出光彩，褐色的胡须围着他的脸庞，就像光环围着明月一般。周围的一切，如果同他那极为镇定、沉着的态度来比较，都会显得是那样慌乱和不安。他的清晰的双眼闪现出自信、善良、友好和鄙视自私的光芒。也许人们是这样说的，他在爱资哈尔求学失败后便失去了尊严，在孩子们相继亡故后便对人世的永恒感到绝望。于是在惊痛之余，他用爱和善来征服人们的心灵，弥补自己心灵的巨大创伤。可是，有多少像他这样的不幸者走他这条路？他们中有多少人因此而疯狂，又有多少人因此而把一切怨和愁发泄到尘世间和宗教头上？不管他内心如何，他的真诚是毋庸置疑的，他的信仰是真诚的，他的慷慨是真诚的，他的爱也是真诚的。奇怪的是，这位在善良、仁爱、慷慨方面遐迩闻名的人，在家中却异常威严和粗暴！也许人们会这样说：他对世上的一切真正权威感到绝望，于是便把自己的权威施加在那唯一服从他意志的人——他的妻子身上。他对她故意做出庄严、果断的姿态，在她身上满足对权势的欲望。不过我们在评价一个人时，不应当忘记当时当地的风俗，不应当忘记特定环境下产生的有关妇女的政治和哲学，也不应当忘记当时他那个阶级的多数人都认为应当像对待孩子那样对待女人，而这首先是为了保障女人本身的幸福。何况他的妻子从未向他抱怨过，要不是孩子一个接一个死亡在她心中留下了痛苦，她会认为自己是世上最幸福的女人，还会为她的丈夫和她的生活感到自豪哩！

卡尔什老板心不在焉，一刻也坐不安稳，他默默地、无精打采地忍受着胜利的痛苦。过几分钟他就伸直脖子朝胡同口张望，然后耐着性子一本正经地坐在钱箱后面，心里想道："他一定会来的，像他从前的小兄弟们一样会来的……"他眼前浮现出那青年的面容，他偷眼看了看放在他和达尔维什长老中间的那张空椅子，不禁又遐想起来，并感到放心。从前，碍于面子，他从不把那类年轻人带到咖啡馆来，可是后来事情揭穿，丑行暴露后，他索性扯破脸皮，公开干起这下流的勾当。他老婆为此不知和他干过多少仗，至今像布什博士和乌姆·哈米黛这样的人还在背后津津乐道地议论他。但他却一点儿不在乎。有时欲火眼看快要熄灭，但由于品行不端，他又火上浇油，任其燃烧，后来他似乎觉得公开干更有味道，于是，便一直这样下去。此时，他心情烦躁地坐在那儿，一刻也不安宁，就像坐在烤箱上似的。他的脖子由于老是扭动都快要僵直了。布什博士看出他的不安，狡黠地对阿拔斯说道：

"这便是临场前的表现！"

这时达尔维什长老突然打破沉寂，吟咏道：

啊，你情思绵绵想念拉娅，
可咫尺之隔犹如远在天涯；
钟情人对她事事唯命是从，
句句娇嗔也是甜蜜的情话。

"啊，太太！爱情是无价之宝，为了你的爱，我花掉十万镑也算不了啥……"

终于，布什博士发现卡尔什老板死死盯住胡同口，接着又看见他端坐在椅子上，脸上露出笑容，两眼期待地望着门口。不一会儿，一个年轻人出现了，他那一双温和的眼睛里射出游移的目光，并朝屋里的顾客们扫了一眼……

第七章

面包铺紧靠卡尔什咖啡馆,与赛尼娅·阿菲菲太太的楼房相连。这是一间近于方形的不规则建筑,面包炉占据了它的左半部,靠墙壁摆满了一排排架子,面包炉和门口之间的空地上,是一个石台,房主人老板娘哈丝尼娅和丈夫贾阿德就睡在上头。要不是炉口发出熊熊火光,这地方白天黑夜都是漆黑一片。与门口正对面的墙壁上有一扇通向后院的小木门,后院散发出一股令人恶心的垃圾味。俯视着那所老房子后院的这堵墙壁上只有一个小壁孔。离壁孔不太远,是一排长长的木架,上面放着一盏油灯,暗淡的光线投射到扔满了各式各样脏东西的地面,这儿活像一个垃圾堆。放灯的木架几乎有整堵墙壁那么长,上面摆着大大小小的玻璃瓶和各种器具,还有许多绷带,要不是脏得出奇的话,真像是药店的货架。壁孔下面的地上,有一个什么东西蜷伏着,要不是他有四肢、躯体和血肉,可以把他称作人的话,他的肮脏程度、肤色和身上的气味简直跟泥土差不多。这是老板娘哈丝尼娅雇来看后院场地的宰塔,由于他的服装极为简单,你只要看过他一眼,就再也不会忘记他。他的身躯又黑又瘦,穿一件黑色长袍,要不是两眼闪露出凶狠的白光,浑身上下简直黑得不能再黑了。尽管如此,他可不是黑人,而是地地道道的棕色皮肤埃及人。可是污垢混和着他一生流下的臭汗，使他全身蒙上了一层黑色。同样，他的长袍起初也不是黑的，是这个场地上的一切脏物沾在那上面把它弄黑的。他和他生活着的这条胡同几乎没什么联系，他从不访问别人，别人也从不来访问他，他得不到任何人的好处，别人也得不到他的帮助。当然，布什博士和那些用他的样子来吓唬自己孩子的父亲们不算在内。至于他的职业，则是人人皆知的，就是封个博士的称号也是当之无愧的。不过，他为了尊重布什博士，才没把自己称作博士。他的职业是制造残疾，当然这不是众所周知的那种真正的残疾，而是一种制造出来的假残疾。以乞讨为生的人前来找他，他用木架上的药物器具，以惊人的技术给每个人制造适合他身体的各种假残疾。他们来找他时还是好好的，离开时不是变成盲人、瘸子，就是驼背、突胸，或是少了胳膊短一截腿。他的这门技术，是从他偶然的生活经验中获得的。最初，他在一个走江湖的马戏团中待过很长时间，跟乞丐们有联系，这种联系早在他还生活在做乞丐的父母身边时就已经开始了。起初，出于爱好，他将在马戏团里学到的化妆术用在一些乞丐身上，后来，当他生活窘困时，便把它当成了一种职业。这是一门艰苦的手艺活儿，他往往在夜晚，或确切些说是在半夜开始工作。不过，艰苦的劳动总是给他带来满意的实惠。白天，他几乎寸步不移守在场院，盘腿而坐，不是吃东西就是抽烟，或是偷看老板和老板娘的活动消遣。他感到最有味道的是偷听他俩的谈话，或是从门缝里张望那女人每天早晚痛打他丈夫。可是一到夜里，两人便和好如初，那女人走到瘦猴似的丈夫跟前和他嬉笑、闲谈。宰塔十分鄙视贾阿德，瞧不起他那副丑模样。他还忌妒安拉赐给他一个"肉体完美"的老婆，或用他的话来说是个"母牛般的女人"！他常说：她在妇女中的位置相当于格米勒大叔在男人中的地位。胡同里的人不想跟他接触的一个重要原因，是他浑身散发出恶臭，他的脸上和身上从来不沾水。他宁愿不和人来往也不愿洗澡！他对人总是以牙还牙，而且对这一切总是感到心安理得。每当听到有人死了，他便高兴得手舞足蹈，像对死人说话一样自言自语道："这下该轮到你尝尝沾在我身上的泥土味了，你不是讨厌它吗？"也许，他在胡思乱想中度过了大部分空余时间，想象着他所希望的对人们的各种惩罚，从中得到最大的精神满足。他想象面包师贾阿德突然遭到数十把斧子的劈砍，躯体四分五裂，扔在地上；或者想象赛里姆·阿勒瓦先生倒在地上，压路机从他身上来回辗过，血一直流到萨那迪格胡同；或者想象利德瓦·侯赛因先生被人拉着褐色胡须扔进面包炉，然后烧成焦炭取出来被装在麻包里；或者想象卡尔什老板被电车压成碎块，他的残骸被人装在篮子里拿去卖给养狗的……此外，他还想象许多他认为人们应得的惩罚。一旦他开始工作，为需求者制造残疾，他便会在手术需要的借口下，对需求者残忍无情，如果有谁叫一声"哎哟"，他的两眼便会闪出吓人的凶光。虽然如此，乞丐还是他最亲近的人，他多么希望地球上的多数居民都是乞丐！

宰塔就这样坐着沉浸在遐想中，等待干活儿时间的到来。半夜，或快到半夜时，他站起身，把灯吹灭，场院一片漆黑。他摸索着轻轻打开门，然后穿过面包房，来到胡同里。在路上，他碰见达尔维什长老从咖啡馆出来，他俩常常在半夜里相遇，可彼此谁都不打招呼。因此，达尔维什长老在宰塔头脑中的裁判庭里有良好的地位。他缓步拐过侯赛因清真寺，虽然天色格外地黑——那时还实行部分灯火管制，他还是一会儿就走到了住宅楼的墙跟前，迎面来的人看不见他，但当走近他时，便会立即发现他那双闪闪发亮的眼睛，就像夜间警察皮带上闪光的金属片一样。他一边走，一边情不自禁感到得意和自豪，当他快要接近那些处于他绝对权威之下的乞丐们时，这种感情变得更加强烈。他穿过侯赛因清真寺广场，向绿色宫门街走去，随即来到一个旧拱顶下，两眼不住地观察他身旁一伙一伙的乞丐，于是放下心来，就像主人对他的权力、商人对他手中的畅销货那样放心。他走近身边的一个乞丐，那乞丐蹲在地上，头耷拉在膝盖上打瞌睡，发出阵阵轻微的鼾声。他在他身旁站了一会儿，似乎要弄明白他是真睡还是装睡。他用脚踢了踢那头发蓬松的头，那乞丐从睡梦中惊醒，但并不感到吃惊，好像他是被人用柔软的手指轻轻弄醒一样。他懒洋洋地抬起头，用手揉了揉眼皮，又用手指搔着脊背和头。他看到了俯视着他的身影，仔细端详了一阵，一眼——虽然他看起来像个瞎子——便认出了来者。他叹了口气，一阵咳嗽，然后把手伸到胸口，取出一米里木①交到来人手中。宰塔挨个儿收着乞丐的钱，直到这一边的人全部收完，然后再去另一边收。之后便向侯赛因清真寺周围的胡同和街区走去，不放过一个乞丐。他虽然忙于收集他每天应得的份子钱，却没忘记关心地问问出自他手的那些残疾的情况，也许他会问这个："你的瞎眼怎么样？"或者问那个："你的瘸腿还好吗？"他得到的回答总是："感谢安拉！……感谢安拉！"收完钱后，他从侯赛因清真寺背后绕道而行，在路上买一块面饼、一块点心和一些烟丝，然后返回梅达格胡同。胡同里静悄悄的，只有从利德瓦·侯赛因先生楼房顶上的阳台里不时传来阵阵笑语声和咳嗽声，卡尔什老板的酒友都聚在那里。他蹑手蹑脚地穿过面包房，生怕把老板夫妇吵醒。他小心翼翼推开木门，然后又轻轻把它关上。可是这个垃圾窝里不再像他离开时那样漆黑一团，也不是空无一人。屋里亮着灯，在他脚边的地上坐着三个人，他平静地走了进去，他们的存在并不使他感到惊讶和不安，他用两只炯炯有神的眼睛盯着他们，看出他们中的一个是布什博士。三人同时站起来，布什博士亲切地向他问过好后，说：

"这两个可怜的人求我找你帮帮忙……"

---

① 埃及币制，相当一分钱。

宰塔装着毫不在乎的样子，不耐烦地说：

"现在都什么时候了，博士？"

博士把手搭在他肩上说：

"夜里更方便。安拉总是给人方便的！"

宰塔"吁"了一声：

"可我现在累极了……"

博士满怀希望地说：

"你可别回绝我……"

那两人也在旁边哀求，不住为他祈祷祝福，宰塔装出迫不得已的样子，把食物和烟丝放在架上，站在他俩面前，仔细端详。然后盯住其中那个高个子看，这简直是个身强力壮的巨人，他的模样使宰塔感到吃惊，宰塔问他：

"你壮得像头骡子，干吗想讨饭？"

那人沮丧地答道：

"我什么也干不成。我干了好多工作，也当过乞丐，可什么也不成功。我运气不好，脑子不灵，什么也不懂，什么也不会。"

宰塔厌恶地说：

"那么你应该生下来就享福。"

那人不明白宰塔的意思，还是一个劲儿地哭着哀求，像牛哞似的大声说：

"我干什么都不走运，就是讨饭也没人可怜我！大家都说，你身强力壮，应该去工作——假如他们不骂我和呵斥我的话，我不知道是为什么。"

宰塔摸了摸他的脑袋，说：

"你呀，连这也不懂吗？"

"愿安拉让你高兴……"

宰塔一直不停地打量他，同时仔细思考着，随后指指他的四肢，一本正经地说：

"你真够结实的，四肢也健全。我真奇怪你吃什么？"

"面包，如果有的话，别的什么也不吃。"

"这简直是魔鬼的身躯。假如你像个受到安拉恩慈的动物那样放开肚子吃的话，那会是什么样子呢？"

"不知道……"

"当然，当然……你什么也不知道，我明白，这样才好。假如你知道，就跟我们一样了。你听着，你的四肢无论如何是不能化装成残疾的。"

那公牛般的脸抽搐起来，要不是宰塔马上接着说下去，他差点儿又要哭出来了：

"我要敲断你的一条腿或一只胳膊是很困难的，不管我怎么给你化装，都不能引起任何人的同情。像你这样的壮骡子，无论到哪儿都会引起人们反感。不过也别失望（布什博士以最大的耐性等待着宰塔的这句话），还有好多别的法子可想，比如我可以教你装成一个白痴，其实在这方面你并不缺少什么，是的，装白痴。我还可以教你背一些赞美先知的颂词……"

那人顿时眉开眼笑，不住为他祝福。宰塔打断他的话，问道：

"你为什么不去拦路抢劫？"

那人垂头丧气地说道：

"我是个可怜的好心人，我不想伤害任何人，我爱先知穆罕默德和他的家族。"

宰塔鄙视地打断他的话说：

"你还准备给我上政治课？……"

谈完后转向一男人，那人又矮又瘦，宰塔高兴地说道。

"一块好材料……"

那人脸上露出笑容，满意地表示感谢：

"衷心感谢安拉……"

"你生来就是坐着装瞎子的料。"

那人高兴地说：

"这全归功于安拉……"

宰塔点点头，慢吞吞说：

"手术很难，也很危险。我问你，假如由于失误，出现最坏的情况，你真的失去视力怎么办？"

那人犹豫了片刻，然后无所谓地答道：

"祸福全在安拉！难道我从我的视力中得到过什么好处吗？失去它有什么可惜的？"

宰塔高兴地说：

"用这样的心你才真的能对付世界……"

"一切取决于安拉，先生！我的命运掌握在你手中，我将会把得来的施舍分一半给你……"

宰塔恶狠狠地盯住他，厉声地说：

"这话对我不中用，我每次只收两米里木，手术费在外。假如以后你想拖欠或者赖账，我是知道怎么取得我的权利的……"

这时布什博士提醒他：

"你还没提到你应得的面包的份额。"

宰塔表示听明白地说：

"那当然，那当然……现在让我们开始工作。手术是极为复杂和艰巨的，你还能试试你的耐性，你要尽可能地忍受痛苦。"

当他想到这瘦弱的身体将要承受他双手残忍的摆布时，惨白的嘴唇上露出了恶魔般的笑容……

第八章

  白天,代办处传出嘈杂声,在胡同里一直响个不停。除去午餐的一小会儿时间外,工人们不停地干活儿。货物进进出出像潮水般川流不息,好几辆大卡车同时发出声响,连左近的萨那迪格胡同、奥里叶胡同和爱资哈尔街都听得一清二楚。成群的顾客和经纪商蜂拥而至。这里零售和批发各种化妆用品,战争中断了从印度来的货源,显然给它的经营造成了明显影响。尽管如此,代办处还是保持住了它的声誉和地位,而且战争使它更有活力,利润更多。除去已经营的项目外,战争环境还使赛里姆·阿勒瓦先生去经营那些过去从不经营的货物,像茶叶之类。他干起了黑市买卖,赚了大钱。赛里姆先生坐在通往后院的大厅尽头的大办公桌后面,后院四周全是仓库,他坐的位置正好在大厅和后院中间,里外都能看清,也能方便地观察工人、脚夫和顾客们的行动。因此,他宁愿独个儿坐在这间屋子里,就像同行中的富商一样。因为照他的话说,真正的商人"应该是永远睁着眼睛的"。事实上,他确实是一个成功的实干家典型,精通买卖,左右逢源。他不是因战争而产生的新贵族,照他的话说,他是出自于"商人世家"。不过,一开始他并不属于富商之列,后来在第一次大战中他经商有方,获得成功。现在又赶上这次战争，战争给他造成机会，使他成为富翁。然而人无远虑，必有近忧，单就经商来说，他的情况是孤军奋战，既无支持者，又无助手。不错，现在他身体还健壮，精力充沛得甚至有点儿过剩，这些理应不致使他那么忧虑。然而必须为将来打算，一旦他年老体衰，代办处就没人经营了。遗憾的是，他的三个儿子中没有一个愿意在事业上助父亲一臂之力，他们全都厌恶经商，他曾企图劝说他们改变这种想法，但全都归于失败。他别无他法，虽然年过半百，仍不得不独自一人把这个家业支撑下去。无疑，他自己要对这一令人烦恼的结局负责。虽然他考虑问题离不开商人的头脑，但他的手脚还是大方的，至少对他的家和亲人是如此。他的住所像一座宫殿，建筑宏伟，陈设豪华，奴仆成群。原先他住在贾玛利叶胡同一所旧房子里，结婚后便迁到哈勒米叶胡同的这所豪华宫殿中，孩子们在新环境中长大，与商业活动和商人们几乎毫无接触。显然，环境使他们全都对自由职业产生了鄙视，由于他们的生活方式和环境，由于他们对父亲的工作和生活一无所知，所以，他们全都有一种新的更高的理想。当问题被提出来时，他们全都不听父亲的劝告，甚至把商业学校看成牢笼而拒绝报考。他们自己选择了法律、医学，成了刑事诉讼局的法官、律师和阿尼宫医院的大夫。尽管如此，生活还是幸福的，他那肥胖结实的身躯、丰腴红润的脸庞、充沛旺盛的精力都反映出了这种幸福的生活。幸福之源就在于诸事如意：赚钱的买卖，健康的身体，幸福的家庭，获得成功的儿子们，他们每人都找到了自己的方向，使父亲放心。除了三个儿子外，他还有四个女儿，全都嫁了人，而且安拉使她们婚后过得都很美满，要不是他不时想起代办处和他买卖的前途，一切都可以说是称心如意的。随着时间的流逝，儿子们注意到了父亲疲于奔命，但他们都从另外的角度考虑问题，他们担心有朝一日父亲失去支配权，或是突然撒下代办处而去，他们就会束手无策。有一个儿子——法官穆罕默德·赛里姆——建议他今后别再做生意了，经多年劳累理应安度晚年。但赛里姆先生明白儿子担心的是什么，便毫不掩饰地发怒道："你想在我活着的时候就给我吊丧吗？"这话很不中听，儿子感到不安，因为他和他的两个兄弟是真诚地爱着父亲的。此后，谁也不再触及这个敏感的问题。然而事情并未就此结束，他们又开始劝说父亲——相信这次不会再惹他生气——购置房地产比把钱存在银行里好。他用商人的脑子，对金钱和与金钱有关之事的敏锐洞察力，立即理解这话的真正动机。他清楚地知道，给他带来无尽财富的商业也可以在一瞬间化为乌有，用购置房地产来防患未然的富人倒不失为有谋有识，特别是他以他儿子们或妻子的名义登记这些房地产，一旦倒运还能有一些勉强应付灾祸的钱财。钱总是多多益善，人总不希望成为穷光蛋。他还十分清楚，一些曾经腰缠万贯的富翁，末了破产倒台后，变得一贫如洗。更糟的是，有些人因此自杀或忧郁而死。是的，他了解这一切，他知道儿子们的考虑是对的，也许他们的考虑对他来说并非什么新鲜事儿，可战争环境能允许这么做吗？不，不允许，这是很清楚的。那么还是以后再说吧，先把这事儿搁着，等时机成熟再办不迟。他没料到，他刚从这一思绪中解脱出来，他的当法官的儿子又建议他想法弄个贝克头衔。他儿子对他说："为什么你不能成为贝克呢？如今全国到处都是贝克、帕夏，好些人在财产、身份和地位上还不如你呢！"

　　这赞扬使他高兴。事实上，他不同于那些滑头的商人，他是很爱面子和地位的。他带点儿天真地询问有关获得贝克称号的方法，从此全家都为这事忙碌，大家出谋献策，虽然在如何获得的方法上众口不一。有的建议他去搞政治，把赌注押在政治上！其实，赛里姆先生除了做买卖外，对世上的事情几乎一窍不通。比如说，他的观点和信仰就并不比阿拔斯强多少，尽管他像阿拔斯一样到侯赛因陵寝去，虔诚地拜谒，像阿拔斯一样对达尔维什长老崇拜得五体投地，并引为吉祥。简单地说，他胃口很好，衣着华丽。然而，政治有时并不需要比这更多。他在认真而仔细地考虑着这种事，但他当律师的儿子阿里夫·赛里姆表示反对，并告诫他说：

"政治才会真正毁了我们这个家，吞了你的财产。你为你的政党花的钱会比用在自己亲属和生意上的钱多好几倍。如果你想当议员，就得为竞选花上好几千镑，为一个没有保障的席位付出代价，末了还不一定成功。我国的议员不都像害心脏病的人，随时都可能停止呼吸吗？再说，你选择哪个政党呢？假如不选华夫脱党①，就会削弱你在工作领域中的地位；假如选华夫脱党，那就不能保证像绥德基帕夏这样的总理不使你的商业像树叶一样被刮得七零八落。"

儿子的话对他产生了影响，他对他有文化的儿子们的话是信服的。他之所以彻底把政治抛在脑后，还由于他对政治一窍不通，对政治漠不关心。他对政治的了解无非是知道某些人的名字，而对这些名字的好恶还是从萨阿德·扎格卢勒②时代留传下来的。

还有的人建议他给某项慈善事业捐一些钱，也许会因此弄到个头衔。起初他对这项建议并不热心，因为商人的本性是不愿施舍和花费钱财的。这与他的众所周知的大度并不矛盾，因为实际上他的大度仅仅是对自己的家属而言。他没有拒绝这个建议，头衔还是有诱惑力的，他一直没有放弃过对它的追求，他知道这笔花费不会少于五千镑。应当怎么办呢？他决定不下，虽然在口头上他对儿子们说他不想这么做。从此，在经营代办处和购置房地产的忧虑外又增添了对头衔没有着落的忧虑，他把这一切留待以后时机成熟时再解决。

尽管存在这些忧虑，但还没有危险到影响他幸福生活的地步，特别是像他这样白天埋头工作、夜晚满足于性欲的人的生活。事实上，他一

---

① 以埃及派往英国谈判的代表团为基础的党派。
② 萨阿德·扎格卢勒（1860—1926），为争取埃及民族独立的改良主义者，曾任1924年的内阁首相，是埃及华夫脱党的创建人。

工作起来，就不再考虑别的问题，他坐在办公桌后面，全神贯注地倾听犹太经纪商的谈话，深为对方文雅的风度和口才所折服。不知内情的人会以为那是一对亲密的朋友，实际上，他是一只匍匐着伺机待跃的猛虎，忍耐，再忍耐，直至成功。让那些比自己强的人见鬼去吧！经验告诉他，这些先生是必须结交的敌人，照他的话说，是有益的魔鬼。那犹太人在跟他谈一笔保证盈利的大宗茶叶买卖，他一边捻着浓髭，一边打着饱嗝，他在考虑重大问题时总是这样。茶叶生意成交后，犹太人又向他提议购置一处好房产的问题——他了解他有此意图，但赛里姆先生已决定将此事推到战后再说，便没让他多谈，犹太人只成交了一笔生意，离开了代办处。接踵而至的是另一些经纪商。他以他众所周知的毅力和才能与他们周旋。中午，他站起来到一间陈设考究的房间去进午餐，房间里摆着一张供他午休的床。他的午餐通常是蔬菜、土豆和一盘油炒麦饭。饭后，他睡上一两个钟点。这期间，代办处停止营业，整条胡同寂静无声。关于那盘炒麦饭，还有一段故事，胡同里人尽皆知。它是食品，同时也是药方，是他的一个亲近的职员为他精心调制的。要是他相信在梅达格胡同还有秘密的话，这油炒麦饭究竟是食物还是药方会一直是个谜。这盘油炒麦饭拌有鸽子肉丁和肉豆蔻粉，他中午吃下去后，下午喝两三道茶，每两小时一杯，晚上便见效力，可以持续不断地保持整整两个小时的影响，给他带来无比的快乐！起初只有他俩和哈丝尼娅老板娘知道这秘密，胡同里的人只以为那是普通的中午饭，有的人说道："愿他吃得香甜。"有的人却咕哝道："但愿里面和着毒药。"后来有一天，老板娘哈丝尼娅动了一个念头，想用这药方在她丈夫贾阿德身上试试，于是便从盘里偷出足够分量的饭，然后再放进自己炒的净麦饭。打那以后，她每天都这么干，以为能瞒过赛里姆先生，因为她从实践中体验到了那药方的明显效力。可是赛里姆先生没被骗多久，他很容易地感到夜间的变化。起初他埋怨给他配药方的那个职员，当那职员辩白清楚后，他便对老板娘产生了怀疑，没费多大劲儿他就发现了她将饭调换了，他把她叫去，训斥了一顿。从此以后便不再把饭送到她的炉子上，而改送到新铁路区一家外国人开的面包房。于是秘密被揭穿并传播开来，乌姆·哈米黛也知道了此事，只要她知道，这就够了，很快梅达格胡同的全体居民便无人不晓，他们一看见那盘饭，便交头接耳，挤眉弄眼。赛里姆先生知道他的秘密被揭穿，怒不可遏，不过没过多久，他便不再理会。是啊，他在胡同里度过了大半辈子，可没有一天是这条胡同居民中的一员，他没把他们中的任何一个人放在眼里，要不是有利德瓦·侯赛因先生和达尔维什长老，他甚至连抬抬手打招呼都用不着。炒麦饭在一段时间里几乎成了全胡同的时髦货，要不是它的成本高，谁都不会忘记它的。卡尔什老板试着吃过它，布什博士尝过它，就连利德瓦·侯赛因先生，在肯定其中没有教义禁止的食物后，也试过，而赛里姆先生，除了在极少数情况以外，仍然一直在吃这种饭。事实上，他的生活是不安宁的，生活的范围狭窄。白天全为代办处忙碌，晚上，像他这样的人又缺乏任何消遣，不上咖啡馆、俱乐部、夜总会，除了找他老婆外，什么事也没有。因此，他在夫妻生活上想着法子变花样，以至超出了正常范围。

下午，他从午睡中醒来，洗完小净①和祈祷，穿上长衫和敞袍，回到办公室。他看到第二道茶已经准备好，便舒舒服服地一口一口呷起来，一边喝一边打饱嗝，饱嗝的声音很响，后院都能听见。他仍像早上刚来时那样精力充沛地开始了工作。但不时显得烦躁不安，老是朝胡同张望，在等待那宝贵的黄金时刻的到来，他还下意识地抚弄着鼻子。当太阳升到胡同右边的高墙上时，他把转椅转向胡同。难熬的几分钟过去了，他的两眼一直没离开过路面。他屏住呼吸，两眼闪出亮光，倾

---

① 穆斯林礼拜前的宗教仪式。一般是依次洗手、洗肘、漱口、呛鼻、用湿手抹头和冲洗双足。

听着石子路面上拖鞋的嗒嗒声。一会儿,在短短的几秒钟内,哈米黛从代办处门口款步走过。他轻轻地捻着胡须,把转椅转向办公桌,眼中流露出愉快的神情,虽然心中有一种说不出的惆怅!经过整整一个小时的等待、不安和向往,要他在瞥见她的一瞬间安静下来是困难的。他只有在代办处门前装作活动身子时可以偷偷看看她的窗户,在窗户后面看到她以外,要在别的时间里看到她是没有机会的。为了维护他的地位和尊严——他是赛里姆先生,她是个穷姑娘,胡同里到处是搬弄是非的舌头和打探隐私的眼睛——他停止了工作,食指在办公桌上不停地敲打着,同时认真地思考着。不错,她是个可怜的穷姑娘,然而,欲念才不管这些,内心总是唆使人去作恶!她可怜、贫穷,可是那紫铜色的脸蛋,迷人的眼神,苗条的身材,所有这些很容易跨越阶级的鸿沟!矜持有什么用?他被那迷人的眼睛,漂亮的脸蛋,诱人的肉体和那足以使得长老们抛开庄重和虔敬而不顾的丰腴的臀部吸引住了。她比所有的印度泊来货都宝贵!她还是小姑娘的时候他就认识她,那时她常来代办处为她母亲买指甲油和饮料。他看着她的乳房起初微微突起,后来变成圆形,直到现在像一对大石榴高高隆起。他还注意到她的臀部,开始不丰满,并不引人注目,后来渐渐往后突出,变得成熟,现在像圆球般焕发出女性的魅力。他对她越来越欣赏,最终屈服于那不可遏制的欲念,他对自己十分清楚,并不想掩饰。他常常想道:"假如她像赛尼娅·阿菲菲太太那样是个寡妇该多好!"假如她是个寡妇,他就有办法可想,而现在她是个黄花闺女,看来这事得多合计合计。他像平常那样暗自思忖:我究竟想干什么呢?他不禁想到自己的妻子和家庭。他妻子是个贤良的女人,具有男人所喜欢的一切优点:温柔,忠贞,充满慈母的爱,有非凡的持家才能,年轻时很会体贴人,接连给他生了好几个孩子,他找不出她的一丝不足。此外,她出生于一个贵族家庭,在血统和门第上比他强得多。他承认她的全部美德,并对她怀着纯真的爱,只是她的青春和活力逐渐消退，不能完全满足他的要求，甚至难于应付，这使他感到不快。由于他的活力惊人，因此，他与她相比，简直就是一个欲望极强的年轻人，而在她身上又得不到他渴望的享受。他不知道是因为这个缘故他才把自己同哈米黛联系在一起，还是由于他不可遏制的欲望，使他感觉到了这一令人难忍的空虚。不管怎样，他产生了一种不可遏制的需要尝尝新的强烈欲望。他毫不掩饰地自言自语道："安拉可以允许的事，我为何要禁止自己做呢？"然而，他是个受人敬重的人，非常希望人们都对他投以崇敬的目光，他最怕成为人们嚼舌根的对象。他属于那种凡事都要顾忌人们怎样议论的人。他跟有些人的信条相同，"吃你想吃的，穿人们想穿的"，所以他吃油炒麦饭。至于哈米黛……安拉啊！假如她生在富贵人家，他会一刻也不犹豫就向她求婚的。可是，哈米黛怎能成为伊法蒂太太的同夫姐妹呢？媒婆乌姆·哈米黛怎能像死去的乌勒法特·哈尼姆太太那样成为他的岳母呢？哈米黛又怎能成为法官穆罕默德·赛里姆、律师阿里夫·赛里姆和大夫哈桑·赛里姆的庶母呢？此外，还有好多事情，其严重性并不亚于此，应当认真对待。在这种情况下，需要购置一套新房子是肯定的，还有新的开销，它也许比原来的要大好几倍，将来新的遗产继承人肯定会把原先和睦的家庭搞得四分五裂，充满敌意和仇恨。究竟为什么要招来这许多烦恼？……为了满足一个五十岁的男人——而且已经是丈夫、父亲——对一个二十岁姑娘的欲望？他没有忽略这一切，因为他对与金钱和生活有关的问题从来都是清醒的。他始终犹疑不定，茫然失措。这种感情成了他生活中悬而不决的忧虑，像经营代办处、购置房产、获得贝克头衔一样，构成了他一系列始终解决不了的问题，不过它比其他问题要迫切得多，也更使人烦恼。

每当他独自一人陷入沉思时，脑子里便充满了这些思绪，但是哈米黛一出现在他眼前，或出现在窗前，他所想的，就只有一件事情……

第九章

　　乌姆·侯赛因——卡尔什老板的妻子——始终被忧虑所困搅。丈夫平白无故不回家，不能不引起她的疑惑，特别是过去他每次不回家总是紧接着会有丑闻传来。卡尔什老板连和妻子取乐快活都不愿意，是不会没有重要原因的。自从他邀集酒友每天半夜到房顶寻欢作乐直到天明以来，他就一直躲着这个家。这不禁勾起她忧伤的回忆，而那搅得她生活不得安宁的隐痛便油然而起。什么原因使他在外过夜？会不会是丢人的旧病又复发？放荡的丈夫会说他的变化纯然是为了解闷，或者说只是到一个合适的地方去避寒了。她绝不会默默相信这些虚假的借口的！她比所有的人更了解他。因此她始终被烦恼所缠绕，她怒火中烧，决心不管后果如何要采取行动。她虽年近五十，却是个凶悍泼辣的女人，许多时候大胆得超乎寻常。像面包铺老板娘哈丝尼娅和乌姆·哈米黛一样，她也是胡同里以泼辣著称的女人，特别是因为自己男人行为越轨就经常和他打闹，这出了名。同时，她那又大又塌的鼻子也是出名的。她是个很会生育的妻子，生了六女一男，男孩是侯赛因·卡尔什。她的女儿们都已出嫁，但夫妻生活全都别别扭扭，常有烦恼，虽然还不至于过不下去。小女儿的悲剧，曾经是胡同里的新闻。婚后的头一年，她突然失踪，后来在布拉克印刷厂一个工人家里被抓到，于是两人双双入狱。小女儿的悲剧给家庭带来了极大的悲伤，但这不是家里的唯一悲剧，卡尔什老板本身的作为，就是一出没完没了的老悲剧和新悲剧。乌姆·侯赛因知道怎么去打听她不知道的事，她向格米勒大叔了解，询问咖啡馆伙计桑格尔，终于了解到有一个最近常来咖啡馆，受到丈夫殷勤献茶款待的青年。她开始悄悄地观察咖啡馆里的顾客，果然亲眼看见了那个青年，见他坐在丈夫身旁，丈夫对他确实很殷勤。这可把她气坏了，旧怨新恨一齐涌上心头，她度过了火狱般难熬的一个夜晚，第二天变得更加怒不可遏。她内心像炸开了锅，但又拿不定主意该怎么办。过去为此不知跟他干过多少仗，但却毫无效果，她不想徒然重复过去的做法，决定不马上跟他发作。这倒不是怕他，而是为了避开幸灾乐祸瞧热闹的人。这时，侯赛因·卡尔什正打算外出，她气冲冲走到他跟前，激动的对他说：

"孩子，你不知道你爸爸又在给我们制造一桩新的丑闻吗？"

侯赛因即刻明白她指什么！她的话除了那个著名的、众所周知的唯一含义外，不可能有别的含义。他内心充满了厌恶，两只小眼睛冒出火花。这是一种什么样的生活，他几乎没有一天不面对丑闻，陷入困境！即使没有这些丑闻，他也有好多理由发火，他对周围的一切都不满。也许正是这种不满才促使他很早就到英国军队里服役！他的新生活不仅没平息他的不满，反而更使他牢骚满腹，他对亲人、家庭和梅达格胡同里的一切，都感到厌恶。如今母亲的话无疑是火上浇油，他满腔怨恨地说：

"你让我怎么办？对这些事我有什么办法？从前我干预过，也想叫他改正，可结果差点儿打起来。你还想让我再扯他的领口吗？"

他并非指罪过本身，而是人们对他们的耻笑和中伤，以及发生在家庭中的谩骂和厮打。至于罪过本身，他毫不在乎，而且他在第一次听到这事时，轻蔑地耸耸肩，无所谓地说："他是男人，男人没什么可指责的！"后来他发现自己家庭成为大伙儿的谈话资料和猎奇对象时，便跟其他人一样发起怒来，对父亲感到不满。他和父亲本来就不和，这种不和通常是来自两种近似的本性，他俩都古怪、凶狠、易怒，由于这一丑行，两人更加深了矛盾，甚至变得像仇人，时而干仗，时而讲和，不过怨恨始终难以消除。

乌姆·侯赛因不知该说什么，但她不想让父子俩因为她再结下新仇。她离开儿子，生气地、骂骂咧咧地回到房间里，整个白天她的心情都平静不下来。虽然她平时受的屈辱极多，但这次却不甘忍受，她决心要惩治犯罪的男人，即使会使自己成为幸灾乐祸者们嘲笑的对象，她也不怕。不过，她认为最好还是在她的权势范围内先对他提出警告。于是，她等到后半夜，顾客们陆续散去，丈夫正准备打烊，她便从窗口喊了他一声。他不满地抬起头，高声问道：

"什么事，乌姆·侯赛因？"

上面传出她的声音：

"你上来一下，有重要事情……"

老板示意让伙计在原地等他，然后拖着沉重的脚步走上楼梯，站在自己家门槛旁喘气，同时粗声粗气问道：

"什么事？不能明天早上再说吗？"

女人见他双脚站在门外不想进来，就像不愿跨进生人的房间似的，心头不禁冒火，她用两只因熬夜和恼怒而变得通红的眼睛盯着他，但她不想先跟他发火，克制住感情对他说：

"请进来呀，老板。"

卡尔什老板心想，既然她有话要说，为什么又不讲呢？于是恶狠狠地说：

"你想说什么……说吧！"

啊，这缺乏耐性的家伙！他在外面度过那么多漫长的夜晚都不腻味，现在只谈两分钟就不耐烦了。虽然如此，在安拉和人们面前，他还是她的男人，是她孩子们的父亲。说来也奇怪，尽管他对她不好，可她总不恨他，也不轻视他的地位，他是她的男人，她始终忠实于他，每当罪恶之手将他夺走时，她总要设法把他拉回来。而且她确实为他而自豪，为他的男人气概、在胡同中的地位和对同行的影响而感到自豪。假如不是那可恶的丑行，像他这样的人，在世上还找不出第二个哩！瞧，他现在又被魔鬼迷惑，想摆脱跟她的谈话，立即去找那青年。她抑制不住怒火，愤愤说道：

"你先进来，干吗像个外人站在门口？"

老板不满地嘘了口气，嘟嘟嚷嚷地跨进门，来到过厅，同时用沙哑的嗓音问道：

"你究竟要干什么？"

女人把门关上说：

"先歇会儿，我有几句话要说……"

他疑惑地望着她：这女人要干什么？是不是又要阻拦他？他朝她喊道：

"快说，为什么要浪费时间呢？"

她发怒道：

"难道你有什么急事吗，老板？"

"你不知道吗？"

"什么事使你急成这样？"

他越来越疑惑，内心充满愤怒。他在想：他对这女人还要忍耐到什么时候？他对她的感情是矛盾的：有时厌恶她，有时又喜欢她。当他在罪恶中越陷越深时，对她的厌恶便占了上风，假如她出来指责他，事情就会变得更糟。奇怪的是，他总是认为自己的所作所为是对的，他不理解她为什么要毫无道理地干涉他！难道他就没权干自己想干的事吗？难道她不该服从吗？她的一切要求都能满足，经济也很宽裕，难道她还不称心吗？不管她是好还是坏，她已经像睡眠、大麻烟、家庭一样，成了他生活中的必需品。他从未认真地考虑过要抛弃她，如果他真的这样做，也不会有多大困难。而她毕竟还能填补空隙，关心他的事业。总之，他希望她是他的妻子。尽管如此，他内心还是恼怒地自忖道："我对这女人还要忍耐到什么时候？"他冲着她大声嚷道：

"别犯傻了，快说话，否则就让我走……"

女人也气愤地说：

"难道你不能跟我说些比这更好听的话？"

老板吼道：

"现在我才知道你根本没话跟我说，你最好做个知趣的女人，去睡觉吧……"

"但愿你是个聪明的男人，也去睡觉吧……"

老板两手一拍，吼道：

"我怎么能现在就睡觉？"

"安拉创造夜晚是干什么的？"

他听了又惊又恼，说：

"我什么时候晚上睡过觉？难道我病啦？你这女人！"

她用带有特殊含义的语调——她知道他会立即明白的——说道：

"向安拉忏悔吧，我的老板，祈求安拉接受你的忏悔，虽然为时过晚！"

他明白她在说什么，对她的用意他已不再怀疑了，可他仍装糊涂，恼怒地说：

"和朋友们在一起玩玩有什么罪过？有什么可忏悔的？"

她见他故意打马虎眼，越发生气，说：

"你忏悔在夜晚干的事！……"

老板狡猾地说：

"你想改变我的生活。"

她怒不可遏地说：

"你的生活?！"

他仍然狡狯地说：

"对，抽大麻烟就是我的生活。"

她两眼冒出怒火，真想在他的黑腮帮上狠狠扇两个耳光，她问他：

"还有另外一种大麻烟呢？"

他对抗地说：

"我只抽一种大麻烟。"

"我看你抽的只是我。近来你为什么不在房顶上的老地方夜间谈天？"

"我为什么不能到我想去的地方？在房顶上，县城里，还是在贾玛利叶胡同，这与你什么相干？"

"为什么你要变换夜间谈天的地方？"

他抬起头嚷道：

"安拉做证。直到今天我都不受政府法庭的审判，你倒在家里给我开了个永久性的法庭。"随后他低下头继续说，"你不知道我们这个家已经被怀疑了吗？周围布满了暗探。"

她嘲讽地问道：

"那个无耻的青年也是布在你家周围的暗探吗？"

啊，这暗示不是很明显吗？他脸色陡然一变，显得不耐烦地问她：

"哪个青年？"

"就是你亲自给他端茶送水的那个放荡青年，你在他面前简直跟小伙计桑格尔在顾客面前一样！"

"这有什么不对？老板为顾客服务就应该像小伙计一样。"

她愤怒地嘲讽道：

"为什么你不为格米勒大叔端茶？为什么就格外款待那放荡的青年？"

"款待新顾客，理所当然！"

"话怎么说都行，可你这么做太无耻，太丢脸啦。"

他用手指着她表示警告：

"给我住口，你这疯婆子！"

"别人全都越活越清醒……"

他愤愤地咬咬牙，骂个不停。但她不理会他，继续说：

"别人全都越活越清醒，你却越活越糊涂。"

"你这女人，简直胡说八道！胡说八道！指先贤侯赛因起誓！你会后悔的！"

她声音发抖地大声喊道：

"你这种人要受到惩罚的！别让我们再出丑了！别让人们瞧咱家的热闹了！"

"你要后悔的！你要后悔的！"

她既失望，又愤怒，威胁他说：

"今天我只是在房间里说说，明天全世界都会听见我说什么。"

他抬起沉重的眼皮，大声问她：

"你吓唬我?！"

"吓唬你，也吓唬你家里的人！让你知道知道我是谁！"

"看来我真该敲碎你这昏婆子的脑袋！"

"嘿嘿……安拉彻知，你吸大麻烟和放荡得太过分了，还没那个力气哩，你连手都抬不起！……你完了……你完了，我的老板！"

"就因为你我才完了。男人不都是因为女人才完了的吗？"

"我可怜那些还不及女人的人!"

"你说什么?难道我没让你生下六女一男……还不算流产和堕胎呢!"

她发疯般怒吼道:

"你还好意思提孩子?难道这些都不能使你不再放荡吗?"

他用拳头猛击墙壁,转过身朝门口走去,说道:

"疯女人,胡说八道!"

她在背后吼道:

"你不耐烦了吗?是不是怕他等久了?你会得到报应的,不要脸!"

老板猛地把门关上,发出"砰"的一声巨响,响声划破了胡同寂静的夜空。乌姆·侯赛因气得两手攥紧拳头,心中充满强烈的怨恨,直想报复。

第十章

阿拔斯用审视的目光对着镜子细细端详自己的模样,突出的大眼睛里流露出满意的神色。他小心翼翼将头发梳理整齐,轻轻掸掉衣服上的尘埃,跨出店门,在门口站了会儿。现在是令人心醉的傍晚时分,天气晴朗,天空一片湛蓝,在下了一天霏霏细雨后,气温突然转暖,雨水把整个梅达格胡同洗得干干净净,这种情景,一年中也顶多只有两三次。萨那迪格胡同的一些洼地至今还积着泥水。格米勒大叔坐在小铺里的椅子上,阿拔斯满面春风,心中荡漾着爱的喜悦,低声吟道:

> 我的心呀,为钟爱的情人,
> 长久地欢乐,备受着折磨。
> 过来人对我们说:
> 害相思的小伙子,
> 要学会忍耐哟,
> 忍耐才能从痛苦中解脱。

格米勒大叔睁开眼睛,打了个哈欠,看了看站在理发店门口的小伙子。阿拔斯瞅着他笑了笑，走过来用手搔了一下他松软的头发，欣喜地说道：

"我们相爱了，让全世界为我们祝福吧……"

格米勒大叔叹口气，提高嗓门说：

"恭贺你，阿拔斯兄弟，不过，你别卖掉寿衣凑婚礼钱，把它给我吧！"

阿拔斯哈哈大笑，随即缓步走出胡同。他穿一套灰色制服，这也是他唯一的一套制服，一年前曾翻改过，如今领边、袖口都用针细细地缝补过，由于平时注意洗熨，乍看起来还蛮不错呢！他满心欢喜，精神抖擞，显得比平时更有精神，不过他仍感到有一种在倾吐内心隐衷前的强烈不安。这段时间他用爱、也为爱生活着，他用天使的双翼在欢乐的天空翱翔。他的爱是一种细腻的感情，真诚的意愿和强烈的欲望。他欢喜乳房就像欢喜眼睛一样，向往乳房后面肉体的温热就像探索眼睛中神秘莫测的迷人目光一样。在戴拉赛街拦截姑娘那天，他感受到胜利的喜悦，他把那天她的拒绝想象成是女性用来响应爱情的一种积极表示。一连好几天，他都兴奋异常，但不久，热情便渐渐消失，再没什么可鼓起劲儿来的东西，反倒产生了疑惑。他暗自思忖：干吗要把她的拒绝看成一种表示，而不是真的拒绝呢？难道因为她态度并不粗暴吗？可是谁能料到一个长年和他住在一起的邻居竟会对他如此冷漠？……其实，他是高兴得过头了，这是一种虚假的兴奋。然而他并未退却，每当他产生疑惑时，便要想方设法去维护他的这种幸福。早晨，他走出铺门，看见她打开窗户让房间通通气；晚上，他坐在她窗下咖啡馆台阶的椅子上抽水烟，透过关闭的窗隙一次又一次偷看那可爱的身影。他并不满足于此，还在戴拉赛街又一次拦住她，但仍遭她拒绝，他又试过一次，也同样失败。他虽然败兴而归，但心中仍充满希望和欢乐。他想，幸福就在前头，需要更大的勇气和耐心。因此，他现在又带着勇气、信心和渴望出发了。他看见哈米黛和女友们迎面而来,便闪在一旁让她们过去,然后在后面慢慢尾随。他发现姑娘们向他投来疑惑的目光,心头不禁掠过一阵愉快和自豪的感觉。他一直跟着走,直到她们在戴拉赛街尽头分手。于是,他朝前抢了几步,走到离哈米黛一米远的地方,尴尬地对她笑笑,还是用习惯的问候语低声跟她打招呼:

"晚上好,哈米黛!"

无疑,她是在等他,可她对这事一直犹疑不决。她不喜欢他,也不讨厌他,也许因为他是胡同里唯一跟她般配的青年,所以她不忍心骤然和他断绝关系或粗暴地拒绝他。他又一次拦住自己的去路,她并不计较,只是淡淡斥责了他几句,稍稍做出要离去的样子,本来,她是可以扇他耳光的。虽然她的人生经历有限,但她却能感到这个温顺的青年和她之间有鸿沟,和她渴望力量、放纵、控制和抗争的本性有巨大差距!真的,她要是在任何一双眼睛中看见挑衅或自信的目光,便会激动得发狂,然而,阿拔斯眼睛中的那种温顺、善良的目光,却引不起她的兴趣。作为胡同里唯一跟她适合的青年,她对他有一定好感,但同时却有一种说不出的原因,使她对他疏远,她一直犹疑不决,对他既不表示亲近,也不明显疏远。假如不是她相信结婚必须是一种合乎自然的结局的话,她会毫不迟疑地斥责他,严厉拒绝他的。因此,她愿意跟他周旋,听听他说些什么,看看他想干什么,也许能从中得到某种安慰。阿拔斯担心她就这样一声不吭走到大街尽头,便再次哀求似的说道:

"晚上好……"

她漂亮的紫铜色面孔舒展了些,放慢了脚步,假装不耐烦地说:

"你想干什么?"

他见她面色变得和悦了些,便不顾她的烦躁,满怀希望地说:

"我们到爱资哈尔街去吧,那里僻静,况且天也快黑了……"

她默默离开戴拉赛街,向爱资哈尔街走去,他尾随着她,高兴得心都快跳了出来。她脑子里响着这话的回声:"那里僻静,况且天也快黑了。"她明白她在做一件应回避人们耳目的事,嘴角露出一丝不以为然的冷笑。从她桀骜不驯的性格来说,道德是微不足道的,她在一个几乎不讲道德教养或从不受道德约束的环境中长大。她的倔强个性和不常在家的母亲对她的忽略,更增加了她对道德的蔑视,她一向由着性子,常常与这个争吵,与那个打架,什么也不顾,在她心中压根儿无美德可言。阿拔斯紧跟在她身后,赶上她,愉快地说:

"你是个好姑娘……"

但她显得不耐烦地说:

"你找我究竟想干什么?"

阿拔斯控制住内心的激动说:

"耐心点儿,哈米黛!对我温和些,别那么严厉……"

她扭过用长袍的一角遮着的头,狠狠对他说:

"你现在就告诉我:究竟想干什么?"

"耐心点儿……我想……我想一切美好的事情……"

她烦躁地说:

"你什么也不想说。我们已经走得够远了,时间也不早了,我不能比平常回家晚。"

他对延误时间也颇感不安,便急忙说:

"别担心,我们一会儿就往回走。我们会找到理由跟你妈解释的。你老是考虑几分钟的时间,而我却考虑人的一生,考虑我们生活中的一切。这就是我经常在想的,你不相信吗?这确是我考虑的主要事情,指赐给这地区吉祥的先贤侯赛因发誓……"

他的话既朴实又真诚,她感觉到了他话语中的热烈情绪。在听他谈话时有一种愉快感,虽然她冰冷的心并未为之而颤动,但却暂时忘记了那令人难受的犹疑。她仔细听他讲下去,不知该说什么好,便一直沉默不语。阿拔斯受到鼓舞，继续激动地说：

"你别计较几分钟时间，也别老问我这奇怪的问题。哈米黛，你问我想干什么，难道你真不知道我想说什么吗？我为什么在路上拦住你？为什么无论你在哪儿我的眼睛总盯着你？你爱怎么想就怎么想吧。你从我的眼神里真的看不出什么吗？人们说眼睛是心灵的窗户，你懂吗？你扪心自问，再问问胡同里的人，他们全知道！"

哈米黛蹙蹙眉，下意识地低声说：

"你在出我的丑……"

这话使他不安，于是便情绪激动地提高嗓门说：

"我们俩之间谈不上出丑，我对你是一片真情。先贤侯赛因能为我的话做证，他了解我的心。我爱你，我爱你好久了，我比你母亲还爱你哩！指先贤侯赛因和侯赛因的祖父起誓，指安拉起誓，我是真心的……"

她感到一阵兴奋，心头掠过与她渴望力量、渴望控制的本性相吻合的自豪。是啊，热烈的情话总是令人愉快的，虽然不一定能得到心儿的响应，对于一颗被压抑的心，毕竟像是一种香料，使它舒坦。她迅速地联想到将来，内心思忖道：假如他真遂了愿，她跟他怎么生活？他现在就穷得每天只能自己糊口，那时还将把她从赛尼娅·阿菲菲太太楼房的二层楼接到利德瓦·侯赛因先生楼房的一层楼。最好的事，也就是母亲给她准备一张半新旧的床、一张沙发和几个铜碗盆。结婚以后，她要干的就是打扫房间、做饭、洗衣裳和喂孩子。也许那时她只能光着脚穿一双破鞋在街上行走。她好像已目睹了一幕幕可悲的场景，不由倒抽了一口冷气，对漂亮衣着的渴望又在她心中产生，胡同里女人们指责她厌恶孩子的那种说法又出现在她脑子里。她重新陷入痛苦的犹疑中，不知道她顺从地跟着阿拔斯走是对还是错。这时，阿拔斯正满怀希望，惴惴不安地注视着她，对她的沉默和思考做出自己的解释。他满怀深情地说：

"为什么不说话，哈米黛？你只说一句话，我也会满意的，一句就够了，说呀，哈米黛！"

她依然缄默不语，处在彷徨之中。阿拔斯继续说下去：

"一句话就能使我幸福，充满希望。也许你不知道对你的爱使我发生了什么变化。它给了我前所未有的新的精神力量！使我成了另一个人，使我无所畏惧地去闯开生活之门。你不知道吗？我已从沉睡中清醒，明天你将会看到我成为一个新人……"

他指的是什么？她疑惑地扭过头去。阿拔斯对她的关注感到兴奋，热情、自豪地说：

"是的，我把一切交给安拉，要像别人那样去碰碰运气。我将去英国军队干活儿，但愿能成功，就像你乳兄侯赛因那样。"

她眼中现出关注的神情，脱口问：

"真的？……什么时候去？"

无疑，他希望和她谈另一个话题，希望在引起她关注前能感受到她的感情，能听到他一直想听到的甜言蜜语！不过，他还是认为这种关注是她用来掩饰感情的遮羞布，就像他怕吐露真情一样。他不由一阵激动，满面笑容地说：

"不久我就到英军驻扎的大丘陵去，开始日薪是二十五个基尔什。我问过好多人，他们都说与在英军服役的许多人比，这薪金还算少的。我将尽量省吃俭用，等战争结束后——人们说离结束还远着哩——我回到这儿，在新铁路区或爱资哈尔街开一个新理发铺，我将过着富裕的生活，让我们……一块儿享受吧……但愿能如此。为我祝福吧，哈米黛！"

这可是她没想到的新鲜事。假如小伙子说的是真话，她的愿望将会得到极大满足。她的心不管怎么倔强，总是可以用金钱征服的。阿拔斯以责备的口吻嘟哝说：

"你怎么不为我祝福呢？"

"愿安拉保佑你成功。"

她轻柔的声音传进他耳中,使他感到甜滋滋的,虽然在她所有的魅力中她的语音是最不迷人的。

他内心一阵狂喜:

"啊,愿安拉保佑我成功。只要安拉佑助,世界将对我微笑。只要你满意,整个世界都会满意的。我的最大心愿就是让你满意。"

她渐渐从犹豫中解脱出来,在迷雾中看到了一丝亮光,一丝耀眼的金黄色的亮光。如果说这个人不能使她满意,也不能激起她女性的温柔感情,那就让她喜欢的这一丝亮光大放光明,来满足她追求力量和虚荣的强烈欲望。再说,他首先是胡同里唯一跟她般配的青年!是的,这是确实无疑的,她感到一阵兴奋。她又听见他在说:

"你没听见我说吗?我的最大的心愿就是让你满意!"

她嘴角浮起一丝微笑,低声说:

"愿安拉保佑你成功……"

阿拔斯兴奋地说:

"用不着等到战争结束!……我们将成为梅达格胡同中最幸福的人。"

她厌恶地皱了皱眉,下意识地用一种鄙夷的口吻说:

"梅达格胡同?"

他惶恐地看着她,尽管他爱梅达格胡同胜过爱全世界,但他还是不敢为他心爱的这个胡同辩护。他惴惴不安地思忖道:"她像她乳兄侯赛因一样鄙视这可爱的胡同吗?"他俩可是吃一个奶头长大的哩!他想尽量抹去给她造成的不好印象,便说:

"我们可以选择你喜欢的地方,在戴拉赛街、贾玛利叶胡同、法院路,你想住哪儿就在哪儿安家!"

她注意到他话中的意思,心中一阵不安,她明白他说得太多了,舌

头失去了控制。她咬了咬嘴唇,呵斥道:

"安家?安什么家?这事跟我有什么关系?"

阿拔斯大声埋怨地说:

"你怎么能这么说?你让我痛苦得还不够吗?你难道不明白我指的是什么家?别这样,哈米黛!我指的是我们俩共同选择的家,也可以说是你一人选择的家。因为那是你的家,而不是所有人的。你知道,正是为这个家我才离开这儿。你不是祝愿我成功吗?幸福生活一定会变成现实的。我们就这样谈妥了,哈米黛,就这样。"

他们真的谈妥了吗?是的,谈妥了!不然她不会随他一道走,不会跟他说话,不会一块儿憧憬未来。这对她本来无妨,他毕竟是跟她般配的青年。不过她仍感到犹豫不安。难道她真的变成了另一个人,一个几乎完全失去了自主的女人?这时她感到他的手在抚摸她的手,并把它紧紧握住,一股暖流流进她冰凉的手指间。要不要从他手中把手抽出来,对他说"不……这事跟我无关"?可她没有那样做,也不说一句话,任他温暖的手握住自己的手,两人并肩朝前走。

她感到他的手握得更紧了,只听见他说:

"我们将永远在一块儿……是吗?"

她仍然一语不发,用缄默表示满意。阿拔斯又说道:

"我们要经常在一块儿,把所有问题考虑好。我要去找你妈的……行前一定得谈好。"

她将自己的手从他手中抽出,惊恐地大声说:

"我们耽误得太久了,走得太远了……往回走吧……"

他俩掉转身往回走,阿拔斯发出幸福的欢笑,这笑声是他心底里充满幸福感的表现。他俩快步往前,几分钟便赶到奥里叶胡同,在那儿分了手,哈米黛径直朝前走,他则拐向爱资哈尔街,从侯赛因清真寺返回梅达格胡同。

第十一章

"愿得到安拉的宽恕和怜悯。"

乌姆·侯赛因嘴里一边咕哝,一边朝利德瓦·侯赛因先生住房走去。她在愤懑和失望中祈求安拉宽恕和怜悯。她想尽了法子规劝丈夫,仍不能使他回心转意,只得去拜见利德瓦先生,也许利德瓦先生凭借他的正直和威望能做到她力所不及的事。从前发生这类丑事,她并未找过利德瓦先生,可这一次,一方面由于失望,另一方面担心公开吵闹会让幸灾乐祸的人看笑话,因此,她来叩击这扇可靠、合适的大门,也许……但愿……利德瓦太太将她迎进屋,她小坐了片刻。利德瓦太太四十岁上下,这是许多妇女引以自豪的年龄,认为在这年龄的女性成熟达到了顶点。不过这女人却身体羸弱,精神萎靡不振,她的孩子一个接一个死去,在她肉体和精神上都留下明显的伤痕。她的存在给这宁静的家庭蒙上一层忧郁的气氛,利德瓦先生对信仰的虔诚也无力将它驱散。她的羸弱和忧伤,与她身躯魁伟、满面春风的丈夫形成鲜明的对比。她是一个懦弱的女性,虽然笃信宗教,却不能从不幸的境遇中超脱。乌姆·侯赛因知道这些,便向她诉说自己的苦衷,希望得到对方同情。随后她要求会见利德瓦先生,那女人进去片刻后又出来,请她到里屋去见她的丈夫。

此时，利德瓦先生坐在一张兽皮上，手里拨弄着一串念珠，面前是一个小火炉，茶壶摆在他的右边。屋子小而整洁，四周放着沙发，地上铺着一张波斯设拉子产的地毯，中间是一张圆桌，上面摆着纸质发黄的书籍，天花板上吊着一盏大煤气灯。利德瓦先生穿一件灰色大袍，戴一顶黑色羊毛便帽，红润的脸膛像明月般闪光。他常常在这屋中独处，看书、祷告或沉思；也在这里与他的学者、苏菲派①朋友们聚会，在一起谈论时事，交换看法。利德瓦先生不是教义学家，不是聪慧过人的智者，也不是那种不量力而行的人，他只是一个虔诚的教徒，以他宽宏的胸怀，优良的品德和善良的心灵吸引着学者们，他称得上是安拉派到世间的一位贤人。

他起身迎接乌姆·侯赛因，却避免正眼看她。她将长袍遮住脸面，伸出用袍角裹住的手向他致意。利德瓦先生开口说：

"欢迎我们的好邻居……"

他请她坐在对面的沙发上，他则盘腿坐在兽皮上，乌姆·侯赛因向他祝福道：

"愿安拉使你尊贵长寿！"

他在忖度她为何来找他。他没有按一般礼节那样问起她丈夫。他像其他人一样了解卡尔什老板的品行，过去也听说过他和妻子有隔阂并常常互相打骂，他深信，他已不由自主地卷入了他们夫妻间的一场新的争吵中。他面对现实，以宽广的胸怀来处理这样的事情，就像过去处理别的自己不愿意处理的事情一样。他面带微笑，鼓励她说下去：

"感谢安拉！"

那女人却并不迟疑，羞怯压根儿不是她性格中的弱点，她是个颇为泼辣凶悍的女人，整个胡同只有哈丝尼娅老板娘能超过她。她大声对

---

① 伊斯兰教中的神秘主义派别。

利德瓦先生说：

"利德瓦先生，你常给人好处和吉祥，你是胡同里的善人，所以我在为难时来求你帮助，向你诉说我那放荡的丈夫……"

她有意提高后面几个字的声音。利德瓦先生再次笑笑，感慨地说："你想说什么就说吧，我听着哩。"

女人叹息着说：

"愿安拉提高你的能力，心地纯洁善良的先生！我男人没羞没臊，更不知改邪归正。每次，我以为他已悔改，谁知他又干出新的丑事。他放荡惯了，无论年龄、妻子和孩子，都不能使他改掉那邪恶的念头。也许你知道每晚去咖啡馆的那个年轻人？这就是我家发生的新的丢人的事……"

利德瓦先生清澈的目光变得黯然，低头沉思不语，这位未被失子剧痛压倒的人，却为这种事难过，他始终缄默不语，心里却在诅咒那使人走上歪路的魔鬼。那女人把他的沉默看作是盛怒的表示，便动了感情，怒气冲冲地说道：

"那不要脸的男人给我们丢丑。指安拉起誓，若不是一块儿过了这么久和为了孩子们，我真想离开这个家永远不回来。对这耻辱，对这丑行你能安心吗，先生？我规劝过他，可他不听，我警告过他，可他不改，我别无办法，只得找你。我本不愿将这难为情的事告诉你，玷污你的名声。可我没办法，你是这地区的先生和善人，人们都听你的。也许你的话比我和所有人的话都管用，万一你劝他不成，我不会和他善罢甘休的。不错，今天我压下了这口气，可要是他不回心转意，我会把整个胡同搅翻，把他发臭的躯体踩在脚下……"

先生用斥责的目光盯住她，以惯有的冷静说道：

"先消消气，乌姆·侯赛因太太。赞颂至高无上的安拉吧，别恼坏了身子。你是一位贤良的太太，这是大伙儿公认的！别使你和你丈夫成为人们的笑柄。贤良的妻子应当是密封的套子，能遮掩安拉命令遮掩的事情。你先安心回家吧，把事情交给我来处理，安拉会帮助我们的……"

那女人控制住感情说：

"愿安拉使你荣耀，赐你幸福！先生，你是众望所归，我把这事交给你，我等着听回音，安拉就在我和那放荡男人的中间……"

先生尽可能抚慰她，让她平静下来。每当他好言相劝，那女人便要为他祝福一番，同时对丈夫骂个不停，并且讲述他的一段丑闻，直到几乎使得利德瓦先生失去耐性！他客气地送走她后，不禁深深叹了口气，坐下来沉思。显然他不希望卷到这种事情中去，然而事情已经发生，他必须履行诺言。他唤来小奴仆，让他去请卡尔什老板，孩子飞快跑着去了。他默默地等候着，他还是头一次让一个放荡之徒到自己家来呢。从前来访的全是教义学家和苏菲派的朋友们。他叹了口气，暗暗思忖道："指引恶棍上正路总比和信徒坐在一起强。"不过，他真能指引他上正路吗？他肯定地点点肥大的脑袋，并引《古兰经》的话做证："你必定不能使你所喜爱的人遵循正道，安拉却能使他所意欲的人遵循正道。"①他心中对魔鬼把人诱离安拉指引的正路暗自惊讶。这时，小奴仆进屋通报卡尔什老板已到，他的思绪被打断，起身把老板请进屋。卡尔什老板拖着瘦长的身躯跨进屋，从他沉重的眼皮下对利德瓦先生投来崇敬的目光，弯下腰向他握手致意。利德瓦先生对他表示欢迎，并请他入座。他便坐在他妻子刚才坐过的沙发上，利德瓦先生给他斟了满满一杯茶。卡尔什老板的心情很坦然，没感到有什么可担心的，他全然不知利德瓦先生为何召他前来。像他这样意志消沉的人，已失去了所有担惊、预测和防变的能力。利德瓦先生在他睡眼惺忪的眼睛中看到了这种若无其事的表情，便微笑着淡淡说道：

---

① 《古兰经》故事章：56节。

"蒙你光临舍下，卡尔什老板！"

老板一双手举过缠头，说：

"愿安拉使你荣耀，利德瓦先生！"

先生说道：

"请别责怪我打断你的工作，我请你来，是觉得应该像兄弟那样跟你谈一桩重要的事，没有比家里更适合的地方了。"

老板低下头，十分有礼貌地说：

"唯你之命是听，先生……"

先生怕互相客套下去白白浪费时间，使老板长时间离开工作，便想单刀直入，他并不缺乏开诚布公的勇气，于是严肃地说：

"我想同你像兄弟那样谈谈，或者说，我们应该像兄弟那样谈谈，假如我们间的关系是亲密和信任的话。忠实的兄弟应当是，当他看见一个兄弟摔跤时，便用双手将他扶起，当他看见兄弟跌倒时，使他站立起来，当他认为要对兄弟提出忠告时，诚恳地劝诫他……"

老板的热情消失了，直到这时他才明白自己陷入了预先设下的圈套，深凹的眼睛中显出犹豫的神情，不由嗫嚅道：

"你说得对，先生……"

老板的犹豫不安没能逃过先生的眼睛，他依旧用严肃的，但又被他善良、真诚的眼光冲淡了的语调说：

"兄弟，我要跟你谈谈心里话，恕我直言，对于怀有善良动机和真诚愿望的人是用不着怨恨的。说真的，兄弟，我对你的某些行为感到不安，我认为那不符合你的身份……"

卡尔什老板皱皱眉头，心想："你这是干什么？就为这个叫我来吗？"他假装吃惊地说：

"我的行为使你不安？真的，先生？……安拉保佑！"

先生没理睬他的故作姿态，接下去说：

"魔鬼看见年轻人的房门开着,便悄悄地或明目张胆地进去干坏事。虽然如此,我们也不能原谅年轻人把门打开,而要让他把门关上,防止魔鬼进来。对于有防卫能力的老年人应该怎样呢?假如我们看到他自愿把门打开,召魔鬼进屋,又该怎样呢?……这使我不安,卡尔什老板!"

年轻人、老年人!开门、关门!魔鬼!他为什么自己不休息,也不让别人安静呢?他惶惑地摇摇头,低声说道:

"你的话我一点儿也不懂,利德瓦先生!"

先生带着意味深长的目光,不无谴责地说:

"真的不懂?"

老板开始感到烦躁和不安,讷讷道:

"真的……"

利德瓦先生干脆地说:

"我认为你明白我说的是什么。我是指那个不害臊的年轻人……"

老板面前的一切出路都堵死了,他心中一阵愤怒,但只能像一只关在笼子里的老鼠,仍不停地在铁笼里面挣扎。他用无可奈何的语调问道:

"哪个年轻人,先生?"

先生避免刺激他,和颜悦色地说:

"你知道他的,老板。我先讲出来并非有意伤害你或使你难堪,安拉保佑,我只是为你好。否认有什么用?大家都知道,也都在议论纷纷。以我的生命发誓,这使我很痛心,我痛心看见你成为人们议论的对象。"

老板震怒了,他用拳头在自己的腿上狠狠一击,用沙哑的声音说着,同时唾沫飞溅。

"有些人没事找事,自己不休息,也不让别人安静!先生,你真的看见他们在议论吗？从安拉创造了大地和人那天起，他们就一直是这么干的。他们伤害一个人，并非因为有某种丑行，而是纯粹为了诽谤。他们如果找不到缺点，也会编造的。你以为他们会不安和叹惋吗？不，指安拉发誓，忌妒吞噬了他们的心灵……"

这话使先生吃惊，他对老板说：

"这是什么话！难道这丑恶的行为还值得忌妒吗？"

老板佯作开怀大笑，同时愤恨地说：

"我说得一点儿没错，利德瓦先生！这是些不可救药的人，他们不可能做出什么好事来的。（他意识到这样说等于承认对他的指责，在为自己辩护，于是改换口气）你不知道那个年轻人吗？一个可怜的青年，我同情他，常行好照顾他！"

先生讨厌他的狡辩，便注视着他，似乎在说："干吗还跟我说这个！"随后说道：

"卡尔什老板，多半你还不了解我。我不是审判你，也不是出你的丑，咱俩都需要安拉的怜悯和宽恕，不过你别否认，假若那青年确实可怜，你可以让他听凭造物主的安排，如果你想行好，天底下到处是不幸的人。"

"为什么我不能对那青年行好？我很遗憾你不相信我是清白的。"

先生看着那张强压着怒火而发青的脸，严肃地说：

"这青年声名狼藉，你想骗我，那就错了。你应该听我的规劝，对我开诚布公。"

老板知道先生生气了，虽然脸上并未显出怒容。于是他压住怒火，缄默不语，思忖着告辞离去。先生看出这一点，便说道：

"我请你来是为你好，为你家庭和睦，对把你拉回正道我并不丧失信心。离开那年轻人吧，他是被魔鬼唆使来的。向安拉忏悔吧，他是仁慈宽容的。你要是品行端正，现在已经是个富翁了，可你赚的许多钱,都花在见不得人的事情上,所以至今还是个穷措大。你有什么说的吗?"

老板彻底放弃了保全面子的打算,心想:我有行动自由,想干什么就干什么,任何人无权干涉,即便是利德瓦·侯赛因本人!然而,他却从未想过要惹恼利德瓦先生,也不想和他作对,于是垂下那双混浊的眼睛,用否定的语气说:

"那是安拉的前定!"

先生神采奕奕的脸顿时显出惊慌的神色,严厉地说:

"不,那是魔鬼的决定!你这是犯禁的呀,老人家!"

老板喁喁道:

"那么安拉尚未引我上正道!"

"只要你抛弃魔鬼,安拉就会引你上正道,给你带来好处。离开那年轻人,或者让我来悄悄打发他走……"

老板感到不安和惊恐,再也顾不得控制自己的感情,断然说:

"不,先生,别那样……"

先生生气地凝视着他,目光中带着鄙视的神情,用一种痛心的语气说:

"瞧瞧你,宁可走上迷途,也不愿回到正道!"

"愿安拉使人上正道!"

先生对他走上正道已感到失望,烦躁地说:

"我最后跟你说,离开那年轻人,或者让我来悄悄打发他走……"

老板将身子挪到沙发边,似乎想要站起来,同时却固执地说:

"不,先生!我求你放过这事,让安拉来给他的仆人指引正道吧!"

先生对他的厚颜无耻和固执感到吃惊,便厌恶地问他:

"你干这种丑事不觉得害臊吗?"

老板站起身,他对先生和先生的规劝已感到厌烦,说:

"人都会做出许多不好的事来,这便是其中之一。请你让我等待安拉的指引,别对我生气,我很遗憾,请原谅。人在欲望面前有什么办法呢?"

先生痛苦地笑笑,也站起身说:

"只要他愿意,就有办法。不过你不会懂我的意思的,一切听凭安拉!"

随后伸手同他道别:

"再见!"

卡尔什老板怒气冲冲地离开利德瓦家,一边走一边骂,他骂所有的人,骂梅达格胡同,骂利德瓦先生。

第十二章

一天、两天过去了,乌姆·侯赛因焦躁不安地等待着。她站在可以俯视咖啡馆的窗户后,透过缝隙察看那青年。一次她看见他偷偷摸摸走进咖啡馆,另一次是午夜,看见他和丈夫朝奥里叶胡同方向走去。她气得两眼直冒金星,心想难道利德瓦先生的劝诫没奏效?她又一次走访了利德瓦先生,先生摇摇头,遗憾地对她说:"让他去吧,直到安拉做出惩罚才有用。"她返回住处,气得浑身哆嗦,决心不与丈夫罢休。她再也顾不得幸灾乐祸者们的议论了,她站在窗后,等到天黑那年轻人走进咖啡馆,便披上长袍,发疯般离开房间飞奔下楼,三步并作两步来到咖啡馆门口。这时,胡同里的商店全关门了,人们像平常一样来到咖啡馆闲坐。卡尔什老板似睡非睡坐在钱箱后面,没注意到她走进门。她不断寻视的目光落到那正端着茶杯喝茶的年轻人身上,她便朝他走去。她从卡尔什老板身旁经过,卡尔什老板没有抬起眼睛来看她。她一掌朝茶杯打去,茶水泼了年轻人一身,年轻人惊喊着站起来。乌姆·侯赛因用雷鸣般的嗓音吼道:

"婊子养的,还喝茶哩!"

所有的目光全转向这女人,茶客中有胡同里认识她的人,也有从别处来不认识她的人。卡尔什老板像被迎面浇了一瓢凉水似的清醒过来了，朝妻子看去，他想站起身，却被那女人当胸一推，并对着他不顾一切地怒吼道：

"别动，你这骚驴子，（她扭头对年轻人说）怕什么，你这不知廉耻的东西，穿着男人服装的女人。你能否告诉我是什么风把你吹到这儿来的？"

卡尔什老板从钱箱后站起身，气得脸色发青，一时说不出话来，她冲他嚷道：

"假如你要在我面前护着这年轻人，我就当着大伙儿面拧断你的骨头。"

说完便奔向那年轻人，看到年轻人向后直退到达尔维什长老身边，她大声吼道：

"你这狗娘养的烂货，你要毁了我的家吗？"

年轻人战抖着问她：

"太太，你是谁？我做了什么，惹你……"

"我是谁？你不知道吗？……我和你有同一个丈夫……"

说着一阵拳打脚踢，年轻人的帽子被打落在地，鼻子被打得鲜血直淌。随后她紧紧揪住他的领带，使他窒息得说不出话来。在座的人对眼前发生的事全都看呆了，不过他们内心却很高兴，都希望目睹这令人开心的场面。这时，乌姆·侯赛因的吼声召来了哈丝尼娅老板娘，她飞跑过来，丈夫贾阿德张大着嘴跟在后面，不一会儿，残疾制造者宰塔也来了，但他远远站着，就像一个魔鬼，看着大地由于他的法术正在崩溃。不久，两幢楼房的窗户全都打开，从里面探出许多头张望这儿发生的事。卡尔什老板怒不可遏，他见他的那个年轻宝贝弯腰痛苦挣扎，无法摆脱那女人强有力的双手的掐卡。他像一头口吐白沫的发怒的公牛，朝他俩奔去，用力握住女人的两只手腕，冲她吼道：

"放开他,你这泼妇简直给我丢尽了丑!"

女人在丈夫的压力下不得不放开她的情敌,长袍从身上一直滑落到脚跟,她恼得发疯似的大喊大叫,双手抓住老板的领口,嚷道:

"为了保护你心爱的人,你打我吧,你这骚驴子!大家都看见这放荡的家伙了吧!"

年轻人趁机溜出了咖啡馆,一溜烟跑得无影无踪。老板和他妻子的战斗还在继续,她死死抓住他的领口,他一个劲儿想挣脱,直到利德瓦先生过来把他俩劝开。女人披好长袍,一边喘着粗气,一边用震动咖啡馆四壁的声音喊道:

"大烟鬼,老糊涂,下贱胚,六十岁的人,五个孩子的爸爸、二十个孙子的爷爷,癞皮狗,榆木脑袋,看我不把你那黑脸撕碎。"

老板狠狠地盯住她,同时激动得全身发抖,冲她喊道:

"闭上你的臭嘴,下贱的女人,把你那茅坑堵上,别往外吐脏东西!"

"该割舌头的,你才是茅坑哩,蠢货,不要脸的,还是一家之主呢……"

老板向她挥动拳头:

"你跟平时一样,让鬼迷了心窍。你怎么能侵犯咖啡馆顾客呢?"

那女人痛苦地笑笑,挖苦道:

"咖啡馆顾客?诸位对不起!我绝不会伤害咖啡馆顾客的,我是找老板的特殊顾客算账!"

利德瓦先生又一次进行干预,他请那女人克制一下,先回家去。她费了好大劲儿才把语气转过来,说:

"只要我活着,决不回那骚驴子的家!"

他左劝右说,这时格米勒大叔也上前帮利德瓦先生,用他天使般的尖细嗓音说:

"先回家吧,乌姆·侯赛因。回家吧,相信至高无上的安拉,听利德瓦先生的话……"

在利德瓦先生的劝说下,她总算没离开梅达格胡同。不一会儿,便一脸怒气走出咖啡馆。这时宰塔也消失了,哈丝尼娅老板娘随后也跟着丈夫离去,她在丈夫脊背上捅了一下说:

"你别老叫屈,总说你跟别的男人不一样,经常挨打!瞧见比你大的和比你小的男人是怎么挨打的吗?……"

一场激战过后,咖啡馆静得出奇,所有看到这一场面的人都会心地交换着眼光,流露出欣喜的神情。最兴奋的要数布什博士了,他表示遗憾地摇摇头,显得忧伤地说:

"无能为力,全靠安拉,只有他能纠正这状况……"

卡尔什老板独自站在开始动手打架的地方,他突然意识到他的年轻人逃走了,紧皱着眉头,想去追赶,但离他不远的利德瓦先生将手搭在他肩上,安详地对他说:

"坐下休息一会儿,老板……"

老板愤愤地喘着气,一边拖着沉重的步伐回到座位上,一边恨恨地自语说:

"这母夜叉、泼妇,可道理在我这边,我还应该厉害点儿,谁不用棍子跟女人打交道,末了就要吃亏。"

格米勒大叔大声说:

"相信至高无上的安拉吧,老板。"

老板倒在自己的椅子上。不一会儿,又愤怒起来,恨得咬牙切齿,用拳头在自己额上狠狠一击,吼道:

"我原本是个杀人犯。这儿的人都知道我嗜血成性。我是罪犯,狗娘养的,我是野兽,我应该感到羞辱,这是因为我不愿干坏事。(他抬起头)等着吧,这下贱的女人,今晚你会看到早先那个卡尔什出现在你面前……"

盘腿坐在椅子上的利德瓦先生拍了拍双手对老板说：

"相信至高无上的安拉，卡尔什老板。我们想安安静静地喝茶哩！"

布什凑在阿拔斯耳边悄声说：

"咱们一定得让他俩和好……"

阿拔斯狡黠地问：

"谁跟谁和好？"

布什博士忍住笑，从鼻孔里发出嗤嗤的声音说：

"发生了刚才的事，你猜他还会回咖啡馆吗？"

阿拔斯努努嘴说：

"反正他不回来，总会有别人来的！"

不久，咖啡馆恢复如初，人们又像往常一样玩乐，交谈，要不是卡尔什老板的又一次发作，这场战斗几乎快被人遗忘。他像猛兽般吼道：

"不，不，我决不能向一个女人屈服。我是男人，我有自由，爱干什么就干什么，让她离开这个家，和要饭的一起到大街上去，我是罪犯……我是吃人肉的野兽……"

达尔维什长老突然抬起头，却并不瞅着老板，说：

"老板，你女人泼辣得很，她的男子气恐怕要胜过好多男人哩，她像男的，不像女的，你干吗不喜欢她呢？"

老板两只冒火的眼睛盯住达尔维什长老，冲他吼道：

"你这该割舌头的！"

顾客中许多人嚷了起来：

"达尔维什长老也该割舌头吗?!"

老板背过脸不再理他，达尔维什长老却接着说：

"这是一种古老的罪恶，英文叫作：Homosexuality（他把字母一个一个分开来，读成 h o m o s e x u a l i t y），但这不是爱情，真正的爱情属于穆罕默德的家族。来呀，我亲爱的……来呀，太太……一切无能为力者之母，我是无能为力的哟……"

第十三章

爱资哈尔街的那次见面，在阿拔斯·侯勒维的生活中是一个新的起点。他陷入了热恋，爱情的火焰在胸中燃烧，魔鬼般的欲望使他心荡神移。他像一名遥遥领先的骑士或饮酒适度而陶醉的人那样自豪和兴奋。那以后，他俩又多次相会，没完没了地讨论着未来。是呀，他俩的未来已紧紧连在一起，无论他在还是不在，哈米黛都不否认这一点。她曾多次暗自思忖：瞧，那些在作坊做工的女友们，有谁能找到比他更好的丈夫吗？一次，她故意和他一道从她们面前走过，偷眼察看她们投来的目光，好像要证实一下此举给她们留下的印象。一天，她们问她那青年是谁，她回答说：

"我的男朋友……理发店老板！"

她心想：她们中任何一个人，只要能得到咖啡馆伙计或铁匠铺学徒求婚，就会认为很幸福了。而他是一个中等理发店的老板，也算是一位先生哩！她始终在比较、选择和思考，并未像他那样沉浸在梦幻般的情网中。而他的冲动在许多时刻竟达到了极点。在那些时候，他也以为她真的在恋爱。在一次这样的时刻，他要求和她接吻，她不置可否，她也想尝尝这老是听说和多次幻想过的接吻。他警惕地四下张望着行人，在夜色中他的脸触到了她的嘴唇，并将自己的嘴紧紧贴在她的嘴上，他激动得浑身战抖，热烈的气息喷在她脸上，一直到她脖子上，她不住地眨着眼。

不久，他该动身了，他觉得采取决定性行动的时刻到了。他选择布什博士作为他和乌姆·哈米黛之间的中间人，因为他的职业为他在胡同里走家串户提供了方便。那女人对小伙子十分满意，认为胡同里只有他才跟她女儿般配，她总把他看成理发店老板、天底下最好的人。不过，她担心倔强的女儿不答应，以为她会面临一场激战，而当女儿顺从满意地接受了这桩婚事时，她感到十分意外和惊讶，摇摇头说：

"这都是背着我在窗户前搞的鬼！"

阿拔斯请格米勒大叔特制了一盘精美的点心送给乌姆·哈米黛，要求和她会晤，他同住一幢楼的生活伴侣格米勒大叔和他一同前去见她。格米勒大叔上楼梯很艰难，每跨两级便要靠在扶手上休息喘气，在一层楼的拐弯处，他跟阿拔斯开玩笑说：

"你不能把订婚推迟到从军队回来吗？"

乌姆·哈米黛对他俩前来表示欢迎，三个人坐下来客套了一番，格米勒大叔说：

"阿拔斯·侯勒维是梅达格胡同的儿子，也是你和我的儿子，现在前来向你女儿哈米黛求婚……"

女人笑道：

"欢迎阿拔斯·侯勒维，他就像他的名字一样俊美，我的女儿跟着他，会像没有离开我一样。"

格米勒大叔谈起阿拔斯的品行，又谈起乌姆·哈米黛的品行，然后说：

"小伙子即将启程，安拉为他开辟了前景，他的境况不久将会好转，蒙安拉允许，那时他的愿望就会实现。"

乌姆·哈米黛为阿拔斯祝福,随后与格米勒大叔打趣说:

"格米勒大叔,你什么时候把自己托付给安拉?"

格米勒大叔朗声大笑,笑得脸像一只红番茄。

他摸摸他的大肚子说:

"这坚固的堡垒不允许……"

三人读过开端章①,喝了饮料……

两天后,阿拔斯和哈米黛在爱资哈尔街最后一次见面。一路上两人默默不语,阿拔斯觉得心里难受,泪水几乎就要夺眶而出。她问他:

"去得久吗?"

小伙子哀伤地轻声说:

"服役期也许一年也许两年,但我会抽时间回来……"

这时,她觉得对他有一种深沉的爱,喁喁说:

"太久了!"

他虽然内心觉得忧伤,但却为她发自肺腑的叹息而高兴,他激动地说:

"这是行前最后一次见面,只有安拉知道下一次什么时候才能再见。哈米黛,我真是彷徨不定,既忧伤,又高兴。我离开你感到忧伤,可又感到高兴,因为我选择的这条漫长的路是通向你的唯一道路。我将把我的心留在梅达格胡同。一个人出门不带着心,他的心不能随他到遥远的地方去,你想想这是什么滋味。明天,在那大丘陵上,再也找不到那可爱的窗户,以前我每天清晨看见你擦拭它,我从它的缝隙中看见你梳头,可是从今以后,我再也看不见这窗户了。我们在穆士基和爱资哈尔大街的幽会给我留下了什么呢?啊,哈米黛,这一切使我肝肠寸断,让我从你那儿得到尽可能多的爱抚吧,握住我的手吧,像我握住你的手时一样紧紧握住我的手。能摸到你是多么幸福呀,我的心都快跳

---

① 《古兰经》第一章,多在喜庆或办丧事时颂读。

出来了，我是你手中的一颗巨大的心，亲爱的，我的心肝，哈米黛。你的名字有多美呀，我一说到它，就像饮甘露那么甜蜜……"

姑娘沉浸在他热烈的甜言蜜语中，眼光变得越来越柔和，喃喃说道：

"是你自己要走的……"

他喊叫似的说：

"是为了你我才走的，都是为了你。指安拉起誓，我爱梅达格胡同，感谢安拉赐给我糊口的收入。我不愿离开跟我生命联系在一起的侯赛因清真寺。但遗憾的是我不能给你提供满意的生活，我不得不出远门。安拉牵着我的手，将很好地把我们结合在一起。"

哈米黛也异常激动地说：

"我将为你祝福，我将去侯赛因清真寺，祈求先贤侯赛因让你成功。凡事还是忍耐为好，出门总归有益。"

他深深叹了口气说：

"不错，出门总归有益，但去到那地方就再也见不到你了，多可惜啊！"

她温柔地轻声说：

"也不只是你才这样……"

他掉过头看着她，为她的话而陶醉，他把她的手拉到自己胸口，低声说：

"真的?！"

她嫣然一笑，在几家商店射出的稀疏的灯光下，他充满渴望的眼睛清楚地看见了这甜蜜的笑容。此时，他眼前除了她那可爱的面庞外，似乎什么也不存在，一连串的话不由自主地脱口而出：

"你多美、多温柔、多迷人呀。这就是爱情，一种美妙的享受，哈米黛。这世界没有你简直一钱不值。"

她不知说什么好，于是沉默不语。他的话像一阵美妙的旋律，使她异常兴奋，她希望他一直说下去！热烈的感情使阿拔斯神采奕奕，他继续说道：

"这就是爱情，它是我们的一切，有它就足够了。在眼前它是一种愉快，出远门它是一种慰藉，在生活中，它比生活本身还有价值。"

他停下来深深吸一口气，接着说：

"我带着它出远门，等我赚了很多钱再回来，也是为了它……"

她不由自主地说：

"赚很多钱，愿安拉保佑。"

"愿安拉保佑，托先贤侯赛因的福。那些姑娘都会羡慕你的。"

她愉快地笑道：

"啊……那该有多好！"

两人不知不觉朝前走，一路上笑语声不断，然后掉转头，往回家的路上走去。他感到这次会见已临近尾声，行将分手，他的热情骤然消失，心头掠过一阵凄凉感。在半路上，他伤感地问她：

"在哪里同你分手？"

她明白他的意思，两片嘴唇不由一颤，用询问的口气说：

"就在这？"

但他挡住她说：

"不，我不愿偷偷地分手。"

"那在哪儿呢？"

"你先回家，在楼梯口等我。"

她快步离开了他，他则在后面缓缓而行。回到梅达格胡同时，商店都已关闭，他径直朝赛尼娅·阿菲菲太太的楼房走去。他屏住呼吸，一只手摸着扶手，小心翼翼地在黑暗中登上楼梯，另一只手则四处摸索。在第二层楼梯拐弯处，他的手指触到她长袍的边沿，心不由剧烈地跳动起来，胸中的欲望顿时传到全身。他握住她的胳膊，轻轻贴近她，伸开两臂满怀深情地用力将她搂到胸前，随即凑过嘴去，贴在她的鼻尖上，并轻轻向下移到她的嘴唇上。她的两片嘴唇微张着，等待着他的亲吻。他忘记了一切，长时间亲吻她，直到她温柔地推开他的双臂，跑上楼去。他在她后面低声对她说："再见！"她的感情从未像今晚在楼梯口时那么冲动过，这是她漫长一生中充满感情和渴望的短暂的一分钟，她以为她的一生将永远和他联系在一起。

当晚，阿拔斯到乌姆·哈米黛家告别。之后，便和朋友侯赛因·卡尔什一同来到咖啡馆，这是行前最后一次消遣。看来，侯赛因为阿拔斯接受了自己的意见而感到高兴，他用一种任何时候都是牢骚满腹的语气对朋友说：

"离开这肮脏的地方，去享受真正的生活吧……"

阿拔斯淡淡一笑，他向朋友掩饰了内心因为离开喜爱的梅达格胡同，离开热恋的姑娘而感到的忧伤。他坐在朋友们中间，内心有一种说不出的苦楚，他接受大家的临别赠言和美好祝愿。利德瓦·侯赛因先生长时间向他祝福，告诫他说：

"要省着点儿用钱，别挥霍浪费，别喝酒，别忘了你是从梅达格胡同出去的，以后还要回来……"

布什博士笑着对他说：

"但愿你变成阔佬回来，那时可得换掉虫牙，镶一副与你身份相称的金牙。"

阿拔斯笑笑，他十分感谢布什博士，因为他是自己和乌姆·哈米黛之间的联系人，也是他帮他卖掉了理发工具，这笔可观的钱正好用在旅途中。格米勒大叔则愁眉不展，为即将到来的分别而难过，他都不敢设想在与他共同生活了许多年、一直被他当作心肝一样的年轻人离开后，明天将如何打发这忧愁、孤独和寂寞的日子。每当人们赞扬阿拔斯或为分别而难过时，他总是两眼湿润，引得所有人都笑了起来。

达尔维什长老摸着阿拔斯的头，吟诵了阿耶蒂·库尔西[①]，对他说："你现在是英国军队的志愿军了，只要英勇善战，用不了多久，英国国王就会封你一块领地，让你做他的代表，英文叫做viceroy……"他把字母一个一个分开，读成了ⅴiｃeｒoｙ。

清晨，阿拔斯提着包袱离开了家。空气潮湿得厉害，阴冷逼人，胡同里除了哈丝尼娅老板娘和咖啡馆伙计桑格尔外，别人还都没起床。他抬头看了看那扇喜爱的窗户，见它依然严严地关着，露水打湿了它的缝沿。他恋恋不舍地向它告别，低下头缓步朝前走。到了自己店铺门前，他又深情地朝店铺看一眼，目光落在门上的一块招牌上，上面用大字写着"租赁"字样。他的心一紧，泪水差点儿夺眶而出……

他加快步伐，像要逃避感情的纠缠。一跨出胡同，他的心不由自主地飞了回去……

[①]《古兰经》黄牛章：255节。

第十四章

侯赛因·卡尔什诱劝阿拔斯去英军服役成功。小伙子离开胡同前往大丘陵军营，他在胡同里消失了，他的理发店被一个老理发匠租了下来。这时，侯赛因若有所失，一股无名怒火涌上心头，对梅达格胡同和它的居民更加恼怒。很久以来，他就公开流露出对胡同和它的居民的厌恶，幻想过一种新的生活。但当时举棋不定，还未下决心去实现他的梦想，阿拔斯走后，他再也忍耐不住。阿拔斯离开了肮脏的胡同去追求新的生活，而他却在这儿不知如何摆脱困境，于是他下定决心，无论付出多大代价也要重新安排自己的生活。一天，他以惯有的粗暴显得决心很大地对母亲说：

"你听我说，我已决定不再回来了，这生活简直无法过下去，根本没有必要叫人勉强忍受！"

那女人已听惯了他的牢骚和他对胡同及胡同居民的咒骂，她像丈夫一样，认为儿子是一个愚蠢的家伙，对他的胡言乱语无须在意。她没理会他，只是喃喃地说：

"愿安拉宽恕我在生活中的过失！"

但侯赛因两只小眼睛闪出凶光，黑黝黝的脸膛变成青色，又说道：

"这生活简直无法过下去，从今以后我再也不愿忍受了……"

在一个发怒的人面前，她是不可能长时间沉默的，她失去了温柔和耐性，冲着他嚷嚷，那嗓音证明儿子的嗓音正是由她遗传的：

"你怎么啦？你这下贱胚子的儿子！"

年轻人鄙夷地说：

"必须离开这胡同。"

她怒视着他，斥责说：

"你发疯了吗？你这疯子！"

他将两手交叉在胸前说：

"我在发了好久的疯以后清醒了。你要听明白，我绝非信口开河，我说到做到，我已经打点好行李，我只能把你托付给安拉了。肮脏的家，发臭的胡同，牲口一样的人群。"

她怔怔地端详着他，像要从他眼中看出什么，他那毫不妥协的决心不禁使她感到慌张，于是对他吼道：

"你说什么？"

他像自言自语似的又说了一遍：

"肮脏的家庭，发臭的胡同，牲口一样的人群……"

她晃晃头，嘲笑他说：

"好哇，欢迎，欢迎，你这高贵人家的子弟，卡尔什帕夏的儿子！"

"卡尔什值个屁，这名字已经臭名远扬。哼，你还不知道呢？咱家的丑闻已经家喻户晓！……我走到哪儿，人们都向我挤眼睛。他们说，他妹妹跟一个男人私奔，他爸爸将跟另一个人逃跑！"

他用脚使劲往地上一跺，震得窗户玻璃咯噔作响，他愤怒地吼道：

"我干吗还要迫使自己待在这儿过这种生活？我要带上行李，一去不回。"

女人用手拍打着胸脯说：

"安拉呀！你真的疯了，那大烟鬼把他的疯病也传给了你。可我要使你头脑清醒。"

侯赛因轻蔑地说：

"你祈祷吧，去叫爸爸吧，去把先贤侯赛因召来吧。我反正走定了，走定了……"

女人见他固执而认真，便到他房间去，只见行李已像他说的打点得鼓鼓囊囊，不由一阵绝望，决心不顾后果如何都把他父亲叫来。侯赛因是她生活中的唯一慰藉，她从未想到过他会离开家庭，撇下她一人，她还希望他即使结了婚，也留在她身边。她无论如何止不住失望，便一边打发人去叫他父亲，一边哭喊连天地抱怨她的命运："人们干吗要忌妒我们，嘲弄我们，让我失望、丢丑……使我们不幸？"不一会儿，卡尔什老板满脸怒气地跨进门，一见她就呵斥道：

"你要干什么？又发生了什么丑事？你又看见我给一个新顾主端茶了？"

女人挥动着手号叫道：

"你儿子的丑事！他还没离开我们，赶紧去阻止他吧，他跟我们一起生活感到厌倦了。"

老板两手一拍，摇摇头恨恨地说：

"就为这个你让我丢下生意不管？就为这个你让我爬一百级楼梯？哼，狗崽子，怪不得政府要杀你们这些人哩！"

他不断打量这母子俩，接着说：

"安拉把你俩打发给我，为的是惩罚我。刚才你妈说的是怎么回事儿？"

侯赛因不吭声，母亲则尽量克制，平静地说：

"冷静些，老板，现在需要你用脑子，不是发脾气。他已经收拾好行李，想离开我们……"

他用仇视的眼光盯住他，半信半疑，询问似的说：

"你疯了吗，疯老婆的儿子？"

女人又神经紧张起来，忍不住喊道：

"我让你来是开导他，不是来骂我的。"

他掉转头气呼呼地看着她说：

"要不是你天生有疯病，你儿子就不会长成疯子。"

"安拉宽恕你。就算我是疯子、疯子的女儿，现在也甭提这个，你问问他的脑子怎么变成这样。"

他用严峻的目光凝视儿子，唾沫飞溅，像野兽般地号叫着：

"干吗不说话，老乞婆的儿子！你真想离开我们？"

小伙子总是避免与父亲发生争执，除非万不得已。然而他已下定决心，不论付出多大代价也要抛弃过去的生活。他并不犹豫，更不后退，特别是他认为他住在家里还是离开家庭，纯属他的权利，任何人不能干涉。便冷静地、表现出很有决心地说：

"是的，爸爸！"

老板强忍着怒气问：

"为什么？"

小伙子想了想说：

"我向往另外一种生活……"

老板用手捏住胡须，晃晃头，嘲讽地说："明白……明白……你想过与你地位相称的另外一种生活！因为你从小就是一条饿狗，缺衣少食，兜里装满了钱便昏了头。你现在赚的是英国钱，当然要过另外一种生活，这样才能符合你比别人高的身份！"

侯赛因忍住气说：

"我从来就不是一条饿狗，因为我在你家长大，你家从没挨过饿，感谢安拉。全部原因就在于我想改变我的生活。这是我的不容置疑的权利,根本犯不着惹你生气。"

老板没有弄清他的意图。儿子是绝对自由的,他从不过问他干些什么,为什么还想为自己建一个家。尽管他俩之间存在隔阂和敌意,老板还是爱他的。但这种爱从来没有遇到过适当的机会表露出来,总是被愤怒、谩骂所搅扰,他甚至长时间忘了他还爱他的独生子。此时,小伙子用离家威胁他。他在盛怒之下,对儿子的爱怜全部消失,眼前剩下的只是敌意和争斗。他揶揄地问儿子:

"你口袋里装满了钱,爱怎么花就怎么花,那些酒店老板、大烟贩子和拉皮条的都得了你不少好处哩,我们向你要过一分钱吗?"

"不,不,绝不是为这个……"

老板以同样的口吻问道:

"你那贪婪的、长着两只只有泥土才能填满的眼睛的妈拿过你一分钱吗?"

侯赛因厌恶地皱皱眉说:

"我说了我不是为这个,唯一的原因是我想过一种不是像现在这样的生活,我的许多朋友都住上了有电的房子!"

"电!就为了电你离开这个家?……感谢安拉,你妈的丑恶行为使这个家变得比电还热……"

那女人再不能沉默下去,大声嚷道:

"这可冤枉了我,指安拉起誓,你亵渎了先贤哈桑和侯赛因[1]。"

侯赛因接着说:

"我的朋友全都过上了新生活,他们都变成了'尖头曼'[2]——像英国人说的那样。"

老板张大着嘴,两片厚嘴唇中露出一口大金牙问:

---

[1] 哈桑和侯赛因是第四任哈里发阿里的两个儿子,为穆斯林所崇敬。
[2] 英语中 gentleman 一词的音译。意思是绅士,有身份的人。

"你说什么？"

小伙子紧皱眉头，缄默不语，老板接着说：

"尖曼？尖曼是什么？……一种新大麻烟？"

侯赛因不耐烦地说：

"我指的是高贵的人……"

"可你低贱得很，怎么能变得高贵……尖曼！"

侯赛因受不了父亲的揶揄，激动地说：

"爸爸，我要过一种新的生活，这就是一切，我将跟那些人的女儿结婚！"

"尖曼的女儿？"

"好人家的女儿。"

"你干吗不像你爸爸一样跟狗的女儿结婚？"

乌姆·侯赛因一连声嚷道：

"安拉宽恕你，我爸爸可是个有身份的教义学家。"

他把土灰色的脸转向她说：

"教义学家！……他是给人家出殡念丧经的，念一章两分钱！"

女人愤愤不平地说：

"他能背诵安拉启示的话，这就够了……"

老板撇开她，朝前走了几步，距儿子只有一臂远，厉声问道：

"够了，我不愿把时间浪费在疯子身上——你真要离开这个家？"

侯赛因鼓起勇气，简单地说：

"是的。"

老板睁大眼睛凝视了他一阵，猛然间怒不可遏，举手朝他脸上打去，侯赛因猝不及防，挨了一记沉重的耳光，他恼恨得差点儿发疯，退后几步，大声喊道：

"别打我，也别逼我，从今以后你再也不会见到我！"

老板扑上前去,站在一旁感到失望的女人过去拦住他,他对准她脸上、胸口上一阵拳打脚踢。最后他不得不放开手吼道:

"你给我滚,我再也不要看见你那发黑的脸!你永远别回来,我就当你死后进了火狱。"

小伙子转身走进自己的房间,提起行李,飞跑下楼,头也不回地离开了梅达格胡同。在拐进萨那迪格胡同前,他对它啐了一口,用气得发抖的声音大声说:

"去你的吧,让安拉诅咒你和你的居民!"

第十五章

赛尼娅·阿菲菲太太听见敲门声,打开房门,迎面看见乌姆·哈米黛的一张麻子脸,心中有说不出的高兴,发自内心地欢呼说:

"欢迎,欢迎,亲爱的。"

两人热烈拥抱——至少看起来是这样。过后,赛尼娅·阿菲菲把她迎进客厅,叫仆人去煮咖啡,两人随后紧挨着坐到沙发上。赛尼娅太太从烟盒里掏出两支香烟,两人便悠然自得地吸了起来。自从乌姆·哈米黛答应为她找一个丈夫后,赛尼娅太太就一直在焦急不安地等待着。说也奇怪,那么多年独身生活她都熬过来了,却等不及这短短的时间。在这段时间中,她隔不了多久便到乌姆·哈米黛家去串门,她的任何一点儿心思都瞒不过那女人。那女人一个劲儿地向她许诺,让她放心。以至赛尼娅太太相信,那女人在有意拖延,以便从中得到更多的实惠。虽然如此,她还是对她表现得慷慨大方,诸如免收她的房租,送她一些汽油配给券和定量供应的棉布,还让格米勒大叔为她特制了一盘糕点。后来那女人又把女儿哈米黛与阿拔斯订婚的事告诉她。赛尼娅太太装作十分高兴,但内心却深为这消息发愁。她暗自思忖:"她不会在为自己操办婚事前不得不先为那丫头置办嫁妆?"就这样,在整个漫长的等待中，她对乌姆·哈米黛既害怕又巴结。她坐在她身旁，不时偷眼瞧她，琢磨她今天来访会是什么结果，像往常一样的许诺、给予希望，还是她盼望已久的好消息？她用谈话来掩饰不安。跟往常不一样，今天谈话的是她，倾听的是乌姆·哈米黛。她说起卡尔什老板的丑闻，说起老板儿子侯赛因离家出走，她还批评乌姆·侯赛因企图使丈夫改邪归正所采取的行为是丢脸的。然后她赞扬阿拔斯说：

"那可是个好小伙子，安拉将给他开辟美好的前景，他一定能给新娘子安排好与她相称的幸福生活。"

此时，乌姆·哈米黛才笑着开口说道：

"彼此彼此，你知道，我今天来就是为你说媒的！我的新娘子！"

她的心一阵剧烈地跳动，想起她曾预感到今天的来访事关重要，那女人心中肯定藏有秘密，不过不肯马上透露。她觉得脸有点儿发烧，萎缩的血管中沸腾着青春的活力，但她控制住自己，假装害羞地说：

"怪不好意思的！你在说什么呢，乌姆·哈米黛？"

那女人露出得意的微笑说：

"我说我今天就是为你说媒来的，太太！"

"真的！这可是件大事！对，我记起来了，我们曾谈起过这事儿，不过，我心里还是直打鼓，也难为情得很，怪不好意思的！"

乌姆·哈米黛也跟着她演戏，故意说：

"你又没做丢丑的事儿，安拉可不许无缘无故害羞哩，你结婚是依据安拉的教义、先知的法律……"

赛尼娅太太叹了口气，显得像是不由自主地屈服于既成事物似的，对方说的"你结婚"几个字清晰地在她耳边回响，是那样亲切、温柔。乌姆·哈米黛则深深吸了一口烟，坦然自若地说：

"是个职员……"

赛尼娅惊呆了，两眼盯住对方，几乎不敢相信。职员？在梅达格胡同里，职员好比一颗禁果！她问道：

"是职员？"

"对，职员！"

"在政府里做事？"

"是在政府里做事！"

乌姆·哈米黛缄默了片刻，享受着得意的喜悦，然后说：

"在政府里，具体说是在警察科……"

赛尼娅太太愈加惊讶地问道：

"警察科除了军官和士兵外，还会有什么人？"

那女人以万事通的眼光鄙夷地瞟了她一眼说：

"也有职员！有什么不明白的，尽管问我，我了解政府里的职务、级别和薪金，这是我的职业。太太！"

赛尼娅太太抑制不住喜悦和惊讶说：

"那他是位先生了！"

"地地道道的先生，西装革履，外戴红毡帽！"

"愿安拉奖励你的才能，乌姆·哈米黛太太。"

"我总要选门当户对才对，我知道每个人的地位。要是低于九级，我连瞧都不瞧他一眼……"

赛尼娅太太咕哝地问：

"九级？"

"政府里是分级的，每个职员都有级别。九级是这些级别中的一级，而不是所有的级别都是九级，亲爱的！"

赛尼娅太太两眼闪耀着兴奋的光芒，说：

"你真是位可亲可敬的朋友！"

乌姆·哈米黛用自信和胜利者的语气说：

"他坐在一个大办公桌后面办事，桌上堆满了各种公文。外面里面全有咖啡招待，求他办事的人一个接一个，络绎不绝。他还爱训人，士兵都向他敬礼，军官们也都尊敬他……"

赛尼娅太太喜笑颜开，眼睛里闪出梦幻般的神情。乌姆·哈米黛接着说道：

"他的薪金是十个埃镑，一分不少……"

赛尼娅太太对她的话深信不疑，高声说：

"十个埃镑！"

那女人若无其事地答道：

"这还是一个小数目哩。职员的薪金只是收入的一部分，假如他精明能干，还会获得加倍的报酬，别忘了还有物价补贴、结婚补贴和生育补贴……"

赛尼娅太太神经质似的高声笑道：

"愿安拉宽恕你，乌姆·哈米黛，我和生育有什么关系？"

"可安拉是万能的！"

"不管怎么说，我们得感谢它的功德。"

"他今年三十岁……"

赛尼娅太太不敢相信地喊起来：

"主啊！我可比他大十岁！"

那女人明知她有意少说了十岁，却反而以责备的口吻说：

"你还年轻哩，赛尼娅太太！尽管如此，我还是如实对他说了你刚满四十，他高兴地同意了。"

"他真的同意吗？……他叫什么名字？"

"艾哈迈德·塔勒巴先生，哈兰法什人，乌姆·乌拉姆街菜店老板塔勒巴·伊萨哈吉的儿子，那是个门第高贵、历史悠久的家庭，是先贤侯赛因的后裔。"

"门第高贵？我可也是大户人家出身，这你是知道的，乌姆·哈米黛太太。"

"这我知道，亲爱的。他别的都不挑，就要找品行好的，不然早结婚了。他看不惯今天的年轻姑娘，说她们缺少教养。当我把你的品行和为人给他做了介绍，说你是一位高贵的有钱的太太时，他高兴极了，对我说：'这正是我要找的。'不过他向我提出一项不超出礼节的要求，他想看看你的照片！"

赛尼娅太太清瘦的脸一阵绯红，挺认真地说：

"可我好久没照过相了。"

"旧照片也行。"

赛尼娅太太的眼光停在屋中央桌子上的一张照片上，不说一句话。乌姆·哈米黛微微弯下身，把照片拿在手中仔细端详。这张照片是六年前拍的，那时照片的主人还显得颇为年轻。那女人一会儿看看照片，一会儿看看赛尼娅太太本人，然后肯定地说：

"跟本人一模一样，就像昨天刚拍的。"

随即用激动的语调说道：

"愿安拉使你幸福！"

说完将照片连同镜框一起放进口袋，并点燃赛尼娅太太递过来的香烟，一本正经地说：

"我们已经谈了很长时间，你该知道他的意思了。"

赛尼娅太太第一次用警惕的眼光看着她，等着她说下去，但她却不再开口。她只好微笑着问道：

"他的意思是什么呢？"

她是真不明白，还是以为他跟她结婚是爱她的黑眼珠？那女人有点儿恼怒了，但她平静地低声说：

"我想你自己置办嫁妆没什么困难吧？"

赛尼娅太太此时才明白那意思是什么，原来那人不愿办妆奁，想让她一人承担结婚的费用。打从她想结婚以来，她就预计到会发生这样的事。她在乌姆·哈米黛的谈话中早已觉察到这一点，她也压根儿不打算反对。她表示同意地说：

"愿安拉襄助。"

乌姆·哈米黛嘴边泛起笑容说：

"愿安拉保佑你成功和幸福。"

说完起身要走，两人热烈拥抱。赛尼娅太太将她送到门口，倚在楼梯扶栏上，乌姆·哈米黛下楼回自己房间。在乌姆·哈米黛从赛尼娅太太的视野中消失前，赛尼娅太太喊道：

"一千个再见，代我吻你的女儿哈米黛……"

赛尼娅太太回到房中，兴奋异常，新的希望唤起了她的热情，她坐下来一个字一个字回味乌姆·哈米黛对她说过的话。她多少有些爱财，但这不会成为她幸福的绊脚石。不错，金钱——无论是她存在储蓄箱里的钱，还是放在象牙盒里的捆得很精致的一扎扎钞票——曾是她孤寂生活中的慰藉。但不论什么样的钱都抵不上那将成为她丈夫的无比重要的男人。她的照片能使他满意吗？她涨红了脸，感到额头一阵发烧。她走到镜子前审视自己的面容，左看右照，直到找到一个最理想的角度，才停下来仔细端详，脸上露出一丝满意的神情，怀着希望喃喃说道：

"愿安拉多保佑！"

随后坐下暗暗思忖："金钱能遮掩缺陷。乌姆·哈米黛不是对他说我有钱吗？这话可没说错。五十岁并不是令人失望的年龄，还有十年好日子可过，不少女人六十岁还在享受人间的欢乐和幸福，假如安拉不使她们生病的话。结婚就像枯木逢春，能使她们返老还童，焕发青春……"她沉浸在幸福的遐想中，然而清澈的水面上泛起了一股污水，她额头猛然一蹙，恨恨地自问道：

"以后人们会怎么说呢？唉，我可太了解他们了，乌姆·哈米黛自己就会首先在背后说长道短。他们会说，赛尼娅太太发疯了；还会说，一个五十岁的女人和一个三十岁的男人结婚；还会长时间议论，金钱能赎回已经失去的东西。也许除了这些外，还会出现好多我料想不到的议论。让他们说去吧！我当寡妇难道就没人说三道四吗？哼！"赛尼娅太太鄙夷地耸耸肩头，虔诚地祈祷说：

"安拉啊，保护我不受人们的伤害……"

她脑子里随即闪现出一个念头，很快便决定将它付诸实行。她要到绿门街找拉巴茜老太婆，让她相相面，向她讨几幅符咒，在这种时刻，她多需要香炉灰和护身符啊！

第十六章

"叫我说什么好呢？你可是个相貌端正的人！"

宰塔一边说，一边打量着谦恭地站在他面前的身板笔挺的老人。老人瘦弱的身上裹着一件褴褛的衣衫，但正像残疾制造者宰塔所说，却长着一副端正的面孔。大大的脑袋上满头银丝，椭圆形的脸上嵌着一对安详的眼睛，他的身材匀称、威严，看起来像一名退休军官。宰塔借着油灯暗淡的光线，惊讶地细细端详他，又一次说道：

"你是个相貌端正的人，真想以乞讨为业吗？"

那人淡淡地说：

"我已经是乞丐了，不过不走运……"

宰塔咳了一声，一口痰吐在地上，并用黑长袍的袖口抹抹嘴说：

"对你身体任何部位用力搓揉你都受不了！说真的，制造假残疾最好不超过二十岁，制造假残疾和有真残疾一样，都要吃苦头！骨头越嫩，假残疾保持时间越长。你一大把年纪，行将就木，我拿你怎么办？"

宰塔说完便又思考起来，每当他思考什么时，嘴总是张得大大的，舌头在嘴里不停摆动，像个来回摇晃的蛇头。猛然，他两眼闪着亮光喊道：

"端正就是最好的残疾！"

那人疑惑地问道：

"你指的是什么，师傅？"

宰塔满脸怒色地厉声说：

"师傅？……你见我在坟头读过丧经吗？"

那人对他的愤怒不知所措，摊开双手请求原谅，哀声说：

"安拉保佑……我只是想对你表示尊重……"

宰塔又在地上啐了一口，得意地说：

"我的手艺就连本地最高明的医生也望尘莫及。你知道吗？制造假残疾比制造真残疾要难一千倍哩！制造真残疾不比我往你脸上啐一口唾沫更费劲儿……"

那人彬彬有礼地说：

"别责怪我，先生！安拉是宽厚仁慈的……"

宰塔平静下来，用锐利的目光打量着他，然后用还未完全息怒的语气说：

"我说了，端正是最好的残疾……"

"此话怎么讲？"

"端正会使你成为一个不多见的乞丐，准保你获得成功。"

"端正？先生！"

宰塔伸手从架上拿过一个小瓷罐，从里面掏出半支烟卷，然后把瓷罐放回原处，从油灯玻璃罩口把烟点燃，深深地吸了一口，眯缝着两眼，从容地说：

"你需要的不是残疾，而是更好地打扮。把长衫好好洗一洗，想办法弄一顶半新旧红毡帽，你就这样挺直身板在街上蹒跚地行走，悄悄走近咖啡馆顾客身旁，然后害羞似的站在那儿，痛苦地伸出一只手，一声别吭。你要用眼睛说话，你懂得用眼神说话吗？那时将会有许多双眼睛吃惊地看着你，人们会说，体面人现在也丢面子啦；还会说，他绝不会是那些以乞讨为业的叫花子。现在你懂我的意思了吗？你的端庄会使你获得比靠假残疾乞讨的人多好几倍的钱。"

说完，便叫他试试扮演的新角色，他站起身一边抽烟，一边端详他，想了想，然后皱起眉头说：

"也许，你心里会盘算不给我份子钱，因为我没给你制造假残疾，不该得到份子钱。你看着办吧！不过，可有个条件，你要不给，就得离开这繁华的侯赛因区。"

那人忙迭声表示否认，并显得痛苦地说：

"我绝不会忘记对我有恩德的人……"

接见到此结束，宰塔把那人领出屋，一直送到面包房门口。当他返回时，看见老板娘哈丝尼娅一人坐在草席上，贾阿德不知上哪儿去了。他平常碰见她时，总要借口和她搭讪几句来讨好她，对她表示藏在心底的羡慕之情。他对她说：

"看见那人了吗？"

哈丝尼娅老板娘漫不经心地回答说：

"来找你制造假残疾的，不是吗？"

宰塔笑了起来，把那人来找他的情形讲给她听。那女人也开心地笑了，同时骂他给人家出鬼点子。宰塔在走进通向他住处的那扇矮木门前犹豫了片刻，问道：

"贾阿德在哪儿？"

那女人回答说：

"洗澡去了。"

宰塔起初以为那女人在讪笑自己，因为他的肮脏是出了名的。他细细观察她，见她挺认真，于是明白贾阿德确是到贾玛利叶胡同澡堂洗澡去了，他一年中洗两次澡，而且总是后半夜才回来。他见那女人回答了他的问话,感到很开心,心里也受到鼓舞,想跟她再多坐上一会儿。他坐在门槛上,背靠门板,伸出两条木棍似的又瘦又黑的长腿。他的坐相使老板娘的眼中流露出惊讶和不满的神色,不过,他根本不在乎。老板娘对待他的态度跟对胡同里其他人一样,虽然她是他的房东。他们之间无非是碰上打打招呼,说几句话罢了。她也压根儿不怀疑,他跟她的关系也就到此为止,而不知道他在暗中洞悉了她私生活中的许多秘密。像宰塔这样的家伙是不会发现不了墙上隙缝的,他从隙缝中窥探到了许多东西,让他那好奇的欲望得到满足,让他那兽性的遐想自由驰骋。他似乎成了这个家庭的一员,能看到她干活儿,也能看到她休息,最使他开心的是看见她为一点小小过失痛打她丈夫。贾阿德在一天中的过失是何其多呀,因而他每天受的惩罚可真不少,挨打甚至成了他的家常便饭。他有时竭力忍受,有时号啕大哭。他不是把面包烤焦,就是在三顿饭以外偷吃面包,或是用卖面包的钱去买糕点。他每天都干这些蠢事,而又不能很好地加以掩饰,更不能阻止老婆对他的惩罚。宰塔对这人如此怯懦和愚蠢感到奇怪。更奇怪的是,宰塔竟还认为他长得丑陋,看不起他那副模样!贾阿德身材细高,高得有点儿出奇,两条手臂很长,长着尖下巴,两只凹眼睛和两片厚嘴唇。宰塔一直忌妒他能有这么一个令人羡慕和向往的胖老婆,因此总是恼恨他,看不起他,甚至希望能把他连同面包和烤盘一起扔进火炉里。他很高兴那畜生不在,这给了他跟老板娘小坐片刻的机会;所以他坐在门槛上,把脚伸开,对方对他的这副模样显出惊讶和不满的神色,他毫不在乎。老板娘以其惯有的勇气毫不客气地厉声问他:

"你这么坐着干吗?"

宰塔心想:主啊,你还是息息怒吧!他显得温柔和亲切地说:

"我是客人,老板娘。客人是不应怠慢的……"

她厌恶地说:

"干吗不回到你的窝里去?"

宰塔露出参差不齐的牙齿微笑道:

"一个人总不能老是跟乞丐、垃圾和虫子打交道,他还应当看看美好的景色和有地位的人。"

她狠狠地呵斥他说:

"这就是说,你一定要用你那讨厌的面孔和满身的臭气来伤害别人!呸!呸……快回你的窝去,把门关上吧!"

宰塔不怀好意地说:

"即使如此,也还会有更令人讨厌的面孔和更臭的气味哩。"

老板娘明白这是指她丈夫,顿时气得脸色发青,威吓他说:

"什么意思?你这蛆虫!"

宰塔鼓起勇气说:

"我是说我们的好兄弟贾阿德……"

她大声吼道:

"当心点儿,下贱胚子!要是我动手,会把你截成两半……"

宰塔并没忽视眼前的危险,便乞求说:

"我说过我是客人!客人是不能怠慢的。再说,我只是看见贾阿德有一些小过失,你就打他!我证实了你讨厌他以后,才敢这么说他的。"

"可贾阿德的一个指头比你脖子还粗哩。"

宰塔表示抗议说:

"你的一个指头比我的一千个脖子还粗,不过贾阿德……"

"你以为你比贾阿德强吗?"

宰塔脸上显出不安,吃惊地张大了嘴巴,这不仅是他自以为比贾阿德强,而且是因为他认为仅仅把他和贾阿德相比就是一种不能容忍的耻辱,那头蠢透了的畜生怎能和他这样能干的人相比,他确实是把自己看成了全世界的主人,不管那是个什么样的世界!他表示惊讶地问道:

"你说呢,老板娘?"

哈丝尼娅怀着敌意,鄙夷地说:

"我看他一个指头比你脖子还粗。"

"就那畜生?……"

她尖声嚷道:

"他比所有男人都强。瞧瞧你的这副鬼模样……"

"你说的就是你待他像对待丧家犬一样的牲口?"

那女人听出语中含有妒意,虽然心中不安,却感到一丝快意,就不再呵斥他,而是想更加激起他的妒恨,便说道:

"这事你不明白,他挨打,你该伤心死了吧……"

宰塔显得难受地说:

"挨打也许是一种我体验不到的荣幸……"

"一种你得不到的荣幸,你这与蛆虫为伍的家伙!"

宰塔在细细地琢磨:她真的愿意和那牲口在一起过吗?他早就给自己提出过这问题,不过他不相信这是真的。因为女人只说了她说得出口的话,可心中一定另有打算。他用火一般的眼睛盯住她丰腴的身躯,欲念变得更加强烈。他疯狂地幻想着,为自己勾画出一幅春光绚丽的美景。在胡思乱想中他竟产生到僻静处去的念头,他可怕的两眼闪出亮光。老板娘哈丝尼娅对他的妒恨感到高兴,她并不害怕他跟自己单独在一起,她对自己的力气深信不疑,于是揶揄他说:

"你这脏鬼……先除去你身上的泥土,再跟人讲话。"

那女人并未生气,假如她真的发火,那她是绝不会克制的,一定会狠狠刮他的耳光,她肯定是在跟他戏谑,绝不能失掉时机。他对她说:

"老板娘,我看你不辨泥土和真金哩。"

女人依然嘲讽他说:

"你能否认你像泥土吗?"

他不在乎地耸耸肩，淡淡地说：

"我们全都是泥土……"

女人揶揄地说：

"真不害臊！你是泥上加泥，脏上加脏，所以你除了把人弄脏外无事可做，你就像个魔鬼，有意要把人们弄得像你一样肮脏。"

宰塔大声笑起来，抱着更大的希望说：

"但我是最好的人，而不是最丑的人，你不看看那些叫花子，要是没有假残疾，一分钱也不值。待我给他们化装后，他们就值大钱了！人主要是价值，而不是容貌，至于我那兄弟贾阿德，则既无价值又无容貌……"

女人恫吓地吼道：

"你还要扯到这话题上？"

宰塔不理睬她的恫吓，也假装不注意他有意涉及的这一话题，反而越说越远：

"虽如此说，我的所有顾主都是职业乞丐，你让我拿他们怎么办？难道你要我把他们打扮得花枝招展，到马路上去勾引行人吗？"

"真是个魔鬼！魔鬼的舌头，魔鬼的样子！"

他长叹一声，用可怜巴巴的、顺从的口吻说：

"不管怎么说，我以前是王子。"

她摇摇头讽刺说：

"王子？人类的王子还是魔鬼的王子？"

他依然用原先的口吻说：

"当然是人类的王子。我们任何人生下来都像王子一样，以后便听凭倒霉的命运安排，这是生活对我们的巧妙欺骗。要是它一开始就将它的秘密告诉我们，我们就不会离开娘胎……"

"安拉是全能的，你这鬼女人的儿子！"

宰塔热烈而高兴地说：

"所以说我曾是个幸福的孩子，人们高兴地迎接我，给我关怀和爱护。这样说，你还怀疑我曾经是王子吗？"

"安拉啊，绝不怀疑。"

热烈的交谈使他陶醉，甜蜜的希望在他心中升起，他继续说下去：

"我的诞生是幸运、吉祥的。我父母双亲以乞讨为业，他俩将我包成一团，由母亲抱着沿街乞讨，当安拉把我赐给他俩后，他俩便全副心思扑在我身上，对我疼极了。"

哈丝尼娅忍不住放声大笑，他的热切之情也随之高涨，接着说：

"噢，那幸福的童年回忆！至今我还记得在人行道上玩耍的情景。那时，我在地上爬，直爬到马路边。我们一家选择的地方前面有一个土坑，里面积满了污水，那里面不是雨水，就是洒水车洒的水，要不就是牲口的粪便，坑底是淤泥，水面上飞着一群群苍蝇，边沿上堆满了路上的垃圾。啊，一幅多么动人心弦的美妙图画！龌龊的泥水，四周是五颜六色的垃圾、西红柿皮、芹菜叶、脏土和污泥，苍蝇在上面来回飞舞，时停时离。我睁开爬满苍蝇的眼皮，在那令人愉快的水塘里尽情戏耍，觉得天底下没人比我更快乐的了……"

老板娘讪笑道：

"这是你的运气、你的幸运……"

她愿听他侃侃而谈，并感到高兴，这使他很快活，还受到了鼓舞，他又说道：

"这便是我被人们不公正地指责为喜欢秽物的秘密，一个人理当习惯任何事情，即便它不合常理，因此我怕你真的习惯了那畜生。"

"你又要扯到这上面吗？"

此时欲念已使他忘乎所以，他说：

"那自然。人不应该忽视他的权利……"

"看来你是看破红尘啰……"

"我对你说过,我在襁褓中尝到过一次幸福……"他用手指指他居住的尽是垃圾的地方,接着说,"我的心告诉我,在我的这个住所里,我将有幸再尝到一次。"

他用头向门内示意,像在对她说:"来吧!"

那女人气得变了脸色,他的胆大妄为激怒了她,她冲着他吼道:

"当心点儿,你这魔鬼的儿子!"

他用由于激动而战抖的声音说:

"魔鬼的儿子怎能抵御住他老子的诱惑呢?"

"你敢放肆,我就打断你的骨头!"

"谁知道……也许这对我也是一种享受……"

他突然站起来,向后退了几步;他以为他的目的已经达到,老板娘已在她的掌握之中,他陷入疯狂的境地而不能自拔,他浑身战抖,两眼充满兽欲直愣愣地盯住她。他突然伸手去扯她的外衣,迅速将它扒下来,那女人露出了赤裸裸的身体。她怔了片刻,随即抓起不远处的一个瓷罐,用力向他掷去,正打在他的下身,他像牛般哞地叫了一声,倒在地下……

第十七章

当乌姆·哈米黛前来购买物品时,赛里姆·阿勒瓦先生仍像平时一样坐在代办处的大办公桌后面。往常,只要她到代办处,赛里姆先生总是客气地跟她打招呼,可这次却不同寻常,他把她让到身旁的椅子上,吩咐一个店员去取她所需要的各种化妆品。这一特殊照顾使乌姆·哈米黛颇受感动,她对赛里姆先生一再表示感谢,并衷心为他祝福。确实,这特殊照顾不是即兴的举动,赛里姆先生想要办一件绝不反悔的事。因为一个人很难一直生活在思绪繁纷,犹疑不决之中。他发觉他生活中存在许多悬而未决的问题,这使他郁郁不乐。儿子们的忧虑和担心瞒不过他的眼睛;大笔的钱财,不知哪一天他才有机会享用,有消息说战后货币可能贬值;他以为贝克头衔的问题已经解决,谁知仍不时被提起,真像时好时发的痤疮那么难治;还有他跟妻子的关系,由于她青春活力的消退,使他产生新的忧虑,最近——而不是最后——他常常感到有一种欲望不能得到满足的痛苦。他一直惶惶不安地生活在这些痛苦的忧虑中,后来他决心解决其中的一个,不过在选择时却不由自主地受到欲望的牵制,他打算不再受那痛苦感情的折磨,于是全副心思集中在这上头,似乎这问题一解决,其他所有忧虑便会消释。不过,他并未忽视后果，他知道在解决了这一问题后，还会出现更多的新问题，其危难程度并不亚于原先的。然而欲望已在他内心深深扎下了根，控制了他的思想和意志，将他彻底征服，横亘在他理想面前的一切困难对他来说全不算一回事儿，他内心常常抱怨道：我老婆作为一个女人已经完结，我这种年龄又不能在外面寻花问柳，但也绝无理由忍受这种痛苦和折磨。既然安拉总是给我们方便，我们干吗束缚自己的手脚？就这样，他打定主意，无论如何要实现自己的愿望。因此他把乌姆·哈米黛叫来坐在自己身旁，决心把这件重大的事儿向她挑明。赛里姆先生一时难以开口，这倒不是犹疑不决，而是他很难把自己高贵的身份一下子降低到与乌姆·哈米黛这样的女人打交道的程度。恰在这时，一个仆人端着一盘早已声名狼藉的炒麦饭进来，乌姆·哈米黛瞅见它，嘴角一动，像是掠过一丝淡淡的微笑。这动作没瞒过赛里姆的眼睛，他不失时机转入正题，把他的端庄和稳重抛在一边，用一种愤懑的语气对她说：

"瞧这东西给我带来多大烦恼！"

乌姆·哈米黛生怕他看见了自己的微笑，急忙说：

"为什么？愿安拉驱除邪恶！"

先生仍用同样的语气说：

"它给我招来了多少麻烦……"

那女人不明白他的意思，问道：

"为什么，赛里姆贝克先生？"

赛里姆先生想到她是个媒婆，便毫无顾忌地说：

"另一方不满意……"

乌姆·哈米黛吃了一惊，她想起有段时间胡同里曾有多少人垂涎三尺，想尝一尝这炒麦饭，不过她是个独身女人，对此不感兴趣！她心想：这真是把耳环送给没耳朵的，找错了人！她笑了笑，并不腼腆地说：

"这可真是怪事!"

赛里姆先生遗憾地摇摇头。他妻子年轻时,他并不喜欢炒麦饭,她有健全的生理本能,从心底里厌恶超乎自然的要求。但为了尊重欲望强烈的丈夫,不使丈夫扫兴,她还是忍受了下来,不过她把这看作是一种折磨。虽然如此,她还是不断劝说丈夫停止干那种对他健康有极大损害的事儿。随着她年老体衰,忍耐力越来越差,对这种事儿也更加敏感,于是公开连声叫怨,有时甚至离家到儿女们那里去住,表面是走访,实际是躲避。赛里姆先生极为恼火,渐渐对她变得冷淡,两人关系越来越不融洽,生活也受到影响,但他并不改弦易辙,也不同情她能力的衰退。他把她对他的虐待——他是这么认为的——作为另寻新欢满足自己欲望的理由!

先生遗憾地摇摇头,用乌姆·哈米黛这种人一听就懂的语言说:

"我警告过她,我要另娶一个,愿安拉允许,我会那样做的……"

那女人由于职业的本能,对此感到极大兴趣,她用一个商人看待一个罕见的富有的顾客那种眼光盯住他,嘴里却佯作怀疑地说:

"到这程度吗,先生?"

先生一本正经地说:

"我等了你好久,甚至想差人去请你。你看这事儿怎么办?"

那女人叹了口气,内心有说不出的高兴。(后来她曾跟人说:"我去购买香水,却发现了宝藏。")她笑着对他说:

"先生,你这样的男人可是人品出众,世上少有。谁被你看中,真是掉进福窝里啦。我听从你的吩咐,我那儿有黄花闺女、被休少妇;有年轻的、中年的;有钱的、贫穷的,随你挑……"

先生捻着两撇浓髭,稍许有点儿不安,微笑着凑近她,低声说:

"远在天边,近在眼前,无须费力寻找,我要的人就在你家!"

女人吃惊地睁大眼睛,下意识地随着他的话说:

"在我家?!"

女人吃惊的样子使他感到高兴，说：

"对，就在你家，而且是你的骨肉，我说的是你女儿哈米黛！……"

那女人简直不敢相信自己的耳朵，她茫然失措了。不错，她曾听哈米黛说过，她无论走到哪儿，赛里姆先生总是两眼睁得大大的，贪婪地盯住她。但羡慕和结婚是两回事，谁能相信，代办处老板赛里姆·阿勒瓦会向哈米黛求婚？她战战兢兢地说：

"我们高攀不上，先生！"

他温和地说：

"你是个善良的女人，我喜欢你女儿，这就够了。难道除了有钱人，别人就不能享福吗？我不需要钱，我的钱一辈子也用不完！"

那女人一直怔怔地听他说，猛然想起一件事，哈米黛已经订婚了。她无可奈何地"唉"了一声，赛里姆先生因此发问道：

"怎么啦？"

女人惴惴不安地说：

"安拉啊，我忘了告诉你，先生。哈米黛已经许人了，阿拔斯·侯勒维去英军服役前已经和她订婚了！……"

先生听后，脸色气得发黄，像从嘴里吐出一只苍蝇似的说：

"阿拔斯·侯勒维？……"

女人急急地随声说：

"我们已经读了'开端章'。"

赛里姆先生鄙夷而又气愤地说：

"就是那个叫花子理发匠？"

乌姆·哈米黛道歉似的说：

"他说为了积攒钱财去英军服役，我们读过'开端章'他就走了……"

先生意想不到在情场上与阿拔斯相撞，因而愈加恼怒，愤愤地说：

"那傻瓜以为英国军队是永久的乐园吗？不过，我奇怪你为什么要提起这桩事？"

那女人想求得谅解地说：

"这是我忽然想起的，就这么回事儿。过去我们哪敢梦想这么高的荣誉，所以没法拒绝他的求婚！请别见怪，先生！像你这样的人提出要求，那是我们连想都不敢想的，请别见怪。我这就去，一会儿就回来，请别生我的气，干吗这么恼火呢？"

先生脸色缓和了，这时他才觉得确实不该生这么大的气，倒好像阿拔斯是个侵犯者似的，而不是被侵犯者。不过他嘴上仍说：

"我不该生气吗？"

说完猛然站起身，好像想起什么事儿似的，又变了脸色，神情不安地问：

"姑娘同意了吗？我是说她愿意吗？"

女人急忙说：

"这事和她没关系！只不过有一天阿拔斯由格米勒大叔陪着来我家，然后我们一起读了'开端章'。"

先生说：

"这些年轻人真令人不解！自己都吃不饱，随随便便就结婚，给胡同里添一大堆孩子，拿什么养活他们？还不是在垃圾堆里刨食？算了，忘掉那订婚的事儿吧！"

"先生说得对……我这就去，很快就回来，愿安拉保佑！"

女人站起来，弯下身子与先生握手道别，随后拿起用人放在桌上包好的香水、指甲油出门去了。

赛里姆先生愁眉不展，坐立不安，两眼闪露出愤怒的光芒。第一步就绊了个跟头！一个一文不值的臭理发匠竟然和他在情场上角逐。他朝地上狠狠啐了一口痰，就像啐在阿拔斯身上一样。他想象着听到人们对此事随心所欲的议论，既是嘲讽又是挖苦。他妻子将说他从梅达格胡同的一个理发店里抢走了一个梳洗婆的女儿！她将反反复复这么说，人们也都会添油加醋地讲个不休，这些话将传到他的儿女们耳中，传到他的朋友和仇敌耳中。这些他全想到了，但从未打算退却，早在这以前，思想斗争就已结束，而且他已经伸出了手，把一切托付给了安拉。他从容不迫地捻着胡须，轻蔑地摇摇头，已经完全被强烈的欲望控制住，顾不得人们的风言风语。难道这以前人们就没有对他说三道四吗？没把那盘炒麦饭当作神话到处传播吗？他们爱说什么就说什么吧，爱干什么就干什么吧，他肯定还是先生，昂首阔步走在低下脑袋的人们中间！至于家庭，他的财产足以使它的全体成员心满意足，他的新婚并不会比买一个贝克头衔花费得多，假如他去为之奋斗的话。他怒气消失了，面容舒展了，愉快地沉浸在遐想中。应该始终记住，他是个有血有肉的人，不然就会忽视他的权利，成为烦恼的牺牲品。假如他为那一伸手便可实现的愿望空自悲切，假如他因为渴望肉体，得不到满足而感到难受的话，那么，尽管他有堆积如山的财富，那又有什么用？

第十八章

乌姆·哈米黛飞快跑回家，在从代办处到家里的短短路程中，她浮想联翩。哈米黛正站在屋中央梳头发，乌姆·哈米黛两眼死死盯住她，就像第一次见到她一样，或者说是在打量一位居然能使像赛里姆先生这样年龄和有财产的庄重男人神魂颠倒的女性，心中产生了一种类似忌妒的感情。虽然她深信，这姑娘的渴望成功的婚姻带来的每一分钱，都有她的一半，这姑娘能获得的一切享受，她也有不小的一份，尽管如此，在高兴和满足之余她总不能摆脱这种奇怪的感情。她心中暗想：命运果真会将幸福赐予这个不知爹妈是谁的姑娘吗？她又惊诧地自问道：赛里姆先生难道没听到过她跟邻居吵架时粗野的嗓门？没见过她跟人厮打吗？唉，这些男人，除了女人的肉体，他们什么也不顾！

她两眼一直没离开这姑娘，说：

"一个幸运的人在吉祥的夜里诞生了！"

哈米黛停止梳理她乌黑的头发，笑着问道：

"怎么啦？又有什么新闻？"

女人脱下长袍，扔在沙发上，一边从容不迫地说，一边紧紧盯住她，想看出她的话在她心中引起的反应：

"我是说一个新娘子!"

姑娘乌黑的眼睛里现出关注和惊讶的神情,问:

"真有这事儿?"

"你连做梦都不敢想的、一个极有身份的人的新娘……"

哈米黛的心在剧烈跳动,两眼睁得大大的,一对眸子闪闪发亮,问:

"是谁呀?"

"你猜猜!"

姑娘虽然也在暗中猜测,但却迫不及待地问:

"谁呀?"

乌姆·哈米黛摇摇头,同时扬起眉毛说:

"大名鼎鼎的赛里姆·阿勒瓦先生。"

姑娘使劲握紧梳子,梳齿差点儿刺破她的手掌,失声叫道:

"代办处老板赛里姆·阿勒瓦?……"

"是他,一个钱多得能填满大海的财主!"

姑娘的脸放出光彩,不知是惊讶还是高兴地咕哝着:

"什么大不了的消息!"

"可了不起啦,这消息像奶酪一样甜哩!假如不是他亲口对我说,我真不敢相信。"

姑娘将梳子插在头发上,急急走到母亲跟前,依在她身边,两手搭在她肩上问道:

"他跟你说什么来着?你一个字一个字地告诉我。"

她聚精会神倾听母亲讲述发生的事,心儿一直不停地跳动,脸上泛起阵阵红晕,眼中露出欣喜的光芒。这财富正是她朝思暮想的,那地位也是她渴望的,她渴慕这个地位几乎成了心病,对权势的追求是她的本性。除了巨大的财富,她不知还有什么能满足她心中的这种痛苦的渴求，财富即意味着崇高的地位、权势和幸福。她沉浸在意外的欢乐中，犹如一个赤手空拳的战士在危急时刻偶然发现手里有一支枪，也像一只被剪断双翅的小鸟想飞而只能失望地挣扎着，后来却奇迹般地长出羽毛，又飞翔在高空。母亲偷眼瞟她一下，向她说：

"你看怎样？"

乌姆·哈米黛不知她会说什么，不过她已打定主意，不管女儿说什么，她都要反问她：如果姑娘说跟赛里姆先生，她就说阿拔斯怎么办？如果姑娘说跟阿拔斯，她就说难道我们能拒绝赛里姆先生的美意？哈米黛却以满不在乎的口吻说：

"我怎么看吗？"

"对，你怎么看？这事可真难办，你忘了你已许了人啦？……我还和阿拔斯一块儿念过'开端章'哩！"

姑娘目光变得严峻起来，这严峻大大损伤了她美丽的容貌，她厌恶而鄙夷地说：

"阿拔斯见鬼！"

母亲对她这么快就决定下这件重大的事感到惊讶，似乎阿拔斯的事压根儿就没发生过。她脑子里又出现了过去的看法，女儿是个变化无常的可怕的姑娘，说实在的，她心中从未正式怀疑过这事的最后结局，但她希望能通过她的努力来达到这一结局，她希望女儿举棋不定，然后由她去劝说女儿答应。而不是像现在这样，女儿自己用这种不可思议的鄙夷口吻说起阿拔斯。她责怪女儿说：

"不要阿拔斯，你忘了他是你的未婚夫？！"

不，她当然不会忘记。不过，记得和忘记反正都一样。母亲真的反对她吗？她细细观察母亲，认定她的责怪是假的，便轻蔑地耸耸肩，不在乎地说：

"活受罪……"

"人们会怎样议论我们呢?"

"让他们议论去……"

"我要和利德瓦·侯赛因先生商量商量再说。"

姑娘听到这名字不禁一怔,反对说:

"这是我的私事,跟他有何相干?"

"咱家没男人,他就是我们家的男人……"

那女人一刻也等不及,起身披上长袍便迅速离开房间,边走边说:"我和他商量后立即就回来。"姑娘愤愤地看着她离去后,方才想起头还没梳好,便又机械地梳起来,她在出神,两眼似乎遥望着那五彩缤纷的梦幻世界。一会儿,她走近窗户,透过窗隙朝代办处眺望,过了好久才回到她的座位上。

她对阿拔斯态度的变化并非没有过程,不过,不像她母亲想象的那样。不错,有时她很满意,认为自己已经和阿拔斯永远联结在一起。她以最大的爱把自己的双唇奉献给他,和他一块儿谈论未来,似乎那是他俩共同的未来,她许诺她要到侯赛因清真寺为他祝福。事实上,她也去为他祝福过——过去她只是在跟人争吵后去祈求先贤惩罚她的敌人,她期待着希望实现这令人瞩目的幸福。此外,阿拔斯使她从一个普通的姑娘变成订了婚的姑娘,乌姆·侯赛因再不能揪着自己的鬓发,幸灾乐祸地对她说:"要是有人跟你订婚,我就把这剃掉!"不过她仍像睡在火山口上,从一开始就没觉得踏实过,心中老是有一种不安的感觉。不错,阿拔斯给了她强烈的欲望以某种满足,但阿拔斯并非是她向往的男人,自第一次相会以来,她就犹豫不决。她也说不上她要的是什么样的男人,但无论如何阿拔斯没能抓住她的心。虽然如此,她并非未努力消除这种不安,她想以后在一起也许能过上一种她意想不到的生活。后来她又反复思考,思考是一种优点,总带有两面性。她自问道:阿拔斯许诺让我过的究竟是一种什么样的幸福生活呢?我的梦想是否太不切实际了？小伙子说他将带着财富回来，在穆士基大街开一家理发店，但这真能保证我比现在过得更好吗？这真是我这颗发疯般的心所追求的吗？这样想，她就更加犹豫，觉得阿拔斯不是她意想中的男人，她开始觉得对他的厌恶要比想与他在一起生活的愿望更强烈。但她又能怎么办呢？她不是与他永远拴在一起了吗？啊！安拉！为什么她不像那些女友一样学会一门手艺。假如她有手艺，那就能自由自在，想什么时候结婚就什么时候结婚，或者压根儿就不结婚！她的热情消退了，感情淡薄了，又回到与阿拔斯幽会并被理想陶醉以前的状态。现在赛里姆先生向她求婚，她便毫不犹豫地抛弃了第一个未婚夫，这之前她早就在心中将他抛弃了……

没过多久，母亲表情严肃地从利德瓦先生家回来，她边脱外衣边说道：

"先生根本不同意……"

随后她把会见利德瓦先生的情形告诉她，先生将两人做了比较：阿拔斯是年轻人，赛里姆先生是老头儿。阿拔斯和她是同一个阶层的人，而赛里姆先生却属于另一个阶层。赛里姆先生这样的男人和他女儿这样的姑娘结婚，将会带来许多问题和烦恼，其中有一些会直接伤害姑娘的。他是这样结束他的话的："阿拔斯是个好青年，他离家谋生就是为的这门亲事，他是和姑娘最相配的人，你应当等着他；假如他不走运，两手空空地回来，那时你就有权把她许配给她喜欢的人。"

姑娘听后气得两眼直冒火，顾不得羞耻冷冷地说：

"利德瓦先生是安拉派下凡的贤人，或者说他在人们面前可以随心所欲地表现。为了获得跟他一样的贤人们的赞赏，他根本不考虑别人的利益。我的个人幸福跟他毫无关系，也许他过分看重了读'开端章'，其实只有像他这样胡子有两米长的人才那么认真。关于我的婚事，你别再问他了，假如你想找他，就让他给你解释《古兰经》……假如他像人们说得那么好，安拉就不会让他的孩子全死光……"

那女人深感不安，呵斥她说：

"对一个大伙儿尊敬的人怎么能这么说？"

姑娘尖声喊道，那样子就像什么坏事都干得出来：

"你说他是好人、贤人，甚至先知，爱怎么说都可以，只是不要让他成为我幸福的绊脚石……"

女人对利德瓦先生受到如此的轻视深感不安，倒不是因为她同意他的意见！她内心也是反对他的。不过，她却有意想使姑娘生气，对她的恶劣品质进行报复。她说道：

"你已经订过婚了……"

哈米黛不以为然地笑道：

"姑娘有自己的自由，即使她已经订婚，我们和他之间除了谈话和一盘糕点外没别的……"

"还读过'开端章'哩！"

"安拉会宽恕的。"

"读过'开端章'不算数可是大罪。"

"我才无所谓哩。你那么看重它，就把它撕下来浸在水里泡着喝吧。"

女人捶打着胸脯说：

"噢，你这狐狸的女儿！"

哈米黛从母亲眼中看出屈从的神情，便笑着说：

"你嫁给他吧……"

女人两手一拍，忍俊不禁地嘲笑说：

"当然你有权用一盘糕点去换一盘炒麦饭啰。"

姑娘瞪她一眼，恶狠狠地说：

"不，是用一个年轻人换一个老头儿……"

乌姆·哈米黛放声大笑，同时说道："鸡还是老的肥。"然后喜滋滋坐在沙发上，她早已忘掉了刚才的佯装反对。她从烟盒里掏出一支香烟，点燃后，悠然自得地吸起来，她已经好久没有这么兴奋过了，哈米黛不满地看着她说：

"指安拉起誓，你对新娘子的兴趣要比我大好几倍哩，不过是假装清高，惹我生气罢了，愿安拉宽恕你……"

母亲用深沉的目光瞅着她，意味深长地说：

"像赛里姆先生这样的男人和一个姑娘结婚，这意味着和她的全家结婚，就像尼罗河一旦泛滥便会使全国受益，你明白吗？难道你以为你搬进了新宫，我会一直在这儿靠赛尼娅·阿菲菲太太和其他人照顾过日子吗？"

哈米黛放声大笑，一面编结发辫，一面故作高傲地说：

"靠赛尼娅·阿菲菲太太，也靠哈米黛·哈尼姆太太照顾……"

"自然，自然，得靠你这马路上捡来、不知爸爸是谁的孤儿……"

哈米黛脸上仍挂着笑，说：

"不知爸爸是谁？……多少有爸爸的儿子还一文不值呢！……"

翌日清晨，乌姆·哈米黛满心欢喜来到代办处，准备再读一次"开端章"。但她没看见赛里姆先生坐在那熟悉的地方，便向人打听。别人告知她说先生今天要晚些来。她怏怏不乐地返回家去，心中不禁感到惶惑。中午，胡同里传开了赛里姆·阿勒瓦先生昨晚心脏病复发，现正躺在床上，生死未卜的消息。整个胡同都在惋惜，对乌姆·哈米黛的家来说，这消息犹如一声霹雳从天而降……

第十九章

一天清晨,梅达格胡同被喧嚷声吵醒。居民们看见一些男人在萨那迪格胡同的空地上搭棚子,棚子正对着梅达格胡同。格米勒大叔心中不悦,他以为这是为出殡用的,便高声说道:"我们属于安拉,我们全都要回到它那儿。啊,万物的造物者,全能的主!"他叫住路边一个孩子,询问他死者是谁。小孩笑着说:

"棚子不是出殡用的,是为了竞选!"

格米勒大叔摇摇头,咕哝道:"萨阿德,阿德里[①]又来了!"他对政治一窍不通,无非是记得一两个名字,也不明白意味着什么。不错,他铺子的正墙上挂着一张很大的穆斯塔法·努哈斯[②]的像,那是阿拔斯买的,他买了两张,一张挂在自己的理发铺里,另一张便送给了他。他觉得把它挂在店堂的墙上无伤大雅,特别是他知道挂这些像已成了商店的传统。萨那迪格胡同一家卖肉丸子的商店里挂着萨阿德·扎格卢勒和穆斯塔法·努哈斯的像,卡尔什咖啡馆里挂着阿拔斯·赫迪尤[③]的

---

① 阿德里·耶昆,本世纪初埃及政治活动家,曾率代表团与英国政府谈判,埃及自由宪政党创建人。
② 穆斯塔法·努哈斯,20世纪初埃及政治活动家、华夫脱党领导人。
③ 赫迪尤即国君。阿拔斯·赫迪尤二世于1892—1914年在位。

像。他看着那些搭棚子的工人，心中老大不满意，想象着那即将到来的喧闹的一天。棚子一点点搭好，竖起了柱子，柱子上系着绳子，周围挂着帷幕，地上洒了一层沙土，棚里还搭了个高高的舞台，舞台前方狭窄的走道两旁摆满了椅子。侯赛因广场和奥里叶胡同的各个路口都装上喇叭，最使人高兴的是棚子的入口处什么也没挂，梅达格胡同的居民坐在自己家里便可参加集会。舞台上面悬挂着一幅政府总理像，下面便是候选人易卜拉欣·法哈特的像。这个地区的多数居民都认得他，他早先是努哈辛街的商人。儿童们手上拿着宣传画，将它贴在墙壁上，画上用鲜艳醒目的字样写着：

请选无党派代表法哈特，
他忠实执行萨阿德原则；
暴虐、贫穷时代已经过去，
正义幸福时代将要来临！

儿童们要将一幅宣传画贴在格米勒大叔店前，格米勒大叔因阿拔斯·侯勒维离去心中一直不痛快，便呵斥孩子们说：
"别在这儿贴，孩子们，这晦气玩意儿要使生意蚀本的……"
一个孩子笑着对他说：
"不，它会使你赚钱的。假如今天候选人先生看见这幅画，他会成批买你的糕点，给你加倍的钱，以后准保你买卖兴隆。"
中午时分，一切准备停当，胡同口又变得像往常那么平静。直到傍晚，易卜拉欣·法哈特先生在随从们簇拥下亲自前来视察。法哈特先生并不吝惜花费，但他是商人，总想了解每项开支的细目，以免花掉不该花的钱。他又矮又胖，长袖衬衫外面套一件敞袍，大模大样走在人群前头，那张长着一对寻常眼睛的棕色圆脸庞不断左顾右盼。他走路的姿态表现出自豪和信心,目光中呈现出善良和单纯的神情,他的样子给人总的印象是,他的肚子比脑子要管用得多。他出现在梅达格胡同和邻近地区,引起了极大轰动,人们把他看作是今晚的新娘,希望在这喜庆之后能得到一些好处,特别是他们还没有从上次为了本区唯一的一名候选人取胜而受的沉重打击中吸取教训!法哈特先生身后跟着一群儿童,他们一边走一边高喊:"我们的候选人是谁?"大家一同答道:"易卜拉欣·法哈特。"喊完又问:"这地区的代表是谁?"问完又一同回答道:"易卜拉欣·法哈特!"这样不断地重复高喊。他们几乎把整条路都挤满了,也有不少人趁机溜到棚子前。法哈特把手举在头上回答人们的欢呼和致意,然后在随从们簇拥下走进梅达格胡同,这些随从多数是戴拉赛街体育俱乐部的举重运动员。法哈特先生走到租下阿拔斯理发店的那个老理发匠跟前,把手伸给他说:"你好呀,我的阿拉伯兄弟。"老人腼腆地弯下腰和他拉拉手,表示欢迎。随后他转向格米勒大叔说:"请别勉强起身,以先贤侯赛因发誓,你还是坐着的好。你近来好吗?安拉至大!你的糕点名不虚传,今晚人们全会知道的。"他一边走,一边向所有碰到的人问候致意,一直走到卡尔什咖啡馆,他向卡尔什老板问过好便坐下来,并且招呼随从一同坐下。这时许多人挤到咖啡馆前看热闹,面包师贾阿德和残疾制造者宰塔也来了。候选人先生高兴地扫视着周围的人群,对卡尔什老板说:

"请他们都喝茶……"

说完便微笑着回答从四面八方发出的感谢声,随后对卡尔什老板说:

"希望咖啡馆能为彩棚提供方便。"

卡尔什老板淡淡地说:

"愿为你服务,先生……"

候选人先生见他态度冷淡，便和颜悦色地说：

"我们都是同一个区的，像是兄弟一样嘛！"

事实上，法哈特先生是为了讨好卡尔什老板特意到咖啡馆来的。几天前，他曾把卡尔什老板请去，想让他和他的同行朋友以及伙计们站在他一边，投他的票。为此，还拿出十五个埃镑作为报酬，但是遭到卡尔什老板拒绝。原因是卡尔什老板认为自己并不比戴拉赛街咖啡馆老板法瓦勒地位低，据说法瓦勒从他那儿拿到了二十个埃镑！两人一直讨价还价，最后候选人先生只好答应再多付给他一些。两人分手后，候选人先生就一直在提防卡尔什老板变卦。确实，卡尔什老板对他所说的这种"政治制造商"是感到生气、心怀不满的，虽然他并未主动出来纠正其错误。尽管他意志消沉，但在"政治季节"中却是清醒的。他年轻时在政治界取得的声誉，足以与他日后在其他方面取得的声誉相媲美！他曾狂热地参加了1919年革命，据说当时侯赛因广场上那场吞噬了犹太烟草公司的大火就是他放的，他还是革命者，与亚美尼亚人、与犹太人激烈作战的战斗英雄。流血的革命平息后，他在竞选中找到了新的战场，虽然这大大限制了他精力和热情的发挥。在1924年竞选中他做出了值得赞扬的努力。1925年的竞选中，他勇敢地抵住了诱惑，虽然那时传说他接受了政府候选人的贿赂，却把选票投给了华夫脱党候选人。在绥德基①竞选时，他又想故技重演，拿钱不投票。但选举时政府密探盯住了他，将他和其他人押上警察的汽车带到选举站，他第一次被迫投了不是华夫脱党人的票。1936年是他最后一次搞政治，打那以后，便洗手不干，转而做起生意来。从此，他把竞选看成畅销货那样，谁钱给得多就投谁的票。他解释说，他的态度之所以变化，是因为政治生活出现了腐败，他说："既然金钱是那些争权夺利者的目的，那么，它成为可怜的选民的目的又有何不可！"除了这

---

① 埃及反动政党人民党的党魁。1930年6月到1933年9月期间任埃及内阁首相。

事和别的事外，以后卡尔什本人也腐败了，意志消沉，耽于邪恶的欲望，过去的革命斗争在他心里只留下模糊的记忆。当他和同伴围着火炉高兴的时候，便会想起这些事，于是就大肆渲染、炫耀一番。然而，他内心却鄙视所有体面生活的价值。除了大麻烟和邪恶的欲望外，他什么也不关心。照他的话说，其他事情都是"那么回事"而已。从此，他不再恨任何人——不恨犹太人，不恨亚美尼亚人，甚至也不恨英国人——当然也不再爱任何人。因此，他对这场大战表现出异乎寻常的热情，并且强烈倾向德国人，这就着实令人吃惊。这些日子里，他四处打听希特勒的消息，打听他是否真的受到威胁，俄国人干吗不立即心悦诚服地接受他提出的单独讲和建议？他对希特勒的钦佩无非是听说他英勇善战，仅此而已，他把希特勒看成全世界青年们的首领，希望希特勒获胜，就像过去总希望安塔拉和艾布·栽德①获胜一样。不过至今他在竞选上仍保持着举足轻重的地位，他是那些每晚与他围炉坐在一起的老板和老板的伙计、雇工和亲信的首领。所以易卜拉欣·法哈特愿意讨好他，抽出宝贵的时间到他咖啡馆里久坐，表示对他的好感。

这时，法哈特偷偷瞟了卡尔什老板一眼，凑近他耳朵悄声问道：

"你乐意吗，老板？"

老板笑笑，有点儿保留地说：

"感谢安拉，祝你顺利、幸福，先生！"

先生在他耳边低声说：

"我将给你更多更好的补偿……"

老板喜形于色，两眼扫视着人群，怀着希望轻声地说：

"托安拉福，你别叫我们失望……"

---

① 安塔拉和艾布·栽德分别是阿拉伯民间故事《安塔拉传奇》和《希拉勒人迁徙记》中的主人公。

这时人们同时呼喊：

"安拉保佑，法哈特先生，你将实现我们的愿望！"

先生满意地笑笑，随后发表即兴演说：

"诸位知道鄙人乃无党派之人士，然而，将奉行真正的萨阿德原则。我们从政党制中获益何在？诸位难道没听过他们胡说八道？他们就像（他差点儿说他们就像大街上的泼皮，猛然想起听众中有不少这样的人，便收回话头）……还是不比喻为好。我选择无党派，乃是为的不怕说真话，我不是哪个部长或党魁的奴才，假如安拉保佑我成功，我始终不会忘记我在议会是以梅达格胡同、奥里叶胡同和萨那迪格胡同居民的名义讲话的。空谈和欺骗的时代已经过去，你们正在迎接一个新时代，这个时代首先关心的是你们最迫切要解决的问题，像增加棉布、食糖、汽油、菜油，面包不掺假，降低肉价……"

有人认真地问：

"这些必需品明天都能增加吗？……"

先生自信地回答：

"那当然，这便是眼下变化的秘密所在。昨天我拜会了政府总理（他想起他曾说过他是无党派人士，便解释说），他接见不同党派和不同政见的候选人，他强调说他当权的时代是吃饱穿暖的时代。"

他咽了咽口水，接着往下说：

"你们将看到奇迹中的奇迹。别忘了，假如我当选，诸位全会得到报偿。"

布什博士问：

"开票后才给报偿吗？"

先生朝他瞟了瞟，颇为局促地说：

"当然开票前也给。"

达尔维什长老打破沉默说：

"真像彩礼，还分什么先给后给。啊，先生，你是不会给彩礼的，因为你的爱是神圣的，来自天上。"

先生尴尬地扭过头望着长老！当他的目光落在他身上，落在长袍、领带、金边眼镜上时，他立即明白这是安拉派到世间来的贤人，于是圆圆的脸庞上浮起笑容，亲切地说：

"欢迎，欢迎，欢迎我们的长老先生。"

达尔维什长老没理睬他，仍然坐在那儿一动不动。此时，候选人先生的一个随从出来说：

"你们的需要会得到满足的，我们指安拉的经典发誓：如果办不到，我们就休掉自己的老婆……"

不止一个声音附和他说：

"这样就好……"

法哈特先生询问在场人的选票，当问到格米勒大叔时，他回答说：

"我没有选票，我从来不参加选举……"

候选人先生问他：

"你出生在哪儿？"

格米勒大叔漫不经心地回答：

"不清楚……"

一阵哄堂大笑，法哈特先生也忍不住笑出了声，不过并不感到失望。他自言自语地说：

"一桩小事。我到区长那儿给你弄清楚。"

这时，一个身穿长袍的儿童手里拿着一叠广告走进咖啡馆，趁咖啡馆里人多前来散发。许多人以为那是竞选宣传，便冲着法哈特先生的面子争先恐后抢在手中，法哈特先生也取过一张，展开读了起来：

你的夫妻生活肯定缺点儿什么，请用桑图里香精。

桑图里香精采用科学方法配制，不含毒性物质，经卫生部化验，一二八号文件批准发行。清香可口、振奋精神，只需五十分钟，保你返老还童。

服　法：

取麦粒大小的一份投入一杯浓糖茶水中，你便会觉得精力充沛。一小盒的四分之一，强过所有兴奋剂，你会感到血管里的血像电流般流动。请向散发广告者索取盒装桑图里香精，每盒只需三十个米里木。

你的幸福只需要三十个米里木。本店虚心听取顾客意见。

又是一阵哄笑，候选人先生也颇感尴尬，一个随从出来替他解围，高声说：

"这可是个好兆头啊！"

随后俯身下去悄声说：

"走吧，前边还有好些地方呢。"

先生站起身对大家说：

"希望我们不久再见，愿安拉实现我们的理想。"

他两眼亲切地看着达尔维什长老，临出咖啡馆之前对他说：

"长老先生，请为我祝福。"

达尔维什长老两臂一伸，打破沉默说：

"让安拉毁了你的家……"

太阳刚刚落山，彩棚前就挤满了人群。人们在传说一位有身份的政治家将发表重要的演说，还传说诗人和唱民歌的将登台表演。没等多久，一位诵经人走上舞台，给大家念了几段简单易懂的经文。紧接在他后面的是一个乐队，由一些衣衫褴褛的龙钟老人组成，他们奏起了国歌。安在各处的喇叭把大街小巷里的孩子全都召了过来，萨那迪格胡同被挤得水泄不通，喧嚷声连绵不绝。国歌奏完，乐队并不退场，大家还以为演说家将在音乐伴奏下发表演讲。出乎意料的是，乐队中一些人有节奏地踏着地板，全场顿时肃静下来。一会儿，一位著名的独唱演员穿着本地服装走上台，人们一看见他，全都高兴得疯狂似的喊叫起来，一面欢呼，一面鼓掌。独唱演员不断引逗人们发笑，同时一位几乎是裸体的女郎在旁一面跳舞，一面一次又一次高喊：

"易卜拉欣·法哈特先生……一千次……一千次。"管扩音器的那位也在话筒前高喊："易卜拉欣·法哈特先生是最好的候选人，巴赫鲁勒的麦克风是最好的麦克风。"歌声伴随着舞蹈和呼喊声，整个地区像赶集市一样热闹。

当哈米黛像往常一样，散步游玩过后回到梅达格胡同时，晚会正处于高潮，原先她跟胡同里所有居民一样，以为这将是一个演讲（用正规的阿拉伯语）和欢呼的晚会。她看到这么吸引人的场面时，也不禁高兴起来，东张西望，想给自己找一个好地方，以便好好观赏在她一生中难得看到的这种歌舞表演。她在男女少年的人群中艰难地向前挤动，一直挤到了梅达格胡同口。她贴近理发店的墙壁，登上墙脚下的一块石头，站在上面聚精会神地观看演出。

她四周挤满了男女少年，许多妇女牵着孩子或者将孩子背在肩上。台上的歌唱声伴随着台下的欢呼声，整个会场沸沸扬扬，一片欢声笑语。她被这迷人的景象深深吸引住了，一双美丽的眼睛中闪现出愉快的光芒，嘴角浮现出甜蜜的笑容。她被长袍紧紧裹着，只露出紫铜色的脸庞、小腿和额间乌黑的秀发。她全神贯注地观看演出，高兴得热血沸腾，心都快跳了出来。尤其是男独唱演员的表演使她感到从未有过的愉快和享受，即使是对台上舞女的那种忌妒之情也未能破坏她对男演员的兴趣。她完全沉浸在欢乐中，竟不觉得夜幕已经悄悄降临。这时，她觉得左边有什么东西在吸引着她，似乎在唤起她注意，或者说，是像被人盯住时的那种不自在，她不得不把视线从舞台上移开，把头略微偏向左边，她的目光与那贪婪地盯住她的目光相遇了！只停了一秒钟，她迅即将头扭回，然而却怎么也不能像刚才那样安心地看演出了。她一直警惕地防备着那双贼溜溜的眼睛，眸子不断转向左边，满腹狐疑。她又一次转过脸去，只见那双眼睛还是贪婪地盯住自己，同时还带着一种奇特的微笑，她再也控制不住自己的感情，愤恨地将头扭回。因为这奇特的微笑明显地带着自信和挑衅的成分，这正搔着她那一触即发的倔强性格的痒处，她感到有一种想用指甲抓某种东西的强烈愿望，如果可能的话，她就想抓那人的脖子。她决心不再理会他，尽管她不乐于这种消极的战斗方式，因为她对那双贪婪的眼睛仍然怀恨在心！她的兴奋心情消失殆尽，内心的愤恨像火焰般燃烧。然而，那人却似乎不满足已有的行动，或者说并不在意他造成的这尴尬场面，他向前挤到她和舞台之间的地方背朝她站着，显然，他是有意挡住她的视线。那人长得瘦削，身材颀长，宽肩膀，光着脑袋，一头浓发，穿一套绿色西装，衣着和打扮都极考究，在四周的人群中显得十分突出。哈米黛在惊诧之余，早把刚才的愤怒忘到一边。这是位体面的先生，这胡同哪儿来这么一位先生？他会不会在人群当中再次回过头来看自己？……那人确实什么也不顾忌，不一会儿，便回过头来两眼紧紧盯住她。他面孔瘦长，浓眉阔眼，眼神中流露出狡诈和放肆的神色。他不只当众盯着她，而且还从她的脚跟一直看到头发，以至使她不由自主地两眼随着他的目光移动，似乎要探寻出这一观察给他留下的印象。他俩的目光再次相遇了，他的目光依然是那么贪婪和放肆，同时带着自信、挑衅和得胜的神情，她心中重新燃起怒火；充满了战斗的欲望，热血一阵阵往上涌，真想当众将他臭骂一顿。她好几次想这么做，但都忍下来了，只是感到局促不安；她在原地再也待不住了，便跳下石块，快步跑进胡同，只几秒钟就跑到家门口。当她跨进房门时，朝后望了望；只见那人站在原地不动，眼神还是那么自信，嘴角的笑容更加放肆；她转过头，郁郁不乐地快步走上楼梯，心中责备自己对他过于宽容，没有教训他一顿。她跨进卧室，脱下长袍，走到紧关着的窗户前，透过缝隙在马路上寻找那人。只见他站在胡同口寻找目标，仔细地观察着临街的窗户，脸上不再是自信和挑衅的笑容，而是认真和期望的神情。这新的神态使她感到高兴，怒气微微消了些。她一直站在窗后，得意地观察着他那为难的神情，感到解了气，报了仇。不容置辩，他是一位体面的先生，而且不是旧时的先生。显然，他喜欢她，否则怎么会对她表现出这么大的兴趣？让安拉诅咒那目光，那种会惹起一场剧烈战斗的目光，那种自信的神情又是什么意思？难道他以为自己是个英雄或是位王子吗？她在感到满意的同时，也感到愤恨，内心发出一种强烈的寻衅的欲望。他在寻找她，看看窗户后又感到失望。而她也生怕他离开她的视线，消失在人群中，犹豫片刻后，她拔起窗拴，推开两扇窗户，站在后面好像是在观看演出。那人背向胡同站着；她深信他会回过头来找她，并且仔细观察她的。果然，他又一次回过头，在那些窗户中来回看；直到看见刚推开的这扇窗户。他脸上一阵欣喜，似乎疑惑了片刻，随即嘴角浮起放肆的笑容，显得更加得意和自负。她明白，她的再次出现是一个不可饶恕的错误，不禁满腔愤怒。他的微笑中带着挑衅，这种挑衅召唤她去厮打，那双眼睛中还有一种别人眼睛里从来没有过的东西。她在自己愤怒的心情中清楚地看到了自己对格斗的渴望。似乎没有什么能阻止那男人的行为，他迈着稳健的步伐走进胡同，她甚至以为他会到自己屋子里来。他拐进卡尔什咖啡馆，在卡尔什老板和达尔维什长老中间选了个椅子坐下，那原是阿拔斯·侯勒维惯常坐的地方，他总是透过窗隙注视她的身影。他这一坐意味着迈出了勇敢的一步。但她也不退缩，依然临窗站着，把目光投向舞台，虽然她根本不知道在演些什么。她感觉到他的目光不时投向自己,一闪一闪的,跟探照灯似的……

那人一直坐在咖啡馆里,直到晚会结束,她把窗户关上。

以后好几个黄昏和夜晚,哈米黛一直在回想那一晚发生的事。

第二十章

自那晚以来,那人便不间断地来到梅达格胡同,每天黄昏,他都到卡尔什咖啡馆,坐在老地方喝茶和抽水烟。这位衣着讲究、有身份的人的突然出现,在咖啡馆引起了人们的注意。不过,很快大家就习以为常,因为像他这样的先生出入于一家对任何人都开放的咖啡馆,并非不可思议的事。只是他每次付钱都使卡尔什老板伤脑筋,许多时候他拿出来的都是一张一张的大票子。他还常给桑格尔小费,桑格尔从没见过这么多钱,满心欢喜。一天又一天,哈米黛总是心情激动地望着他到胡同里来。起初,她觉得自己衣衫太旧,好几个黄昏都躲在家不出门游玩,后来实在感到闷得慌,而且她也不甘心待在家里,认为那样做是一种怯懦的表现,是与她那大胆的性格不相容的,她从不做任何人为她安排的她不乐意做的事情,她那向往斗争的心中又燃起了斗争欲望。她看见他故意在她眼皮底下给桑格尔大把钞票,她很自然地理解到他这样做的含义。也许在别的地方,这是一种蹩脚的手段,但在梅达格胡同却有不容忽视的影响,虽然那人竭力掩盖他到咖啡馆来的真正意图。然而,他却不时偷眼朝那窗户缝里瞅,或是将烟嘴衔在口中,闭紧双唇,做出亲吻的样子。然后将烟吐在空中,像要把这吻送到藏在窗户后面的她的身旁。这一切，她都细心地看在眼里，心中的感情也很复杂，既愉快，又恼恨。她决计不顾一切仍然外出游玩，假如他果真厚颜无耻，在路上拦截她——她毫不怀疑他会这么做，那她就迎上去狠狠教训他，用她的利舌将他臭骂一顿，让他终生难忘！这才是他那虚假的自负、得意的微笑和无耻的挑衅应得的报应！该死的，究竟是什么使他表现出得胜的样子！她心里始终不安，感到受了极大的侮辱。可是，噢，假如她有一件漂亮的长袍或一双新鞋子该多好！

在她感到痛苦、失望的当儿，这男人出现在她生活的道路上。当她在梦幻中抛弃了阿拔斯，并说出口后，赛里姆·阿勒瓦先生曾给了她能过上她所向往的幸福生活的希望，仅仅一天后，他便卧床不起，生死未卜。自那以后，她知道那理想的婚姻已不复存在，不管如何，她只能仍然是阿拔斯的未婚妻，因此，她对他更加怨恨和厌恶。她不得不向命运屈服，她咒骂母亲，说是因为母亲忌妒她，贪求赛里姆先生的钱财，所以安拉使她的理想破灭。正是在这情形下，这男人出现在她的生活中。他的出现对她是一股巨大的冲击，唤起了隐藏在她内心的全部感情。他的自负和挑衅使她愤怒，他的体面和男子气概又使她倾心。一股潜在的感情的力量把她吸引到他身边，她在他身上发现了别的男人不能一身兼有的东西：力量、金钱和斗争精神。她还不能清楚地辨别出自己的感情，或是了解自己的复杂心情——是被他吸引过去呢，还是揪住他领口厮打一通？后来，她决定还是先走出房间，从彷徨不定中解脱，在马路上，有的是机会测试她的这种感情。他可能在马路上拦截她，她可以借机报复，发泄她的怒气，满足隐藏在她心中想厮打、想战斗的愿望，以及对之倾心的要求！

一天黄昏，她梳洗打扮完毕，穿上长袍，无所顾忌地走出房间。她很快走下楼梯，然后泰然自若地走出胡同。当她拐向萨那迪格胡同时，心想那人肯定会因为她走出房门而胡思乱想，他那高傲的个性不会使他认为她是为了与他相会才故意到外面来的吗？特别是他并不知道她每天有到街上去散步的习惯，一连几天他也没见她出门。他将跟踪她，在路上拦截她。她并不看重他怎么想，她倒是乐意他由于高傲而这么做，那时她将带着战斗和复仇的心理迎上去，教训他一顿，让他从嘴角抹去那得意的但又是荒唐的笑容。她徐步走到新铁路区，猜想他已离开咖啡馆，急急忙忙来跟踪她，也许现在已经快步走到奥里叶胡同，没准儿正在用两只饿狼般的眼睛搜寻她呢！她的脊背都快能感觉到他拖着颀长的身子在飞跑，同时，她的两只眼睛几乎看不清路上的行人和车辆。他知道她到底会得到什么吗？他是否又露出了得胜的挑衅的微笑？这该杀的畜生，还不知等待他的是什么！她要头也不回地朝前走，千万不能回头，一回头便会全盘皆输。他无耻而又放肆，也许眼下离她只有几步远了。他将干什么呢？像条狗似的老跟在她后面，还是走到前头让她看见他？还是与她肩并肩，主动跟她攀谈？她心绪不宁，警惕地走着，预计每一步都可能有新的情况发生，便两眼仔细地观察从后面超过她的行人，全神贯注地倾听身后的脚步声。她等待着、窥伺着，准备搏斗，几次想回头去看看，然而，她还是竭力控制住自己，一直这样走下去，直到在工场做工的女友从不远处迎面向她走来。她从惶惑中清醒，嘴角泛起笑容，打过招呼后，转身和她们一起往回走。

　　她们问她为什么好几天没来，她佯称生病，同时两眼却扫视着马路，想看看他现在在哪儿。她一面和女友交谈、嬉笑，一面迫不及待地在人行道上东张西望。他究竟躲在哪儿呢？也许正从暗处窥视她吧！总之，今天是没机会教训他了，她曾希望他高傲地出来拦截她，那时她就好借机发泄她的愤懑。然而，今天他幸免了。不过他究竟在哪儿呢？难道会跟在女友们的后面？这一次她再也控制不住了，便回头望了望，仔细地在马路上搜寻，但什么也没发现，前后左右都没有！也许他从咖啡馆出来得太迟，她已经走得看不见了。也许他现在还在路上瞎转，不知道她在哪里！她的热情蓦地冷了下来，兴致也没有了。当走到戴拉赛街时，她想也许他会在这儿突然出现，就像有一天阿拔斯·侯勒维曾在这儿突然出现一样。她心中又充满希望，对女友也表现出热情。她告别了最后一位女友，两眼仔细地在马路两边寻找，街上空空的，什么也没有，或者说没有她想要的东西。她沮丧地走完剩下的路程，好像遭到了一场惨重的失败。她走进梅达格胡同，两眼瞅着咖啡馆，卡尔什老板的身影渐渐显露出来，先是外衣的一角，然后是左胳膊，最后是低垂着的头。接着……啊，主啊，那是谁？他仍然安详地坐在原地，手里还握着水烟筒呢！她的心不由剧烈地跳动，热血直往脸上、头顶上涌，她不顾一切飞跑回家，一面上楼梯，一面羞红了脸——虽然她的禀性从不懂得害羞，一跨进屋，便怒不可遏地将外衣扔到地下，一屁股坐在沙发上。他究竟为谁每晚到咖啡馆来？为什么总是贪婪地盯着她？他在空中悄悄的一吻是送给谁的？她感到失望、疑惑、害羞和烦恼。继而又想，他每晚来这儿是否跟她的猜想毫无关系，难道她的这些猜想是荒唐的？……还是他今天有意冷落她，给她难堪，像强者对待弱者那样戏弄她？她是不是该抄起水罐朝他头上扔去，以解心头之恨？她感到一种前所未有的痛苦，翻来覆去思索着。不过，她始终没忘记她希望的是什么，她希望他跟踪她，在路上拦截她！然后怎么办呢？她要把他骂得狗血喷头。为什么？为对他的自信和那得胜的微笑进行报复。那得胜的微笑是一切祸害的根由，她的本能、直觉、精神和躯体都理解这微笑的含义，这是战斗和厮打的微笑。她有能力对付它，而且安拉创造她就是为了迎接和回敬这种微笑的。她焦急地等待了那么久，却失去了战斗的机会，不禁感到惋惜，她内心强烈希望用自己的力量去和那具有男子气概、体面而高傲的人较量。因此，她再度苏醒过来，内心重新燃起战斗的渴望……

她气呼呼地坐在沙发上，不一会儿，两眼斜视着窗户，站起身走到它跟前，从窗缝里往外看，屋里一团漆黑，她不用担心会被人从外面看见。她见他一动不动地坐在那儿，安详地吸着水烟，眼中闪现出自信和精明的神情，好像他生活在与周围隔绝的世界中，脸上那刺激人的微笑却不复存在。他的心像水一样平静，而她的心却像火一样燃烧。她愤愤地盯着他，心情越来越激动不安。她一直站在窗前，直到母亲叫她吃晚饭才离去。这晚她几乎不能成寐，又苦苦挨到第二天，她焦急地等待着这第二个黄昏的来临。过去几天，她从不怀疑他会在这时来梅达格胡同。今天她却惴惴不安地等待着，她看着阳光从梅达格胡同的路面上消失，渐渐爬上卡尔什咖啡馆的墙头，奇怪的是她担心他今天不来，也许这是出于她的气愤和那爱吵好斗的本性。他应该来了，却不见踪影，时间一分钟一分钟过去，今天他肯定不会来了。不过，这证实了她的一个想法：他是有意不来的。她嘴角浮起笑容，高兴地深深叹了一口气。其实并没有什么值得高兴的，但她的本能告诉她：假如他今天有意不来，那么，毫无疑问，昨天也肯定是有意不追她的，而并非出于疏忽或者是漫不经心。恰恰相反，这是他精心安排的一场战斗，就是在这种他不露面的时刻，他仍然是在战场上战斗。她对她的出自本能的猜测暗暗感到欣喜、放心，她要以新的决心去迎接战斗。她在屋里待得腻了，便穿上外衣走出家门，她不再像昨天那么注重自己的穿着。一路上，阵阵凉风吹拂着她的脸，她感到十分舒适。她想起今天一整天的烦躁和不安，颇为懊悔，责备自己道："我真疯了？干吗要自寻烦恼？即使他死了又与我有何相干？"她加快步子，不一会儿，便和女友们聚在一起，然后往回走。她们告诉她，她们不久又要失去一位伴侣，那位女友将和陶尔米叶咖啡馆的伙计宰法尔结婚。一位女友对她说：

"你订婚比她早，可她却比你先结婚……"

这话触动了她的感情，她便用忌妒和得意的口吻说：

"我未婚夫想把将来安排得更好一些，眼下他正在为这事儿忙着呢……"

她言不由衷地炫耀阿拔斯，同时却悲伤地想起赛里姆·阿勒瓦先生——让安拉杀死他吧，就像杀死一切无用之物一样，内心不禁升起一阵难言的隐痛，之后便默不作声地走着。她感到生活老是欺骗她，处处与她作对，生活是她不知怎样才能报复的唯一的敌人。她在女友伴随下走到戴拉赛街的尽头，告别了最后一位女友，然后掉转身往回走。在几米远的地方，她看见他——不是别人，正是一直悬在她心中的那个人——站在人行道上，好像在等她！由于事情来得突兀，她不禁怔怔地盯了他几眼，心中迅速产生一种悔之不及的懊恼，她几乎是在惊惶不安中重新迈开步子。她没预料到这次相遇，她不怀疑刚才他一直在跟踪她。他始终牢牢掌握着主动，而她每次都陷于被动和惊惶之中。她竭力鼓起勇气，设法变得粗野一些。使她感到难堪的是，她的衣饰和打扮并没像她应该穿的和打扮的那样！这给她造成不小的心理负担。晚霞灿烂的天空显得分外明丽，四周几乎阒无一人，他在静静地等候她走近，脸上既没有挑战的神情，也没有得胜的微笑。当她走到他身旁时，他低声对她说：

"能忍受痛苦的人一定会达到目的……"

她没听他把话说完，因为他像是在喃喃自语。她用锐利的目光注视着他，一句话不说，继续朝前走。他跟在她身旁，低声地但却满怀深情地说：

"欢迎，欢迎。昨天因为怕人瞧见，我没敢追你，我都快急疯了。我一天又一天耐着性子等你出来，当机会来临时，却又不能追你，我真的都快急疯了……"

在她面前的是一张温和俊秀的脸，不是那张曾引起她激动的脸。现在它既无挑战的神情，又无得胜的微笑。那些话语既像抱怨，也像自责，又像道歉。她要与之格斗的不是这些，如今她该怎么办？不理他，独个儿朝前走,一切从此完结?假如她乐意,她能这么做。然而内心却没有这么做的勇气。从第一天起她似乎就在等待这次会见,她继续朝前走,她是一个生来不知羞耻的女性。

那男人也在继续编造谎言,精心表演,昨天他坐在咖啡馆不跟踪她,并非由于胆怯,而是凭本能和经验懂得欲速则不达。同样,他知道今天装成彬彬有礼才会有效。他亲切地对她说:

"请走慢些……我有话……"

她看着他,大声打断他的话说:

"你凭什么跟我说话?你认识我吗?"

他假意奉承说:

"怎么不认识?我们都是老朋友了。我在过去几天里见到你的时间,比你的邻居在几年中见你的还要多,而且比你最贴心的人更想着你,怎么能说我不认识你呢?"

他的话语亲切,言谈流畅,使她更愿意与他交谈和争论下去。不过,她是抱着一种无所谓的态度,这是她能够对付生活煎熬的唯一武器。她还没放弃"演戏",而是有意压低嗓门,以免让对方听见她难听的声音,厉声说:

"为什么跟着我?"

那人假装吃惊地笑道:

"为什么跟着你?……我为什么要抛开工作到你窗下的咖啡馆来?我为什么离开我的世界跑到梅达格胡同?……为什么等这么长时间?"

她皱了皱眉头,鄙夷地说:

"我不需要你拿这些废话对我搪塞,我讨厌你跟踪我,讨厌你和我说话。"

他换了口气,用自信和礼貌的语调说:

"从根本上说,我们总是跟踪美人儿的,不管她走到哪儿,这是一条法则。倘若她们没有人跟踪,这倒是不应当出现的怪现象,换句话说,假如没人跟踪你,这便意味着末日来临……"

这时他俩走到一条弯弯曲曲的小巷,她的几位女友就住在那里面,她真想让她们看见她,看见这位先生在跟她调情!前面不远便是侯赛因清真寺广场,她呵斥他说:

"离远点儿……这地方的人认识我!"

他那锐利的目光盯住她,深信她自觉不自觉地在与自己交谈,嘴角浮起了笑容。要是她看见这笑容,一定会激起她愤怒的回忆。他对她说:

"这地方不是你住的,那些人又不是你的亲属!你是另外一回事,你在这儿完全是个外来人!"

她觉得这话很中听,感到从未有过的高兴。那男子像鸣不平似的说:

"你怎能穿这种衣服跟女朋友们在一起走?她们怎能跟你比?真是,公主穿一身破衣裳,侍婢倒打扮得花枝招展……"

她愤愤地说:

"这跟你有什么相干……走开点儿……"

他表示反抗说:

"我就是不走开……"

她问他:

"你想干什么?"

他大胆得令人吃惊地说:

"我想你,不为别的……"

"真不害臊……"

"安拉宽容你,干吗生气?……你生到这世上来不是为了让人把你带走吗?……我就是来带你的……"

他俩又走过几家商店，她再次呵斥他说：

"你再走一步，我就……"

他笑笑说：

"打我？"

她心潮起伏，两眼瞪得大大地说：

"说对了。"

他卑鄙地笑笑说：

"走着瞧吧。我现在放你走，不过我每天都要等你，为了不使胡同里的人怀疑，我再不去咖啡馆了。我每天等你，每天……祝你平安，再见，天底下最美的人。"

她一人继续朝前走，脸上露出得意和欣喜的笑容，内心有说不出的高兴。"你是另外一回事……"是这么说的，还说什么来着？"你在这儿完全是个外来人……你生到这世上来不是为了让人把你带走吗？……我就是来带你的……"他还说"打我？"……她心头掠过一阵强烈的快感，不知不觉就走回梅达格胡同。她跨进房间，深深地叹着气，既惊讶又自豪地回想起刚才发生的事——她竟然能与一个陌生男人周旋，毫不腼腆和拘束地与他交谈，她能够为所欲为！她沉浸在一种蔑视一切的放肆的感情中，不禁发出一阵狞笑。然后又想起她曾下决心与他厮打……便沉默了片刻，继而又想，她遇到他时，看见的不是那张得意和挑衅的脸，而是一个亲切、有礼貌地与她交谈的人，她以此来为自己开脱。她感到他的这种态度并非出自本性，他是一只伺机待扑的猛虎，那就等着瞧吧！……等着看他原形毕露。在哪儿呢？在他等她的地方吗？她心头掠过一阵强烈的快感……

第二十一章

当赛尼娅·阿菲菲太太的用人前来请布什博士去见他的女主人时，布什博士正准备离开自己的房间。博士皱了皱眉，心中嘀咕："她找我什么事？增加房租吗？"不过，他立即打消了这念头，因为军事法对战时房租有明文规定，谅赛尼娅太太不敢违反。他离开房间，满脸不悦地登上楼梯。像其他房客一样，布什博士十分厌恶赛尼娅太太。他经常到处宣扬她小气，一次甚至散布说她打算在楼顶搭一间木屋自己住，而把眼下住的房间租赁出去。尤其使他怀恨在心的是他一次也没赖掉过房租，因为每当事情棘手时，那女人总去求助于利德瓦·侯赛因先生。他对这次邀请并不感到高兴。他一边敲门，一边祈祷："求安拉消灾避祸。"赛尼娅太太脸上罩着面纱，亲自打开房门，将他迎进客厅。布什博士走进客厅，坐在沙发上，用人随即端上咖啡，他端起杯子一口口呷起来。赛尼娅太太说：

"博士，今天请你来是给我看看牙……"

布什博士一愣，迅即为这未曾料到的突然事情而满心欢喜，他觉得有生以来第一次对赛尼娅太太产生了好感，便问：

"你感觉痛吗？"

赛尼娅太太说：

"不，感谢安拉。不过我的牙有的脱落了，剩下的也不好使……"

听了这话，布什博士愈加兴奋，他想起胡同里人们都在私下议论，说赛尼娅太太就要做新娘子了。于是他那贪婪的心又活动起来，说：

"最好是配一副新的……"

赛尼娅太太说：

"我是这么想的，不过，这要好长时间吧？"

博士站起身，走到女人跟前说：

"张开嘴让我瞧瞧。"

那女人把嘴张开，博士用两只小眼睛仔细端详了一阵，发现剩下的牙齿寥寥可数，他感到吃惊，也有些失望。不过，他尽量不表现出他未来的工作是轻而易举的，便慢吞吞说：

"把这些牙全拔掉，得花几天工夫。也许在新配假牙之前，让牙床变硬，得等上半年时间。"

那女人不满地皱起了画得浓浓的双眉，她原来打算两个月，最多三个月后便和未来的丈夫结婚。她不安地说：

"不、不……我想快一些，最迟不超过一个月……"

博士狡黠地回绝说：

"一个月？赛尼娅太太，这可办不到啊！"

女人生气地说：

"那么只好再见……"

博士等了一会儿说：

"假如你愿意，倒有一个办法。"

女人明白博士在用商人的狡猾和手段与她讨价还价，心中充满了厌恶，不过她让厌恶服从了需要，问道：

"什么办法？"

"镶一副金牙。可以在拔掉旧牙后立即装上去。"

她的心一紧,随即想到一副金牙的价钱。要不是她想起她那即将过门的新郎,她是不会理睬博士的建议的。可她怎么能用这牙齿残缺不全的嘴巴去迎接新人?又怎么敢在他面前开口微笑呢?梅达格胡同的人都知道,找布什博士镶牙价格便宜,他神通广大,到处收购假牙,再廉价出售,人们根本不问这些假牙是从哪儿弄来的,只要它便宜就行。话虽如此说,一副金牙可不是闹着玩的,因此那守财成性的女人心里不安,却又装着不屑一顾的神情淡淡问道:

"要花多少钱?"

她表面的淡漠没能骗过布什博士,博士答道:

"十镑!"

女人差点儿喊叫起来。事实上,她对一副金牙到底值多少钱一无所知。她不满地重复说:

"十镑?"

布什博士也装作发脾气,说:

"那些靠卖弄技术的医生给你镶一副金牙,至少得收五十镑,我们这些人,可怜啊,命不好。"

两人开始讨价还价,布什博士坚持原价,赛尼娅太太要他降价,最后以八镑成交。布什博士离开她的房间时,心中暗暗咒骂这老来俏的鬼女人。

这些日子来,赛尼娅·阿菲菲太太以一种新的面貌生活着,就像从前一样,生活在向她微笑。幸福的理想就要实现,孤寂乏味的生活犹如一位不速之客即将离去,那对人生淡漠的感情已开始消失,如今全身热血沸腾。然而这幸福是用代价——高昂的代价换得的啊!她不时光顾爱资哈尔街的家具店和穆士基大街的服装店,因此知道这代价是何等的高昂!她不断花掉有生以来的积蓄,甚至连账都不记。她无论做什么，乌姆·哈米黛总陪伴着她。乌姆·哈米黛以其精明、才干和向赛尼娅太太提供的每一项帮助，证明了她存在的必要——她本身就是一个无价之宝，赛尼娅太太已记不清在她身上花了多少钱，可一直还不愿放开她，心里总想，这灾难兴许就快结束了。家具和衣裳并不是一切；需要布置的也不只是新房，新娘子本身也应当来一番更新。一天，她有点儿不安地笑着对乌姆·哈米黛说：

"瞧，乌姆·哈米黛太太，我的两鬓都因为忧愁变得斑白了！"

乌姆·哈米黛明白，她的白发与忧愁压根儿扯不到一起，但还是对她说：

"消除忧愁的法子是染发。如今哪个女人不染发呢？"

那女人满意地笑道：

"愿你吉祥，你真是一位女丈夫。我真想不出，要是没有你我该怎么办！"

停了一会儿，她用手在胸前一抹说：

"唉，那位年轻的新郎看得上这干瘪的身子吗？没乳房，也没臀部，诱惑男人的东西一样也没有。"

乌姆·哈米黛安慰她说：

"快别自寻烦恼。难道你不懂得眼下最时髦的是苗条吗？不过你要愿意，我可以给你做些特效药丸，服后会很快变胖。"

乌姆·哈米黛得意地动了动麻脸，接着往下说：

"有乌姆·哈米黛跟你在一起，你什么也别怕。乌姆·哈米黛是一把金钥匙，所有关着的门都会被她打开的。明天在澡堂你将会看到我的本领，假如我们一块儿去的话。"

就这样，婚前准备的日子在忙碌、兴奋、满怀希望，以及染发、制药、拔牙、镶牙中度过，这中间，哪一样都少不了花钱。赛尼娅太太克服了守财的习性，将那金黄的崇拜物抛在令人神往的明天脚下。为这期望中的明天,她曾去了侯赛因清真寺,捐了不少钱,还给围在四周的穷人施舍斋饭,给先贤萨拉尼捐了四十支蜡烛。

乌姆·哈米黛看到赛尼娅太太几乎变成了另一个人,也不禁感到吃惊,她拍打着双手自言自语说:

"男人就值得如此卖劲儿吗?安拉呀,你的智慧果然无边,你使女人生来就崇拜男人!"

第二十二章

沉睡中的格米勒大叔被一阵铃声吵醒,他睁开眼仔细听了一会儿,然后把脖子伸到铺门外,看见一辆熟悉的马车停在胡同口,他艰难地站起身,既惊讶又高兴地自语道:"赛里姆·阿勒瓦先生真的回来啦?"这时,车夫已从车上跳下来,走到车门口去搀扶先生下车。先生倚着车夫的手臂,缓缓离开座位,带黑穗的红毡帽首先伸到车外,然后是弯弓似的身躯,他在地上站稳后,用手整了整衣冠。赛里姆先生去年隆冬得病,今年初春痊愈。眼下虽然还寒气彻骨,但寒气中却已有了一股使大地回春的暖流。不过这算是什么样的痊愈呢?他已全然变成了另外一个人:撑着长袍的便便大腹消失了,那先前丰腴红润的脸膛儿变得瘦削,腮帮凹陷,颧骨突出,脸色苍白,在紧皱的眉头下,两只眼睛黯淡无光,神情呆滞。起初,由于视力不好,格米勒大叔没发现赛里姆先生的这些变化。当先生走近时,他才看见他明显地衰弱,心中不禁一怔,他俯身握住先生的手,像要掩藏他的不安,高声说:

"感谢安拉使你平安,先生。今儿可是个好日子。指安拉和侯赛因起誓,梅达格胡同没你可是一钱不值哩!"

赛里姆先生抽回手,回答说:

"愿你万事如意，格米勒大叔……"

说完拄着拐杖缓步前行，车夫紧随在旁侍候，格米勒大叔好似一头大象吃力地跟在后边。显然，车铃声已经宣告了赛里姆先生的到来。不多一会儿，代办处门前就站满了职工，卡尔什老板和布什博士从咖啡馆跑出来。人们将赛里姆先生团团围住，向他欢呼和祝福，但车夫却高声喊道：

"请给先生闪开一条路，让他先坐下来，大家再问候吧！"

人群很快闪开一条路，先生不悦地继续朝前走。他内心并不希望看见面前的任何一张脸，还没等他在办公桌后面坐下来，职工们便争先恐后前来向他致意，他不得不伸出手让他们一个接一个地亲吻。当他的手碰到他们的嘴唇时，心中有说不出的厌恶，他暗自想道：

"这些骗子，马屁精！正是你们这帮人害得我差点儿死去！"

职工们散去后，卡尔什老板走上前来，紧握住他的手说：

"欢迎你，我们全区的先生。万分感谢安拉使你平安。"

先生对他的问候报以感谢。布什博士吻了吻他的手，像发表演讲似的说：

"今天真值得高兴，今天你使我们放心了，今天我们的愿望实现了……"

先生照例对他表示感谢，同时竭力掩饰自己的烦躁，因为他厌恶布什博士那个圆球般的小脑袋。房间里人都走完以后，他发出一声低微的叹息声，轻声自语道：

"狗……全是些狗……一个个都带着忌妒的眼光在咬我！"他竭力从脑海中抹去他们的面影，好使因愤怒而变得激动的内心平静些。没过多久，他的代理人格米勒·易卜拉欣先生走到跟前。这时，除了账簿外，他把别的事全都抛在脑后，他简单明确地对他说：

"账簿……"

格米勒先生正待离去，他突然把他叫住，像想起什么重要事，命令似的对他说：

"告诉全体职工，从现在起，我不愿再闻到香烟味（医生劝他戒烟）。告诉伊斯曼埃里，当我要水喝时，叫他先倒半杯凉水，再掺半杯开水，代办处今后绝对禁止吸烟。快拿账簿去吧……"

代理人格米勒先生前去下达新的命令，同时心中抱怨不迭，因为他本人就嗜烟成癖。一会儿，他抱着账簿前来，赛里姆先生因疾病发生的变化，没能瞒过他的眼睛，他感到有些不安，深知赛里姆先生的查账将是艰难而吃力的。格米勒先生在赛里姆先生对面坐下，打开第一本账簿，摊在手里，开始查账。赛里姆先生查账熟练无比，任何细微的漏洞都瞒不过他。他聚精会神一本账簿一本账簿地查看，顾不得体力不支。这期间，他打了好几个电话与经纪商联系，证实他们来代办处的时间，以及他们说的与账簿上记的是否一致。格米勒先生焦躁不安，尽量忍耐。但他压根儿没想到要对他提出抗议。查账并非格米勒先生唯一要考虑的问题，此时他默默忍受着禁止吸烟的痛苦，这是一大早起来突然宣布的。这命令不仅使他在代办处无法吸烟，而且也使他失去了赛里姆先生经常请他吸"柯塔里利牌"高级香烟的机会。他用一种异样的目光瞅着专心致志查看账簿的赛里姆先生，伤感地暗暗想道：安拉啊，这人的变化可真够大的，简直成了一个我们无法理解的人！他感到奇怪，虽然发生这么大的变化，可他的两撇浓髭却依然如旧，只不过现时是在一张憔悴的脸庞上。那危险的疾病对髭须倒没有损伤，看起来它就像长在干燥的沙漠里的一棵粗大的椰枣树……他不由愤怒地暗暗思忖：谁知道？也许他真的该生这场病，安拉是不会冤枉任何一个人的！赛里姆先生用了将近三个小时才把账查完，然后将账簿退回格米勒先生。虽未查出问题，但他却用一种仍不能释疑的异样的目光看着后者，心想："我还要查一遍，甚至查几遍，直到发现其中的漏洞。他们全是些狗，不过他们只有狗的卑劣，而无狗的忠诚！"随后他对代理人先生说：

"格米勒先生，别忘了我告诉你的事：禁止吸烟，掺半杯开水。"

在这之后，一些外国经纪商前来向他致意，祝贺他恢复健康。然后谈起了交易，有人从他健康考虑，劝他过一段时间再工作，但他生气地对他们说：

"我要是不能工作，就不会到代办处来了……"

只要他一人独处，便又会重新陷入神经质的愤怒中，像他近些日子来惯常做的那样，把不满倾泼在一切人的头上。他常说："人们都在忌妒我，忌妒我的健康、代办处、马车和炒麦饭。"他打心底里憎恶他们。他在病重期间，更是经常产生这些念头，甚至连妻子他也觉得看不顺眼。一天，妻子坐在他的床沿，他恶狠狠地瞅着她，用战抖而又愤怒的声调说：

"太太，我今天变成这样，跟你也有关。你不是总诅咒说炒麦饭的时代就要过去吗？你生怕我活得健康，如今一切都完了，你该满意了吧！"

妻子听了他的话难过极了，流了半天泪，可他并不怜悯她，而是继续满脸怒气地说：

"忌妒我……忌妒我，甚至我妻子——孩子的母亲也忌妒我……"

如果说他现在已经失去了理智——因为在这之前他感到死期将来临，那么，他能忘记一切，但决不能忘记发病时那可怕的时刻。当时，他正准备上床，突然感到胸口一阵绞痛，他觉得需要深呼吸，可是呼气和吸气都很困难，每当他试图做深呼吸时，他都感到疼痛难忍，不得不痛苦而失望地躺在那儿。后来医生前来，给他吃了药，但一连数日他都不省人事，处于昏迷之中。他每次艰难地睁开眼睛，总是模模糊糊看见妻子和儿女们围在身旁，个个两眼哭得通红。他完全处于一种奇异的状态中，在这种状态中完全失去了对自己身体和头脑的控制，呈现在他眼前的是一片模糊——朦朦胧胧、断断续续的回忆……

他偶尔稍许清醒一些，便会惊讶而冷漠地想到："我会死吗？"他会在亲人都到齐的时候死去吗？人总是在亲人们的恋恋不舍中离开尘世的，亲人的恋情对死者又有何用呢？那时他真想向安拉祈祷，多念几句敬颂安拉和先知的证词。但却力不从心，只好在内心默默念颂，聊以自慰。尽管他虔诚，他却忘不了当时的惨状。他的身体不由自主地瘫倒了，他的精神却惊恐地抓住生命之线不放，甚至连那泪如泉涌的两眼也露出了好像在大声呼喊和求救的神情。然而命不该绝，他度过了危险期，病情开始好转，渐渐回到生活中来，恢复了健康和体力。可是医生的警告和嘱咐使他失去了希望，生活对他来说已经没剩下什么内容。是的，他从死亡中得救了，但却成了另外一个人，一个身体孱弱、精神不振的人。随着时间的推移，他的精神越发不振，变得烦躁、傲慢、易怒和忧郁。他对阻碍他实现理想和抱负的这一突然变故感到迷惑不解，他不止一次自问："安拉究竟抓住了我什么罪过呢？我心地纯洁善良，与人和睦相处，从不挑剔朋友的过错；我热爱生活，享受自己的劳动所得，并且以此给家庭带来欢乐。"在他看来，他从未越过安拉允许的限度，他对生活打心眼里感到满意，直到发生这损害他健康的大变故。这次大变故引起了他思想上的重视，差点儿使他精神失常。他究竟有什么罪过？不，他没有罪过！是他们，那些人是他的仇敌，是他们的忌妒造成了他永远医治不好的创伤！因此，以往他心中那些甜美的东西，如今变得索然无味，他的脸上始终是愁眉不展。事实上，他的健康受到的损害与他的精神受到的挫折相比，简直是微不足道的。

他常常坐在代办处办公桌后面思忖："我真的只好坐在这鬼地方，看看账本了却残生吗？"生活对他来说，比他阴郁的脸还要暗淡，简直像座雕像，毫无生气。他长时间陷入沉思中，连过了多久也不知道，直到听见门口的响声，他才抬起眼睛望去，只见麻脸婆乌姆·哈米黛走了进来。他目光显出异样的神情,向她打过招呼后,便似听非听地接受她的祝福和道贺,然后又陷入了对往日的回忆之中。

说来也奇怪,他居然把哈米黛忘掉了,就像过去什么也没发生过似的!他在康复后曾几次记起她,但仅此而已。他并不像以前追求她时那样,为失去她感到遗憾。后来他干脆将她遗忘,就像什么也没发生过。或者说,她就像是他健康时在血管里奔流的一滴血,当他身体垮掉时,那血便在空中挥发掉了。他眼睛里那种像在回忆似的异样的目光消失了,眼神重新变得呆滞。他向那前来道贺的女人表示感谢,然后,请她就座。他见她到来,颇感局促,甚至感到厌恶。他心里老想,她究竟来干什么?是看在安拉的分儿上前来道贺呢,还是来打听以前那门婚事?不过,那女人并不是为后者而来的,因为她早已对他失望。赛里姆先生道歉似的说:

"我们本想……不过安拉……"

那女人明白他的意思,赶忙说:

"请你别说了,先生,我们都祝你健康长寿。"

女人又一次向他致意后便告辞离去,赛里姆先生立刻感到有说不出的难受和沮丧。就在这时,一个工人不小心将一麻袋指甲花[①]掉落在地,他便借机大发雷霆,冲着他大声呵斥:

"代办处迟早要关门的,你们都另找主人去吧!……"

说完依然怒气冲冲。盛怒之下,他想起了儿子们最近对他的劝说,他们要他尽早关闭代办处,以便安度晚年。他越想越怒不可遏,儿子们并不是真要他休息,而是要他的钱。过去,当他身体还健康时,他们不也提出同样的建议吗?他们需要的是他的钱,不是为他的健康和休息着想。盛怒之下他似乎忘了他本人过去也是不愿将精力局限在代办处的。他一直觉得只有拼命攒钱才有乐趣,虽然所有这些钱并不都是他

---

① 用来染指甲的一种植物。

本人享用的。他只是由于近来变得固执和多疑，才不信任儿子们和自己的妻子……他还没从狂怒中清醒，就听到一个洪亮而满怀深情的声音说道：

"感谢安拉使你安然无恙……你好吗，兄弟！"

他抬头朝门口望去，见利德瓦·侯赛因先生正向自己走来。他容光焕发，身材魁伟。于是他脸上第一次露出笑容，正要起身迎接，利德瓦先生忙用手按住他的肩头说：

"以先贤侯赛因的名义请你别站起来。"

两人热情握手。赛里姆先生病重时，利德瓦先生曾数次到他住宅探望，后来赛里姆先生身子虚弱，无力接待来客，利德瓦先生便不断托人去问候和祝福。利德瓦先生在他身旁坐下，两人亲切友好地交谈起来。赛里姆先生颇为伤感地说：

"我活过来全靠奇迹！"

利德瓦先生却平静而又满怀深情地说：

"感谢安拉，众世界的主！不仅你活过来靠奇迹，你活着也靠奇迹，我们所有的人活着也全靠奇迹！人的生命每延续一秒钟，都是神力显示的巨大奇迹哩！人的生命就是由一系列神的奇迹组成的，你想想那所有的人和天底下一切生物为什么都有生命呢？让我们从早到晚时时刻刻感谢安拉吧！与神的恩赐相比，我们的感谢太微不足道了。"

赛里姆先生毫无表情地听他发表议论后，厌烦地说：

"生病可是人生最大的不幸哩。"

利德瓦先生笑道：

"疾病本身也许是可恶的，可是从另一方面来说，它是安拉的一种考验。因此从这一点上说，它又是好事。"

赛里姆先生对这些哲学道理兴趣索然，他突然间对说这些话的人感到厌倦。利德瓦先生刚来时引起的那种兴奋，在他心中已完全消失。

不过他没像近来已经习惯的那样感情用事，只是抱怨说：

"我究竟做了什么，该受这种惩罚？你没看见我的身子今后再也恢复不起来了吗？"

利德瓦先生抚弄着他美丽的胡须，用责备的口吻说：

"我们对安拉的伟大智慧的认识还肤浅得很哩！说真的，你是个心地善良的人，纯洁、高尚，又恪守教规。可安拉连先知艾优卜都要考验一番呢！别悲观失望，只要虔诚，总是有好报的……"

但赛里姆先生愈加激动，大声说：

"瞧卡尔什老板结实得像头骡子！"

"你就是生病，也比他健壮地活着强……"

赛里姆先生生气了，睁大眼睛瞧着对方说：

"你说得倒轻松，可你连半点儿苦头也没尝过，你什么也没损失。"

利德瓦先生低下头，待对方把话说完，方才扬起脸，嘴角带着温和的微笑，两只清澈透明的眼睛深情地看着他。赛里姆先生的怒气迅速消失，情绪也不再激动了，似乎他这时才想起，与他说话的人是安拉最信任的奴仆。他把目光移向一旁，苍白的脸上泛起一阵红晕，低声说：

"请原谅，兄弟，我实在太累了……"

利德瓦先生嘴角依然带着微笑说：

"别这样，愿安拉使你健康长寿。常向安拉祈祷吧，想到安拉你的心灵会得到安慰的，永远别让悲观动摇你的信仰，真正的幸福取决于我们对信仰的程度。"

赛里姆先生用手捏住下颚，愤愤地说：

"人们都忌妒我，忌妒我的钱，忌妒我的地位。利德瓦先生，人们都忌妒我！"

"忌妒是一种可恶的品质，那才真的可悲呢。忌妒自己兄弟的人最后是不会有好下场的，这样的人还少吗？别悲观失望，一切托付给宽容仁慈的安拉吧！"

　　两人又交谈了好一阵，然后利德瓦先生告辞而去。赛里姆先生安静了一会儿，不久又渐渐变得忧郁烦躁起来。他在椅子上坐得不耐烦，便站起身，慢慢踱到代办处门口，两手背在身后，伫立不动。这时，太阳已升到梅达格胡同上空，天气暖和，整个胡同显得空荡荡的，只有达尔维什长老坐在咖啡馆门前晒太阳。赛里姆先生站得烦了，便像往日那样习惯性地抬头朝那扇窗户望去，窗户开着，里面却空无一人。他似乎感到站得腻了，便闷闷不乐地回到座位上来……

第二十三章

"我再也不到咖啡馆去了,以免引起怀疑。"分手时他是这么说的。在戴拉赛街相会的次日凌晨,哈米黛想起了这句话,心中充满了幸福的遐想。她暗自思忖:"今天他会来和我相会吗?"她心里毫不怀疑他会来的,不过她又固执地想道:"不……还是要让他先到咖啡馆来。"因此,黄昏时她并不急于出门,而是躲在窗户后面等待着。晚霞渐渐消失,黑夜慢慢降临。这时,只见那人从梅达格胡同口过来,一边走一边朝那开着一条缝的窗户瞧,脸上带着笑容,像是在向窗户后面的人问候。不一会儿,他便坐在咖啡馆那个常坐的位子上。哈米黛看在眼里,感到一阵胜利的喜悦,她觉得为那天在穆士基大街左顾右盼找不见他的窘态进行了报复。他俩的目光长时间碰在一起——她并不回避,也不从她站的地方后退——他愈加显得笑容可掬。她也不由自主地露出了微笑。他究竟想干什么呢?这问题对她来说是很好笑的,因为她知道他这么迫切地追求自己只有一种目的。以前阿拔斯·侯勒维追求过她,赛里姆·阿勒瓦先生病重前也追求过她,为什么这位体面的先生就不是抱着这个目的呢?他不是对她说过:"你生到这世上来不是为了让人把你带走吗?……我就是来带你的。"这不意味着结婚还意味着什么呢？由于她过分自信和高傲，所以没什么能破坏她的美好的憧憬。她从窗缝里毫不畏缩地大胆凝视着他，接受他悄悄投射过来的目光。他的双眼似乎在深情地和她交谈，比舌头和其他器官更动人，这触发了她内心深处的感情。也许，从他俩目光第一次相遇的那天起，他就表现出了这种真切的感情，只不过她不明白。那天当他挑衅似的盯住她，露出得胜的微笑时，她便身不由己地像参加战斗一样向他迎了上去。事实上，她从他的目光中看到了自己的价值，她再不是浩渺生活中的迷途者，也不必为阿拔斯·侯勒维温顺的目光和赛里姆·阿勒瓦先生巨大的财富而彷徨，如今她感到这个人正是她所要追求的。至于他在她心中引起的冲动、惊讶，甚至挑衅，不过是引起了她本性中的一种乐趣，就像指南针指出了南极、北极一样。从他的外貌和手中大把大把的钞票看，他不是个穷得只够糊口的汉子。她凝视着他，机灵、闪亮的目光中显出一种爱恋和渴望的光芒，她一直站在原地不动，直到他离开咖啡馆。他临行前朝她微微一笑，她一直目送他离去，像在向他约会似的自言自语说："明天再见！"

第二天傍晚，她怀着渴望、挑战和热爱生活的心情离开了家门。刚走出萨那迪格胡同，便远远看见他站在奥里叶胡同和新铁路区的交叉路口上。她两眼不由闪出夺目的光彩，心中产生了一种异样的感觉，高兴和强烈的战斗欲望交织在一起。她估计他会始终跟着她，一直走到戴拉赛街空旷无人的地方。她慢慢朝前走着，一点儿也不觉得激动和惊慌，她像压根儿没瞅见他似的渐渐走近他。可当她走近他身旁时，却发生了她意想不到的事情。他和她肩并肩一道朝前走，同时还极其大胆地伸出手握住她的手，旁若无人地低声对她说：

"晚上好，亲爱的！"

这突如其来的举动使她大吃一惊，她企图把手从他手中挣脱出来，但却挣脱不了。她又怕两人纠缠在一起会引起行人的注意，只能气得浑身发颤。她发现自己面临两种选择：或是一怒之下在大庭广众中把他臭骂一顿，从此绝交，或是乖乖顺从，而她又极不愿意这样，因为这是强加给她的。她怒不可遏，小声而又恼怒地对他说：

"你怎么这样大胆？……快放开我……"

他和她并排走着，像是一对一块儿出来散步的朋友，一面走一面平静地对她说：

"耐心点儿，耐心点儿……朋友间用不着客套……"

她依然恼怒地说：

"在大街上……这么多人……"

他对她笑笑，讨好地说：

"不用管这大街上的人，他们都是些拜金狂，脑子里除了钱什么也不想。我们是否到一家首饰店去，给你打一件合适的首饰？"

她见他对自己的抗议不予理睬，愈加恼怒，威胁说：

"你真的装作什么也不在乎吗？"

他的嘴角仍旧挂着笑容，低声地说：

"我并不想惹你生气，我只是想等你一块儿走，你发什么火呢？"

她厉声说：

"我讨厌这举动，当心点儿，我会什么也不顾的……"

他看到她满脸怒气，便用请求的口气问：

"你不愿意我们一道走吗？"

她吼道：

"我什么也不愿意……快放开我……"

他放开她的手，但并不离开她。他阿谀地说：

"真是个倔强的姑娘，还你的手。不过，我们绝不会分开的，对不对？"

她还是那么愤怒地瞟了他一眼，说：

"你这人太轻浮,太自信!"

他微笑着一言不发,听凭她恶言恶语地辱骂。她也不躲开他,两人肩并肩朝前走;她想起不久前的一天她在这条街上寻找他的情景。不过,眼下顾不得多想。她已经迫使他放开她的手,这就够了。假如现在他重新再拉她的手,也许她不会拒绝的。她离开家门,不就是为了与他相会吗?她感到不快的是,他显得比自己沉着和大胆得多。她走在他身旁,再也不顾忌四周行人投来的目光,只得想他的外貌必将引起女友们的惊诧和忌妒。此时,她心中重又出现了对生活的向往和轻视,以及冒险精神。那人对她说:

"请你原谅我的粗鲁。不过,在你的倔强面前,我有什么办法呢?你有意折磨我,可我对你是真情实意,一片好心。我为你花了不少功夫,理应得到你的同情才是。"

她对他说什么好呢?她愿意和他交谈,但又不知怎么谈,特别是她刚才恶言恶语骂了他。恰恰在这时,她看见女友们从远处走来,便佯作惊恐地说:

"我的女朋友们来了……"

他举目望去,见一群姑娘迎面走来,一个个用审视的目光打量他。她掩饰不住内心的喜悦,然而又用责备的口吻,说:

"你在出我的丑。"

她依然和他肩并肩一块儿走,像朋友那样跟他谈话,这使他感到高兴,他不在乎地说:

"她们不会把你怎样……别理睬她们……"

姑娘们走近了,她和她们交换含有意义的目光。这时,她想起了她们对她讲过的一些冒险故事。姑娘们一边笑着,一边窃窃私语离开了他俩。那人狡猾地说:

"这些都是你的女朋友?不,你跟她们完全是两回事。我感到奇怪，为什么她们自由自在，你却待在家里？她们都穿着漂亮的衣服，你却整天披着这黑长袍？怎么会是这样呢？我的美人儿！难道这是命运吗？你怎么忍受得了？"

她的脸上泛起一阵红晕，她真以为这是在听她自己内心的自白呢！她激动得两眼闪出了光芒。他用肯定无疑的口气说：

"这么美，真配得上当明星……"

她扭过头，大胆地笑了笑，借机与他交谈：

"明星？"

他露出了甜蜜的微笑说：

"对，你没去看过电影吗？人们把漂亮的女演员叫作明星！"

她和母亲隔一段时间就到奥林比亚影剧院去看埃及电影。她明白他的意思，沉浸在一种从未有过的兴奋之中，两颊变得绯红绯红。两人默默地走了一段路后，他悄悄地问她：

"对了，请问芳名？"

她爽快地答道：

"哈米黛。"

他笑笑说：

"被你弄得神魂颠倒的，我名叫法尔吉·易卜拉欣。像我们这样认识后才知道姓名，这通常发生在两人已坚信会变成一个人之后。你说对吗，漂亮的小姐？"

她多么希望自己能擅长言谈，就像她擅长谩骂和厮打那样！他说得娓娓动听，她却无法跟他对答，这使她感到尴尬，却又不愿像别的女孩子那样满足于扮演消极角色。她的天性使她追求一种不仅仅是等待、沉默和羞怯的东西。但要表达这种神秘的感情却并不容易，这使她愈加不安和难受，只好睁大眼睛怔怔地望着他。当他俩不知不觉走到穆士基大街尽头，来到法利黛王后广场跟前时，她的心情变得异常激动。

她想到了时间,不得不掩饰住难言的苦衷说:

"该回去了。"

他用否定的口气答道:

"回去?"

"这儿已经是穆士基大街的尽头了。"

他反驳说:

"可是世界并不是到穆士基大街的尽头为止,为什么我们不能到广场上去散散步?"

她无可奈何地说:

"我不想去,回家晚了母亲会担心的……"

他诱惑地说:

"如果你愿意,我们可以坐出租汽车,很远的路只几分钟就到。"

出租汽车!这几个字在她耳中产生了奇特的音响,她一生中除了马车外,还从来没坐过出租汽车呢!几秒钟后,她从那个奇特的音响中清醒过来。和一个陌生男子同乘一辆出租汽车,这事儿她不能不表态。但这表态必须是进攻性的,而不能退却。产生了这种冒险欲望,似乎弥补了她刚才难于表达内心隐衷的不足。她本人不曾料到自己有如此放纵和冒险的能力,以至于很难说清此时哪一种感情在她心中更强烈。把她倾心的男子放在心里还是冒险跟他走,也许这两种感情一样强烈。她朝他看了一眼,见他正用诱惑的眼神看着她,嘴角始终挂着使她动心的微笑。她突然转变了感情,说:

"我不想太晚回去……"

他感到失望,遗憾地说:

"你害怕了?"

她声色俱厉地说:

"我什么也不怕……"

他的脸上重新泛起希望的光彩，似乎渐渐明白了许多事，高兴地说：

"那我就去叫车……"

她没有表示反对，眼睛盯住迎面开来并停在他俩跟前的小汽车。他为她打开车门，她不安地提起袍角，弯着身子跨进车门。他随即跟了进去，并且兴奋地自言自语道："这就省掉了我们两三天的劳累奔波。"一会儿，她听见他对司机说："到谢里夫帕夏街。"是谢里夫帕夏街，不是梅达格胡同，也不是萨那迪格胡同和奥里叶胡同，更不是穆士基大街，而是谢里夫帕夏街！……可为什么要去这条街呢？于是她问他：

"你要去哪儿？"

他的肩紧挨着她的肩，说：

"在街上逛一会儿再回去。"

汽车开动了，她忘记了一切，甚至连那人几乎靠在她身上也没注意到。街上五颜六色的灯光使她眼花缭乱，透过窗玻璃，一个五光十色的崭新世界呈现在她面前。她的整个身心似乎都沉浸在汽车有节拍的运行中，心里有一种说不出的高兴，觉得自己好像要飞起来，飞到世界的高空翱翔。她的感情与汽车运行、两旁的街景和灿烂的灯光完全融合在一起，两眼不由得闪烁着愉快的光芒；由于兴奋和惊讶，她下意识地张开了嘴巴。汽车开到川流不息的车辆和人群中去，轻快地向前奔驰。随着汽车的行进，她的遐想也在驰骋。她情绪激动，神魂颠倒，心跳加快，热血沸腾，各种想法接踵而来。她突然被他在耳边的低语声惊醒："瞧那些姑娘，穿得多漂亮！"是呀，街上到处是打扮得花枝招展，像光彩夺目的明星一样的女郎。她们有多美呀！这时，她想起自己身上穿着黑长袍和拖鞋，心头一紧，像一个正做着美梦的人突然被蝎子蜇了似的惊醒过来。她咬着嘴唇，心中又升起反叛和战斗的欲望。她注意到，他在她不知不觉中紧紧贴着她，她能感觉到他的触摸，不由心头一热，失去了自持能力,猛地靠在他身上。他凝视她片刻,似乎在揣摩她的意图,随即温柔地将她的手掌放在自己两只手掌中。她的温顺使他受到鼓舞,他便要凑近去亲吻她。她似乎想躲避,把头微微往后让。但这没能阻止他,他将嘴唇紧紧压在她的嘴唇上。她浑身战抖,觉得有一种想拼命咬住他双唇的疯狂的欲望。是的,一种疯狂的欲望,就像要跟人厮打时那样。然而,他在她达到目的前放开了她。疯狂的欲望还在她心中燃烧,她真想向他胸脯扑过去,用尖利的手指掐住他的脖子。就在这时,他轻声对她说:

"这就是谢里夫帕夏街……我家就在前面不远,想去看看吗?"

她神情紧张地顺着他手指的方向望去,只见前面高楼毗连,不知他指的是哪一幢。那人叫司机在一幢楼房前把车停下,对她说:

"就是这一幢。"

她看见眼前一幢高大的楼房,入口处比梅达格胡同还要宽,她耷拉下眼皮,迟疑了一阵,低声问他:

"在第几层?"

他笑着说:

"就在底层。不用爬楼,如果你肯赏光……"

她用责备的眼神狠狠盯住他。他慌忙说:

"瞧你又生气了!……不过我还是要问你,这有什么不好呢?从我看到你以后,不是常去访问你吗?你为什么不回访呢?哪怕一次也好!"

他想干什么呢?难道他以为她就那么容易上钩吗?难道她让他亲吻使他尝到了甜头,他还心存进一步的非分之想?难道自负和得胜的感觉使他热昏了头?或许这就是爱情的魔力,使她失去了自持?她心潮起伏,准备竭尽全力迎接那即将到来的战斗。她愿意跟他到任何地方去,让他看看他在她身上不曾看到的东西,使他恢复理智,头脑变得清醒些。是的，她那桀骜不驯的个性召唤她去进行这场战斗，既然对方主动挑战，她便不能退让。她的冲动压根儿不是出于腼腆和对美德、道德或贞洁的维护，她从来不懂得为这些生气、动火或于心不安。她是为自尊、力量和对战斗的渴望而发怒。同时也是为了寻机冒险，正是这种冒险精神使她不顾一切钻进了出租汽车。那人端详她良久，一面思考一面嘲弄地想："这俊妞可是一触即跳的烈货，需要倍加爱护，好好驯服。"他怀着希望温柔地说道：

"请赏光到屋里喝一杯柠檬水……"

她挑衅似的盯了他一眼，轻声地说：

"请便……"

他高兴地打开车门，跳到马路上。她显得无所谓的样子跟着他下来。当他付车费时，她扫视了一下四周，猛然想起她刚刚离开的梅达格胡同。如今，大胆的冒险竟把她带到了这座高楼前，谁能相信呢？假使利德瓦·侯赛因先生看见这高楼会怎么说呢？她淡淡地笑了笑，内心有一种异样的感觉，觉得今天是她一生中最幸福的日子！

那人拉着她的手同她一起走上大台阶，到了一楼。他们穿过一间宽敞的大厅，来到右边的一扇房门前。他一面掏出钥匙开门，一面暗暗高兴："我赢得了一天到两天的时间。"他推开房门，客气地让她先走，他跟着她进去后，随即将门关上。哈米黛发现来到一间宽敞的客厅。客厅两旁有许多房门，强烈的灯光把房间照得通亮。房间里并非空无一人，除了那盏在他们到来之前就亮着的大吊灯外，从关闭的房门里面还隐隐传来说话声、欢笑声和唱歌声。法尔吉·易卜拉欣打开正对面的房门，把她带进一间不大不小的屋子，屋子里陈设着考究的皮面沙发和座椅，屋中央铺着一张精致的地毯！正对面是一面明亮的大镜子，镶嵌在一个金黄色木镜架上。那人得意地注视着哈米黛脸上疑惑的表情，亲切地对她说：

"把外衣脱掉吧,请坐……"

哈米黛没脱外衣便在一张椅子上坐下,柔软的椅背和椅面使她感到十分舒适,她用一种提醒他的口气说:

"我不能回去太晚……"

那人走到屋中央一张放有保温瓶的精致的桌子旁,打开瓶盖,倒了两杯冰镇柠檬汁,递给她一杯,说:

"待会儿用出租汽车送你回去,几分钟就到家。"

两人喝过柠檬汁,将杯子放回桌子上。这时,她用审视的目光偷偷地打量着他那颀长的身材,久久凝视着他的一双手。她觉得,这双手是那么漂亮而富有吸引力,手指细长匀称,显得十分有力和秀丽,她内心产生了一种奇异的感情,除了他的目光外,还没有什么别的能激起她的这种感情。他一直微笑地看她,像在安慰和鼓励她。她虽然有些紧张,却并不感到畏惧。她想起刚进屋时听见的门后传来的笑语喧闹声,奇怪自己怎么一下把它给忘了,便问道:

"屋里什么声音这么吵?"

他依旧站在她面前,回答说:

"是家里的一些人,在以后恰当的时候你会认识他们的……为什么不脱外衣呢?"

本来,当他带她到他屋里来时,她以为他是单身一人住着。现在,她感到诧异:他为什么要把她带到一套住满了人的房间来?她没理睬他的询问,却一直紧紧盯住他。他也并不重复他的问话,而是和她靠得更近,皮鞋都碰着了她的拖鞋。他俯身拉起她的手,紧紧握在自己手中,说:

"我们坐到沙发上去,好吗?"

她没有拒绝,起身跟他走到一张长沙发前和他并肩坐下。此时,她的感情是矛盾的,一方面想和她喜爱的人亲近,一方面又对他怀有敌意，因为她始终认为他在作弄她。那人一点点靠紧她，直到两人贴在一起。他用手搂住她的腰，她默不作声，任他摆布，不知什么时候才该反抗。他用左手托起她的下颚，嘴唇缓缓凑过去，贴到她的嘴上，就像一个干渴的人终于找到了清泉。两人长时间亲吻，似乎是一对恋爱很久的情侣。他将激情和力量全都汇集在嘴唇上，尽可能从她那儿获得他需要的享受。她则觉得一阵阵舒适之感像电流般浸透到全身。不过，她的警觉破坏了唇间甜蜜的享受，她始终对他怀着戒心。她觉得他的手从她腰间抽出，又放在她的肩上，抚摸着她的外衣。她的心突突直跳，脖子僵硬地躲开他的脸，神经质地拉了拉外衣，淡淡地说：

"不，不……"

他惊讶地望着她，发现她直瞪瞪地看着自己，目光中流露出倔强和反抗的神情。于是，他强作笑容，心想："她准像我想的那样，疲倦了，疲倦极了……"随后轻声地对她说：

"请原谅，亲爱的，我控制不了自己……"

她转过脸去，想掩饰唇边浮起的得胜的微笑。但不一会儿，她的目光偶然落在他的手上。这时她才意识到他那双漂亮的手和自己粗糙的手有着巨大的差异，不由一阵羞惭，便怒气冲冲地问道：

"把我带到这儿干什么？……真是荒唐！"

他却激动地反驳说：

"不，这是我一生中干得最漂亮的一件事！……在我家里你还感到拘束？难道这不也是你的家吗？"

他瞅了瞅她披散在外衣上的长发，凑过脸去吻了吻，说：

"多美丽的头发呀！……这是我一生中见到的最美丽的头发。"

这是他的由衷之言，尽管他嗅到了发间难闻的头油味。他的赞扬使她十分高兴，但她仍然问道：

"我们要在这儿待到什么时候？"

"直到我们彼此了解，无疑我们之间有许多话要说。你害怕吗？不，我看你什么也不怕！……"

她抑制不住内心的喜悦，真想扑过去吻他。她的心情变得轻松多了。他凝视着她的脸，心想："我总算明白你了，小母狮！"他压低声音热情地对她说：

"我的心选择了你，心是不会撒谎的。被爱情结合在一起的人是永远分不开的，你属于我，我也属于你……"

他把脸贴近她，像在请求得到她的许可，她将脖子伸过去，两人又一次热烈地亲吻。他觉得她那甜蜜的双唇在用劲地吮吸，几乎要将他的双唇吮碎。他在她耳边低语：

"亲爱的……亲爱的……"

她深深吐了一口气，然后坐直身子，不停地喘着气。他温柔地悄声说道：

"这儿的一切都属于你，这儿就是你的家，这儿（他指指自己的胸脯）便是你的归宿……"

她不由"扑哧"笑出了声，说：

"我看你最好还是提醒我，现在该回家了……"

他按照预先制订的计划行事，否定地说：

"回哪个家？梅达格胡同的那个家？……啊，你最好别提起这胡同里的一切！梅达格胡同有什么值得你留恋的？为什么一定要回到那儿去呢？"

她笑道：

"怎么跟我说这些？难道那儿没有我的家和我的亲人吗？"

他轻蔑地说：

"那儿没有你的家，也没有你的亲人，你完全是另一码事儿，亲爱的。一个富有活力的丰腴的躯体生活在到处是尸骨的坟墓里可是罪孽。

你没见那些姑娘穿着华丽的衣服？你比她们漂亮迷人得多，为什么不考虑像她们那样穿花缎袍子、戴首饰呢？……安拉让我把你被剥夺的权利还给你，因此我说这就是你的家，这还不够吗？"

他的话像琴师拨动琴弦那样扣动了她的心弦，她陶醉了，眼睛微微眯起，露出憧憬的目光。不过，她还暗暗自问："他指的是什么呢？"他说的那些正是她心里向往的，怎样才能使梦想变成现实呢？为什么他不开诚布公把一切全说出来呢？他确确实实表达了她的理想、憧憬和愿望。他简直是在用她的舌头说话，将她的内心的秘密和盘托出，以至她觉得她和他完全合拍，只是有一件事他还没有向她挑明。还犹豫什么呢？她用两只明亮有神的眼睛盯住他，问道：

"你的话是什么意思？"

那人觉得应当进入他预定计划中的一个重要阶段了。便向她投去诱人的一瞥，柔声说：

"我是说你应当住在跟你相配的家里，尽情享受生活的欢乐！"

她疑惑不解地笑笑，喃喃说：

"我什么也不明白……"

他掠一掠她额前的头发，沉默了一会儿，等厘清了思路，便对她说：

"也许你会问，为什么我要让你留在我家呢？不过还是让我先问你，为什么你要回到梅达格胡同去呢？难道你要学那些穷姑娘，直到有朝一日胡同里某个男人来娶你，占有你丰腴的身体和美好的青春，然后把你抛进垃圾堆吗？我不是在和一个没主见的傻姑娘说话，我知道你是个不同寻常的女孩子。尽管你美丽动人，可这还是你的一个不太重要的特点，主要的是你胆识过人。像你这样，想要什么，只要说一声，一切都会有的……"

哈米黛变了脸色，整个脸显得毫无生气，她恼怒地说：

"这些都是开玩笑的话,与我无关……你开始是开玩笑,最后倒正经起来了!……"

"开玩笑?不,指安拉起誓,也以你在我心中的地位担保,我从不在严肃的时候开玩笑,特别像对你这样我衷心爱慕和敬重的人。假如我猜得不错的话,你是个心胸宽广、极有抱负,为了实现自己的幸福会什么也不顾,任何东西都不能阻碍你的人。我需要一个生活伴侣,你是我从所有女人中挑选的一个伴侣……"

她激动地对他大声喝道:

"什么伴侣?你要是认为我说得对的话,便直说,你想干什么?……事情明摆着,假如你想……"她差点儿要说"假如你想要我嫁给你"。但她最终还是没说出来,而是用疑惑的目光紧紧盯住他。他明白她的意思,心中暗自好笑。他觉得已经没有后退的余地,便故作热烈地说:

"我想要一个亲爱的伴侣,去共同开拓一种生活,一种光明、阔绰、体面、幸福的生活。不是过那种劳累、怀孕、生育、脏乱的家庭生活,而是过我跟你说过的明星的生活……"

她吃惊地张大了嘴,眼睛里露出凶光,气得脸色发黄,浑身战抖。她控制不住自己,挺直身子冲着他大声吼道:

"你想让我堕落!……你这坏蛋……"

说完,仍然怒气冲冲。然而她的怒气主要是因为感到突然和失望,而不是因为她根本犯不着发火的堕落本身。

那人不以为然地笑着说:

"我是一个人……"

她的火暴性子不等他说完,便粗暴地打断他的话:

"你不是人,是妓院老板……"

那人高声笑道:

"妓院老板就不是人吗?不,他也是人。以你迷人的美貌发誓,不是任何人都可以当妓院老板的。你在普通人那儿，除了头疼以外还有什么呢？可妓院老板却是这个世界幸福的人！不过，你首先别忘了我是爱你的，别让愤怒毁了我们的爱。我要让你获得幸福、爱情和地位。你若是个傻姑娘，我便会骗你的。但我了解你，所以和你开诚布公。我们都是同一类型的人，安拉创造我们就是为了让我们相爱和合作。我们在一起，就会有爱情、金钱和地位。我们分开，就会面临困顿、贫穷和屈辱，至少一方是这样，所以……"

她仍旧目不转睛地盯住他，心想：他怎么会这样想的呢？她的心始终不能平静下来。然而奇怪得很，她尽管恼他、恨他，却不鄙视他，对他的爱一刻也未消失。即使在她最气恼的时候，她也没有忘记她是在跟一个使她尝到爱的滋味，并且把爱深深埋在她心底的人争斗。她心烦意乱，猛地站起身，恨恨地说道：

"我不是你想象的那种人……"

像所有干这行当的人一样，虽然他并未失去信心，却故意叹息道：

"我几乎不能相信我会看错人。唉，难道你已经成了梅达格胡同的新娘子？怀孕，生孩子，再怀孕，再生孩子。在马路上哺乳，四周全是葱头、豆渣、臭垃圾，苍蝇来回飞舞，整日昏天暗地，暮气沉沉……不，不，我不愿意相信这一切……"

她失去自持地厉声打断他的话：

"够了，够了……"

说完她起身朝门口走去。他迅即站起来跟上她，同时温柔地说："别急呀！"他没拦阻她，却打开门，一同走了出去。她真是高兴而来败兴而去。两人在门外站了一会儿，一个仆人叫了一辆出租汽车，两人分别从两侧的门上了车，汽车迅速开走了。她脑子里乱哄哄的，什么也顾不得想。他悄悄地瞥了她一眼，觉得现在还是不去跟她说话的好。就这样，汽车一直把他俩带到了穆士基大街中段，他命令司机把车停下。

她被他的话惊醒，便看了看外面，将身子挪了挪，准备下车。他伸手握住车把，给她打开车门，但他停了一会儿，把头伸过去吻了吻她的肩头，说：

"明天我等你……"

她走出车门，果断地说：

"我决不……"

他一手握住车把说：

"我等你，亲爱的……你将会回到我这儿来的……"

在她离开汽车时，他又说道：

"别忘了明天，我们将开始过一种崭新的生活……我爱你，爱你胜过生活本身……"

他目送她离去，嘴角浮起一丝得意的微笑，心想："真够俏的，我没白费工夫，她天性聪慧，是块做娼妓的料……她会成为我手中一颗无价之宝！"

第二十四章

母亲问她：

"怎么这么晚才回来？"

她漫不经心地回答：

"栽娜卜让我上她家去，我就和她一起去了……"

母亲告诉她一个好消息，赛尼娅·阿菲菲太太不久就要结婚了。还告诉她，为了让她参加婚礼，赛尼娅太太将送她一件连衣裙。她佯作高兴的样子坐下来听母亲一个劲儿地唠叨，然后一同吃过晚饭回到卧室。哈米黛睡在一张旧沙发上，母亲在犀角铺上垫毯躺在上面，不过几分钟便呼呼入睡，整个房间回响着她的鼾声。哈米黛盯住关闭的窗户，望着窗缝里钻进咖啡馆微弱的光线。她回想起今天发生的怪事，种种情景历历在目，她又一次沉浸在遐想中。那大胆的冒险几乎使人难以置信，虽然她心绪不宁，却产生了一种无法掩饰的快感，一种自豪的、潜伏在意识里的疯狂快感。她没有忘记她在与他分手回梅达格胡同时说过的话："但愿我不再见到你！"这不过是说说而已，并不反映她的内心。说真的，从她本身来说，她在那一天的切身体验中知道了她一生中不曾知道的东西。那人在她的生活旅途中出现，就像一面光滑的镜子，映出她的内心,将她暴露在光天化日之下。不过,她在分手时确实说过"我决不",也许当时不能不这样说。这意味着什么呢?这不意味着她要龟缩在家里等待阿拔斯·侯勒维返回家吗?安拉啊,阿拔斯早已从她心中消失,她对他的记忆也早已荡然无存。实际上,阿拔斯就意味着那不幸的婚姻,随之而来的是怀孕,生孩子,在马路上喂奶,苍蝇来回飞舞,以及诸如此类的令人恶心的场景。是的,她与她的同伴和女友们不同,做母亲的感情在她心中压根儿引不起冲动。胡同里的女人们骂她冷酷、怪僻,并没有冤枉她。那么,她究竟想要什么呢?她的心在剧烈地跳动,她使劲儿咬紧嘴唇,几乎咬出血来。她心里明白她追求的是什么。今天以前,她的感情曾经历过光明与黑暗的斗争,但眼下一切已经明朗,再没什么含糊的了。尽管无法入睡,她却并未经受在选择一条生活之路前应该有的那种不安和犹豫,她没有感受到多少过去和现在之间,或者说生活中善和恶之间的那种难以抉择的折磨。实际上,她已经不知不觉地选择了她的生活道路,还在那男人的面前,在他的家里就选择定了。她口中虽在恼怒地咒骂,心里却在高兴地欢呼。脸上虽然忧愁,脑子里却充满了梦幻。再说,她从未憎恨过他,而且也从未鄙视过他,她至今把他看成是她的生命、荣耀、权利和幸福的源泉!唯一使她生气的是,他在对她说"你将会回到我这儿来"时的自信神情。

是的,她会回去的。但他必须对这厚颜无耻的自信付出巨大的代价,她的爱并不是崇拜和驯服,而是一场剧烈的战斗。她被扼杀在这个家、这个胡同里已经有很长时间了,如今再没什么能阻止她奔向光明、荣耀和权利。除了这个在她心中点燃理想之火的男人外,难道还有别的办法能使她从以往的束缚中解放出来吗?然而她绝不能低三下四跑去对他说:"我是你的奴仆,一切听你摆布。"因为她根本不懂得这类爱情。同样她也不会连珠炮似的对他喊:"我是你的主宰,一切听命于我。"她鄙视温柔、甜蜜的爱情和温存、驯服的情人,她将满怀希望去找他，要表现出"我是带着力量而来的，请你也用力量来对付我，让我们永远在决斗中获得那无限幸福。然后你将许诺的荣耀和享受给我"。由于他，她方能走上一条幸福之路，她不会放弃这一机会的，尽管这是用她的生命换来的。

虽然如此，这一晚，她的思想仍然不能平静下来，一些顾虑影响了她痛下决心。"明天人们会怎么说呢？"她暗自思忖。说法只有一个：娼妓！想到这里，她心头一紧，觉得喉咙发干。她记起有一次她与一个工场女友拌嘴，她骂那人是"街头姑娘，婊子"，这是指女友像男人一样出去工作和在大街上来回奔跑。如今人们对她又会说些什么呢？她感到一阵忧伤，在床上辗转反侧，烦躁不安。不过，这点儿小事不能改变她的主意。她已经斩钉截铁痛下决心，选择了她要走的道路，没有什么能阻止她朝着必然命运滑去，就像巨石滚下山坡，最多有几粒碎石挡道。

她猛然想到母亲，便转过脸望着她，刚才似乎好长时间没听见的鼾声这时充斥着她的耳膜。她想象着明天母亲将等啊等，直到完全绝望。她回想这女人是那么真挚地爱她，使她心里一点儿没有失去母爱的感觉。尽管两人经常拌嘴，这女人始终还是那么深沉地爱着她。她似乎害怕这种感情一直纠缠下去，便烦躁地深深吐了口气，自言自语道："我是个没爹没娘的孤儿，我在世界上除她之外，什么亲人也没有。"她毅然向过去诀别，心中考虑的只是明天，盼望着它快快到来。她感到困倦不堪，觉得眼皮和大脑热乎乎地发胀，她多想酣睡一会儿摆脱各种思绪的折磨，多想闭上眼睛一直到晨曦微露时才睁开啊。她竭力使自己摆脱脑子里的各种思绪，断断续续、迷迷糊糊地睡了一阵。蒙眬中传来卡尔什咖啡馆里的声音，她惊醒了，睁开眼睛，咒骂这些声音驱散了她的睡意。她仔细地侧耳倾听："桑格尔，给水烟换水。"这是大烟鬼淫荡汉卡尔什的声音。"老板，安拉会使你老婆变好的。"这是格米勒大叔的声音。"哼……凡事必有根由。"这是肮脏的烂眼睛布什博士的声音。这时,她突然想象起她所爱的人曾经坐在卡尔什老板和达尔维什长老中间,她想起他向她做接吻姿势的情景,不由心中一颤。随即想到那幢高楼,陈设精美的房间,耳边又响起那人的话:"你将会回到这儿来的……"啊,主啊!她什么时候才睡得安稳?"你们好,兄弟们!"这是利德瓦·侯赛因先生的声音。在赛里姆·阿勒瓦先生病重前,他曾劝她母亲拒绝那桩亲事,明天他知道她出走的消息后又会说些什么呢?他们想说什么就说什么吧!让安拉诅咒这地方的所有人!失眠变成了搏斗和痛苦,她在床上变换姿势,翻来覆去。黑夜过得多么缓慢而使人焦灼啊!更使她不安的是即将到来的明天将发生的一切。天亮前她沉睡了一阵,不过黎明时立即醒来,刚睁开眼睛,脑子里便又塞满了夜间的那些思绪,似乎这些思绪老早就在等着她。不过她一刻也没犹豫,只是不安地自问道:"黄昏什么时候才到呢?"她又想道:"眼下我不过是梅达格胡同的一个过客,像我所爱的人说的那样,我不属于它,它也不属于我。"她像平常一样打开窗户,把母亲睡的垫毯卷起放到屋角。然后打扫房间,擦拭走廊。做完这一切后,独自一人吃早饭。因为母亲一大早就离家去忙她永远做不完的事了。吃完饭,她走到厨房里,见母亲留着一盘让她做午餐的扁豆。她摘洗完扁豆,点燃炉火,大声地自言自语说:"这是我在家最后一次煮扁豆了,也许是一生中最后一次……什么时候我再吃它呢?"她并不讨厌吃扁豆,但她知道,这是穷人的食品,是穷人餐桌的象征。不过,她对富人的食品也一无所知,只知道有肉,有各式各样的肉。她愉快地想象着未来:未来的穿着,未来的装饰……不禁心驰神往,脸上露出笑容。中午,她离开厨房进洗澡间洗澡,然后细心地梳理头发,把它编成一条又粗又长的发辫,拖在背后,发尖都快碰到小腿肚了。她将自己最好的衣服穿上。然而,使她恼火的是,她的内衣裤都已褴褛不堪，于是，她紫铜色的脸上一阵绯红，嘀咕道："我怎么能穿这种衣服去做新娘呢？"她脸色不由发青，心中愤恨不已，暗暗下定决心，在不用新的漂亮衣服换下这身破烂衣服前，绝不投入他的怀抱。她的主意已定。这时，爱欲和欢乐在她心中交织在一起——她的爱欲总是伴随着争斗欲一起产生的。她站在窗前，向梅达格胡同投去告别的目光，她的目光扫视着胡同的各个角落：面包房，卡尔什咖啡馆，格米勒大叔的糕点铺，理发店，代办处，利德瓦·侯赛因先生的家。这些都勾起了她的各种回忆，就像火柴的摩擦燃起了火焰。

  奇怪的是，她站在那儿对眼前的一切竟无动于衷，无论对梅达格胡同还是对它的居民都毫无感情。她与这儿的多数妇女，如她的乳母乌姆·侯赛因、面包房老板娘早已断绝了邻居的情意，就是利德瓦·侯赛因先生的女人也没能逃脱她的谩骂。一次她听说那女人说她舌头不干净，便伺机报复。终于有一天见那女人在屋顶晒衣服，她便跑上屋顶——两家的屋顶毗连着，倚着栏杆，以鄙夷的口吻冲着那女人自言自语地嘲讽说："哈米黛呀，你真可怜，谁叫你舌头不干净，不能和梅达格胡同里那些帕夏家出身的贵妇人打交道！"但那女人不愿争吵，宁可忍气吞声，一言不发。一会儿，她的目光又投向代办处，想起赛里姆·阿勒瓦先生怎么向她求婚，她怎么在一天半的时间里曾幻想过获得巨大的财富！当这人从她手里滑掉时她是多么难过啊！不过，人和人也差远了！如果说赛里姆·阿勒瓦先生因他的财富拨动了她的心弦，那么，那个人却打动了她的整个心房，甚至几乎要将它全部掠走。她的目光又投向理发店，想起了阿拔斯·侯勒维。她暗想，有朝一日他回来找不到她，他会怎么样呢？她漠然地回想起在楼梯口的最后一别，奇怪当时怎么会把双唇给他亲吻？她扭转身子离开窗户，走到沙发跟前，出走的决心有增无减。中午，母亲回家，两人在一起吃午饭。席间，母亲对她说："眼下有一桩重要的婚事，如果办成功，安拉亏待不了咱们。"她淡淡地询问起这桩婚事,她对母亲的话几乎提不起兴趣。过去,她也常常这样说,到头来无非是几镑钱和吃一顿肉!或者对她来说仅仅就是吃一顿肉罢了!母亲吃完饭,合上眼小憩片刻。她坐在沙发上长时间凝视着母亲。这是诀别的一天,也许从此以后再也看不到母亲了。这时,她感情的脆弱点第一次表现出来,对这位抚养她,爱她,也被她当作生母的女人产生了无限同情,她真想扑过去向她吻别。

黄昏来临,她披好外衣,穿上拖鞋,两只手不停地战抖,心跳得厉害。她不得不对母亲不辞而别,她感到一阵难过。当她看见母亲神态安详,并不知道她明天会面临什么样的处境时,心情更不好。该走了,她久久地注视着母亲,临走时说:

"祝您健康……"

那女人一边点烟一边回答说:

"再见……早些回来……"

她神情严肃地走出了房门,头也不回地最后一次走过梅达格胡同。她从萨那迪格胡同走到奥里叶胡同,然后拐向新铁路区,缓步前行,目光不停地四处搜寻……她发现他正站在昨天的地方等她!……她脸上掠过一阵红晕,一股愤恨和反抗的炽火从心头升起。她真想对他这胜利进行报复,好使心中平静些。她把目光从他身上移开,一会儿又暗自问道:他现在是不是又在无耻地微笑呢?她神经质地又把目光投向他,却见他泰然自若,两只杏仁眼中流露出期待的神情,她稍稍平静了些。当她走过他面前时,她预料他会跟她说话,或是像昨天一样上来拉她的手。然而,他却装作不理会她,站在那儿等了一会儿,待她拐过街口,方才慢慢地跟在她后面。她明白眼下他的行动异常谨慎,也感觉到事关重大,她继续朝前走,直到新铁路区快走完了才突然停步,好像想起了什么似的转身往回走,他不安地跟在她后面,悄悄问她：

"为什么往回走？"

她犹豫了一阵，才好不容易地开口说：

"工场的女友……"

他松了口气说：

"从爱资哈尔街走，谁也看不见咱们……"

两人保持一定距离，在爱资哈尔街沉闷地朝前走。她知道，她刚才那句话，宣告了她的彻底投降。两人一直走到法利黛王后广场，仍然没说一句话。她不知道要走到哪儿才算完，便停了下来。随即，她听见他在叫出租汽车。车停稳后，他给她打开了车门，她抬脚跨了进去。这一跨从此把她一生中截然不同的两种生活划分开来！车刚启动，他便非常老练而又显得激动地说：

"哈米黛，我内心的痛苦只有安拉知道！……昨晚我几乎一夜没睡。亲爱的，你还不懂得什么爱情。不过今天我太幸福了，简直高兴得要发疯。安拉啊，我真不敢相信我的眼睛！谢谢你，亲爱的！指安拉起誓，我要使幸福像河水一样在你脚下奔流……这脖子挂上宝石项链有多美（他温柔地抚摸着她的脖颈），这手腕戴上金镯子有多漂亮（他吻了吻她的手腕），这双唇抹上口红又有多迷人呀（他俯下脸要亲吻她，但她闪过脸，他只亲在她的脸颊上）……啊，真是一位魅力过人的姑娘！"

停了一会儿，他面带笑容说：

"从现在起，你将告别那困顿的时代，今后不用再为生活发愁！……就是你那一对乳房，今后也要用丝绸乳罩把它们托起来！……"

她满意地听着这些话，一点儿也不恼怒，虽然两颊绯红。她将身子舒适地靠在那向前疾驰的汽车的软椅上，汽车载着她离开了过去的生活。

汽车开到那座成为她栖身之地的高楼前停下,两人走出汽车,迅速走进房间。她发现仍像昨天一样,从各个房门中传出阵阵喧嚷。他俩走进那漂亮的里屋,他笑着对她说:

"快把外衣脱下来,我们一起把它烧掉。"

她不由飞红了脸,喃喃地说:

"我没带衣服……"

他高兴地喊道:

"你做得好……过去的东西我们一样也不要!"

他让她坐下,自己在屋中来回踱步,然后走到大镜右边一扇精致的房门旁,打开一间陈设考究的卧室,对她说:

"咱们的房间……"

但她即刻否定说:

"不……不……我睡这儿……"

他直愣愣地瞅了她一会儿,然后表示屈服地说:

"那就你睡里面,我睡这儿……"

她决心不让自己像牲口那样任人摆布,在没进行足够的抗争前绝不屈服。看来她的这一想法没能瞒过他的狡猾的眼睛,因为他露出了一丝嘲讽的微笑,装出一副迁就和顺从的样子。不一会儿,他愉快而自豪地对她说:

"亲爱的,昨天你说我是妓院老板,现在允许我如实向你介绍:你的爱人是一所学校的校长,到时候你一切都会明白……"

第二十五章

侯赛因·卡尔什走进梅达格胡同时心里想:"这正是咖啡馆最热闹的时候,他们肯定全都会瞧见我。即使父亲没瞧见,他们也会告诉他的。"这时,夜幕已经降临,梅达格胡同的商店都已关门,四周显得空旷幽静。只有卡尔什咖啡馆顾客盈门,一片喧嚷嘈杂声。侯赛因愁眉不展,拖着沉重的步子,身后跟着一位与他年龄相仿的青年和一位妙龄女郎。侯赛因身穿一件衬衫和一条长裤,右手拎一只大提包,身后的青年也和他同样装束,手里也拎着一只大提包。那女郎只穿一件考究的连衣裙,身段苗条,体态轻盈,身上并未完全脱掉她所出身的阶级的那种俗气。侯赛因经过咖啡馆时连望都没望一眼,径直朝利德瓦·侯赛因先生的楼房走去,他和身后两位同行者进屋后,登上三层楼。就在他敲门的一刹那,他神色变得更加忧郁。他听见脚步声渐渐走近,门开了,现出母亲的身影,随即是一声低沉的问话:"谁?"由于楼道太黑,她看不清面前站着的是谁。侯赛因低声说:

"侯赛因!"

那女人简直不敢相信自己的耳朵,欢呼道:

"侯赛因?……我的儿子!"

她扑向他，抓住他的双臂，不住地亲吻，激动地说：

"你回来了，孩子！……感谢安拉，感谢他使你恢复理智，免受魔鬼的诱惑。快进屋吧（边说边干笑了几声），进屋吧，你走后，我日夜思念，心都快碎了……"

侯赛因被母亲搂着走进屋，然而面容并未舒展，母亲的热情欢迎似乎丝毫消减不了他的忧愁。当她正要关门时，他拦住她，让身后的青年和姑娘进屋，对母亲说：

"还有人跟我一块儿来。请进，太太，请进，阿卜杜。这是我妻子，妈妈，这是她哥哥……"

女人愣住了，显出惊诧和不安的神色，怔怔地看着两位来客。对方向她伸出了手，她控制住自己的感情，向对方还礼致意，同时几乎是下意识地对儿子说：

"你结婚了，侯赛因？……啊，欢迎你，新娘子！你怎么不告诉我们就结婚了？……你爹妈都健在，你怎么能背着我们成亲？"

侯赛因悒郁地说：

"全是魔鬼作的恶！……我气、我恨……一切全是命里注定！"

女人从墙上取下灯，把他们带进客厅，将灯放在关着窗的窗台上，站在一旁端详儿媳的脸。姑娘用遗憾的口吻说：

"我们没告诉你们，真对不起。不过，实在没法子……"

年轻人也同样表示了歉意。女人笑了笑，但仍未从这突如其来的惊诧中清醒过来，咕哝道：

"欢迎，欢迎，欢迎你们大家。"

她转过脸瞅了瞅儿子，见他满面愁容，表情呆滞。她方才想起，他来了这会儿，还未说过一句好听的话，便埋怨他说：

"你到底还想起了我们……"

侯赛因悲哀地摇摇头，直截了当地说：

"我被解雇了……"

那女人又添了一层失望,不敢相信地问道:

"他们把你解雇了?就是说你现在失业了?"

侯赛因还未开口,就听得一阵猛烈的敲门声,女人和儿子交换了一下眼色,便离开了客厅。儿子跟了上去,他把门关上后,在过道里对母亲说:

"一定是父亲回来了……"

她不安地答道:

"我想是他,他看见你了吗?……我是说你们路过时他看见你们了吗?"

侯赛因没搭理她,而是前去开门。卡尔什老板冲进屋,一看见儿子便两眼发红,怒气冲冲嚷道:

"是你吗?……人家告诉我,我还不敢相信……你回来干什么?……"

侯赛因低声说:

"屋里有客人,我们到你房间谈……"

侯赛因迅速走进父亲卧室,老板边骂边跟了上去。女人也随着他俩进屋,点燃油灯,告诫丈夫说:

"隔壁屋里有你的儿媳和她的哥哥。"

老板抬起沉重的眼皮,茫然失措地吼道:

"你说什么,老婆子?……他真结婚啦?"

侯赛因对母亲大为不满,因她过于直接而又简单地把事情告诉了父亲,他不得不回答说:

"是的,爸爸,我结婚了。"

老板沉默了片刻,恨得直咬牙。然而,他压根儿就没想到要责备儿子不通知他就结婚这件事。在他看来,责备会影响他们之间的关系,他

决定不提这事儿,就当没听见一样,只是愤愤地说:

"这事儿跟我不相干,我要问的是:你为什么回到我的家?为什么走了之后还回来?"

侯赛因低头不语,母亲同情地抢着说:

"他被解雇了。"

侯赛因对母亲又一次抢先答话感到恼火。老板听后愈加怒不可遏地大吼,以至于那女人不得不把门掩上。

"被解雇了?……安拉的意愿……难道我的家是收容所?你不是离开我们了吗,我的英雄?你没用你的牙咬过我吗?你这狗娘养的!为什么现在又回来?……你给我滚,去过你有水有电的干净生活……滚……"

乌姆·侯赛因温和地说:

"别生气,老板,向先知祈祷吧!"

老板向女人挥舞着拳头吼道:

"你敢护着他,魔鬼的女儿!你们全都是魔鬼,应该挨鞭抽,受火刑。你这坏女人想干什么?想让我养活他和他一家吗?难道有人告诉你我是妓院老板,可以毫不费力、八方逢源地赚钱吗?你不知道警察就在四周,昨天他们抓走了我的四个伙伴,你们明天就要大祸临头……"

那女人尽量忍让,以从未有过的温柔态度对他说:

"向先知祈祷吧,老板,赞颂安拉吧!"

老板对她吼道:

"你去问他带来了什么?"

女人像祈求似的说道:

"咱们的儿子不懂事,魔鬼使他变疯了,迷了路。如今除了你这儿,他哪儿也没法儿去!"

老板嘲笑她说:

"说得对,你这坏女人,他没地方去,只能上我这儿来。我就该在人家高兴的时候挨骂,在他们没办法的时候让他们找上门来!"

说完竟狠狠盯住侯赛因,鄙夷而嘲讽地问他:

"为什么把你解雇了?"

乌姆·侯赛因深深叹了口气,她本能地感到,尽管老板问这问题时声音很大,却预示着期待中的谅解。侯赛因克制住痛苦,低声答道:

"除了我,还解雇了好多人……他们说战争快要结束了。"

"战争在战场上是结束了,可在我家里又开始了!你为什么不到老婆家去?"

侯赛因难堪地说:

"她只有一个哥哥。"

"为什么不上他那儿去?"

"他也被解雇了……"

老板嘲笑说:

"欢迎……欢迎……自然你是找不到地方安置你那被时代抛弃的贵族家庭,只好又到我这只有两间房子的家里来!……好极了,好极了……你难道没有积蓄吗?"

侯赛因叹口气,简单地回答:

"没有……"

"好极了。你过去像国王一样生活,电啦、水啦、夜总会啦。最后回来,还是跟先前一样,像个叫花子……"

侯赛因激动地说:

"他们原先说战争不会结束,希特勒要抵抗十年,然后反攻……"

"但他不再反攻,最后人也不见了(直到现在他还不愿说他已经死了),剩下你老子两手空空。那位太太的哥哥是位贝克吗?"

"不,跟我差不多。"

"好啊……好啊……你爸爸真有福气。喂,他妈,快给他们收拾房间吧,尽管他们低贱得不值得款待。不过我将设法装上电灯、自来水,也许还买一辆赛里姆·阿勒瓦那样的马车供他们使唤呢……"

侯赛因恳求道:

"别再说了吧,爸爸,别再……"

老板抱歉似的看着他,仍然嘲讽地说:

"请别责怪我,我使你讨厌了吗?哼……要性情温柔,面子,荣誉,同情百姓中有身份的人吧!放文明点儿,卡尔什老板,对上等人说话只能用上等人的语言。请脱衣服吧,让你妈把厕所打开,铺垫一下,好让你贝克先生舒舒服服地入睡……"

侯赛因竭力克制,一言不发,一场风暴平安度过。那女人一个劲儿在内心祈祷:"安拉呀,求你保佑!"老板虽然发怒和嘲讽,却一点儿没有赶他走的意思,也许在他火气最旺的时候,仍对儿子的归来和结婚怀有欣慰之情。因此,他收起先前的态度,咕哝道:

"一切托付安拉。愿安拉宽恕我刚才对你们发火。"

然后问侯赛因:

"你今后打算怎么办?"

侯赛因意识到风暴已过,便说道:

"我要找工作做,我妻子还有一些首饰。"

母亲对首饰感到兴趣,下意识地问:

"你给她买的吗?"

侯赛因说:

"我给她买了一些,还有一些是她哥哥买的。"

他转向父亲,接着说:

"我将去找工作,阿卜杜他也要去找的。总之,他在我们家不会住多久。"

女人趁风暴平息之际对丈夫说：

"去看看你儿子的亲属吧！"

说罢用眼神暗示侯赛因。侯赛因本性不愿取悦于人，他不情愿地说：

"不肯看在我亲属的面子上赏光吗？"

父亲犹豫了一会儿，然后提出异议：

"你怎么能要我承认我没有祝福过的婚姻呢？"

没人答复他，他只好叹口气站起身，女人打开房门先跨出去，大家走进隔壁房间，互相致意，老板对儿媳和她的兄长表示欢迎。大家各有各的心思，但脸上都显得客气和亲昵。卡尔什老板屈服于既成事实，不过他始终犹疑不安，不能断定这屈服是对还是错，理不出头绪来。在交谈中，他的一双睡眼注意到儿媳的兄长，便仔细地端详他，很快，一阵突如其来的兴奋使他忘掉了不安和怨恨。那是一个处于青春期的小伙子，面目清秀。他有意靠近他，亲切地和他交谈，内心有说不出的高兴。他对新的家庭感到满意，再次对他们表示欢迎。不过，这次是怀着一种新的感情，他问侯赛因：

"你没有行李吗，侯赛因？"

侯赛因回答说：

"被褥放在邻居家了。"

老板以命令的口吻说：

"快去把行李取来！"

侯赛因与母亲到一旁坐下单独交谈，筹划下一步的安排。末了，那女人大声说：

"你还不知道发生的事儿吧？哈米黛不见了！"

侯赛因惊讶地问：

"怎么回事儿？"

女人并不想掩饰她的幸灾乐祸,说:

"前天黄昏,她像平常一样出去就没回来。她母亲到邻居家,找熟人,四处打听也没找到。她已经到贾玛利叶胡同和阿尼宫街警察所报了案,她没命地又哭又喊,但也找不着。"

"那姑娘究竟出了什么事?"

乌姆·侯赛因先是疑惑地摇摇头,然后肯定地说:

"以我的生命起誓,她肯定私奔了!……一个男人勾引了她,把她带走了。她长得倒是一副俊模样,可从来就不是个好姑娘。"

第二十六章

　　她一觉醒来睁开双眼,雪白的天花板映入眼帘。天花板中央挂着一盏精致的红色玻璃大吊灯。她惊疑了一刹那,随即想起昨晚的情景,意识到新的生活已经开始。她把目光投向关闭的门上,又看看离床头不远的小桌上她昨晚扔在那儿的钥匙。她得胜了,昨晚独自一人睡在里屋,他则在外屋过夜。她嘴角泛起一丝微笑,掀去胸前柔软的盖被,露出身上的丝绒筒裙。今天和昨天真是天壤之别啊!虽然窗户关得严严实实,但房间里还是透进一层淡淡的阳光,已经是大清早了。她对自己这么晚才醒来并不感到惊异。昨晚她迟迟未能入眠,直到天快亮才睡了一会儿。她听见轻轻的敲门声,不安地扭过头,呆呆地望着门一动不动,也不吭一声儿。待了一会儿,她起身下床,走进盥洗室,心神不宁地站在梳妆镜前。这时敲门声比先前大了些,她问道:"谁?"传来他深情的话音:"早上好!……现在可以开门吗?"她朝镜子瞅了瞅,见自己头发披散着,两眼通红,眼皮都快睁不开的样子。唉,难道他连让她洗脸、梳妆打扮好去迎接他都等不及吗?门又猛烈敲打起来,真让人心烦。但她没理睬。她记起他在戴拉赛街第一次拦截她时,她也没有打扮好。今天,她无疑比那时更不安。她见梳妆架上放着各种香水瓶,她生平从未见过这些化妆品，匆忙中一时不知怎么使用才好。她拿起一把象牙梳子匆匆拢了拢头发，用裙角擦了擦脸，又照了照镜子，不满地叹口气，从桌上拿起钥匙便去开门。她似乎对自己的迁就态度颇为不悦，轻蔑地耸耸肩，将房门打开。两人面对面，他温柔地笑笑，轻声说道：

"早上好，蒂蒂！……怎么这么长时间不搭理我？还想白天黑夜都躲着我吗？"

她一言不发避开了他。但他仍笑着逼她说话，问她：

"为什么不说话，蒂蒂？"

蒂蒂！他在用爱称？……可是母亲在亲昵时是叫她"哈姆黛姆黛"的。蒂蒂是什么？她疑惑地看着他，咕哝道：

"蒂蒂？"

他将她的双手握在自己手中，长时间亲吻后，说：

"你的新名字，把它记住，永远忘掉'哈米黛'，这名字今后再也不存在了！亲爱的，名字可不是无关紧要的小事哩！应该说，它意味着一切，假如你愿意知道的话，整个世界就是由名字组成的……"

她明白，他把她的名字——像她的旧衣服一样——看作应该抛掉和忘却的东西。她不认为这有什么不可以，她在谢里夫帕夏街自然不应该用在梅达格胡同用的名字。再说，她虽然内心不无疑虑，但却深深感到，过去已经一去不复返，还保留旧名字做什么？而且她还希望自己的双手能变得细腻光滑，就像他的双手一样。她的近于难听的尖嗓门也能变得柔和动人些……不过为什么他给她选了这么个怪名字？她不满地说：

"这是个怪名字，什么含义也没有……"

他笑着说：

"多美的名字呀！由于它太美了，所以才没有含义。没有含义的名字才能包括一切含义，而且它是那些使英国佬和美国佬醉心的动人名字中的一个，对他们卷曲的舌头来说，也容易呼唤些……"

她显出犹豫不安而又倔强固执的神情。他笑笑，接着说：

"亲爱的蒂蒂……别着急，到时候你什么都会明白的。难道你不知道明天你将成为一位遐迩闻名、光艳绝伦的女士吗？这是这间屋子产生的奇迹。你以为金银财宝会从天而降吗？不，亲爱的，在我们这个时代，天空只会降下炸弹片。现在你就收拾一下准备去做衣服。不过请原谅，我想起一桩重要的事儿，我应该陪你去参观一下我的学校——我是校长，亲爱的，不像你昨天说的那样是妓院老板。穿上这身衣服和这双绣花鞋吧。"

他从盥洗间取来一只蓝色的长圆形玻璃瓶，金属瓶盖上连着一根红色细皮管。他将皮管口对着她的脸，不断挤压皮管，往她脸上喷洒香水。起初她还紧张地使劲吸着闻着，一会儿便平静下来，舒适地任他喷洒。他给她穿上衣服，又给她拿过绣花鞋，让她穿上，然后挽着她的手臂，走出房门，穿过外厅，一同来到右边第一扇门。他告诫她说：

"你别羞涩和胆怯……我知道你有胆识，什么也不怕的……"

他的告诫使她清醒过来，严肃地看着他，轻蔑地扬起头。他笑道：

"这是学校的第一班……阿拉伯舞蹈班。"

他打开门，两人走了进去。她看见，这是一间建筑漂亮、大小适中的屋子。打蜡地板，除了左边放着几把椅子和角上一个大衣架外，几乎没有其他家具。两个姑娘坐在紧挨着的两张椅子上，一个身穿白绸衫，束着紧腰带的青年站在屋中央。屋里人目光投向两位来客，微笑着向他们致意。法尔吉·易卜拉欣用那种显得很有权力的语调大声说：

"早上好……这是我的朋友蒂蒂……"

两个姑娘低头致意，那男青年用沙哑的带女音的声调说：

"欢迎，姑娘。"

蒂蒂多少有点儿惶惑地回答问候，她久久盯住那个怪异的青年。与表面印象不同，实际他已近三十岁，面孔丑陋，斜眼，脸上涂着化妆墨、口红、脂粉等女人用的化妆品，涂着凡士林的鬈发闪闪发亮。法尔吉·易卜拉欣笑着向她介绍道：

"苏苏，舞蹈教练……"

苏苏像要用自己的特有方式做自我介绍似的，他指指坐在一起的两位姑娘，挤了挤眼，两位姑娘便一齐用手掌打着节拍，教练像蛇一样扭动身子。那轻快、柔软的动作真令人吃惊，她简直以为他全身都没长骨头和关节，或者说他是一块可以随意揉捏的橡皮泥。他全身都在不停地抖动，臀部、腰部、胸部，以及脖颈和双眉……没有一处不动。他目光猥琐而迷乱，露出一口金牙放荡地笑着。最后他猛地一抖，结束了他全身艺术性的扭动，站直了腰，两位姑娘也停止了打节拍。苏苏并不想跳舞，只是想用舞姿向新来的女客致意。他问法尔吉·易卜拉欣：

"新学员？"

后者看着蒂蒂说：

"我想是的……"

"过去没跳过舞吗？"

"没跳过。"

苏苏高兴地说：

"这更好，法尔吉先生。她没跳过舞，就好比一块软膏，我怎么塑造都可以。那些不是正规学过跳舞的，教起来可费劲啦。"

说完，便盯着蒂蒂看，不断来回上下摆动他的脖子，用挑逗的口吻说：

"姑娘，你以为跳舞是闹着玩的吗？……对不起，亲爱的。这是艺术中的艺术，它的教练享有乐园般的无限快乐，作为他辛勤劳动的报酬，你瞧……"

他突然又猛地抖了一下身子，随后得意地看着她，并恳求似的问她：

"你不脱掉这身衣服让我看看你的身体吗？"

法尔吉止住他说：

"不，现在别……"

苏苏遗憾地撅撅嘴，问她：

"你害羞吗，蒂蒂？今后我就是你的姐姐苏苏！你不欣赏我的舞蹈吗？"

她竭力压抑住内心的不安，想表现得平静、冷漠，甚至满意，便笑笑说：

"你跳得真好，苏苏……"

苏苏满意地拍手说：

"你真是个好姑娘。生命转瞬即逝，蒂蒂！人生最美好的莫过于听好话了。有什么东西对人是长久的呢？一个人去买一瓶凡士林，他不知道这是为他自己的头发而买的，还是为他继承人的头发而买的呢！"

两人离开房间——阿拉伯舞蹈班，来到前厅。他又把她带到隔壁的屋子。他觉得她的双眼在盯着自己，但他明智地装作没看见，走到门口，悄悄地说：

"这儿是西方舞蹈班……"

她默默跟他进屋。她明白，退缩已不可能，过去已被今天取代，只好听任命运摆布。她暗自思忖："我真能得到希望的幸福吗？"她发现这间屋子在构造和布局上，跟刚才那间差不多，只是这间屋充满了喧嚣和活力。留声机里播送的刺耳的怪音乐，她听了直觉得恶心。姑娘们成双作对地在跳舞，一个衣着考究的青年站在一旁仔细观察和指点。两个男人互相打了招呼，姑娘们仍一边跳舞，一边打量着哈米黛。她看着舞场，看着跳舞的姑娘们，对她们华丽的衣饰赞叹不已，很快便忘却刚才的思绪，内心不由产生了一种自惭形秽的感觉，继之又发出一股希望拼搏的强烈冲动。她看了看身旁那男人，见他依然是那么端庄自若，眼中显出很有权力的高傲神情。他突然转脸看着她，似乎是被她的目光吸引过来，俯身笑着问她：

"你欣赏这一切吗？"

她控制住感情，淡淡地说：

"太欣赏了……"

"你喜欢哪种舞蹈呢？"

她笑笑，没回答。两人沉默片刻，离开房间，走向第三个房门。这时她表现出关注的神情，门刚推开，她就惊呆了。只见一位一丝不挂的女郎站在屋中央，哈米黛对她凝视良久，房间里别的她什么都没看见。她感到奇怪的是，那裸体女郎一直站在那儿，似乎没觉察到有人进来，她沉着地，然而却是放荡地看着他俩，嘴边露出一丝微笑，像是在向他俩，或者确切地说是在向他致意。这时她才听见有低语声，她左顾右盼，发现屋子里有不少人，左边靠里一排椅子上坐着一群半裸体的漂亮姑娘，屋中央一丝不挂的女郎身旁站着一位穿着讲究的男人，右手握着一根指示杆，杆尖冲着他的脚前端。法尔吉·易卜拉欣见她惊讶，便向她解释说：

"这是英语讲授班。"

她怔怔地盯着他，像在说："我什么也不明白。"他暗示她别着急，随即向手拿指示杆的男人说：

"请继续上课，先生！"

那人表示服从地说：

"这是听力课。"

他轻轻举起指示杆，用杆尖指着女郎的头发，女郎便说一个奇怪的词"海尔",他指她的额头,她便说一声"弗莱德",然后他又指指她的眉、眼、嘴,全身上下左右前后,每指一处,女郎便用哈米黛从未听过的奇怪语言回答这无声的提问。哈米黛越来越感到惊讶和不安,她想:"这女郎怎么能在大庭广众中一丝不挂呢?法尔吉·易卜拉欣瞅着这赤裸裸的身子竟然这么若无其事?"她感到热血直往上涌,脸上一阵阵发热,她飞快地瞟了他一眼,只见他对那聪明的女郎表示满意地直点头,嘴里不住说:"好……好……"然后又对那男人说:

"再表演调情。"

男人将指示杆放在一旁,和女郎用英语对话。女郎也用英语与他交谈,两人流畅地对讲了几分钟。法尔吉·易卜拉欣喝彩道:

"好极了,好极了……别的姑娘怎么样?"

说着用手指了指坐在一旁的姑娘们,教练回答道:

"都有进步……我常提醒她们,掌握语言不能光靠死记,主要靠实践。酒馆、公寓才是学习的真正场所,在这儿上课只是为了巩固已获得的知识……"

法尔吉一边看着那女郎,一边说:

"说得对……说得对……"

说完,向教员点头示意,随即挽着哈米黛的手臂一同离开房间。他们又一次穿过外厅,来到他俩的屋子。哈米黛紧闭着双唇,脸上表情木然,目光显得呆滞和茫然。她真想借机发一通火,这倒不是为了某种目的,只是想发泄一下压抑在胸中的感情。法尔吉一直沉默不语,走进屋他才温柔地对她说:

"我很高兴让你参观了我的学校,你自己亲眼看见了它的各个班级。也许你会觉得课程很艰难,不过你也亲眼看见那些灵活的姑娘,她们没有谁比得上你聪明、漂亮……"

她挑衅似的盯住他,冷冷问道:

"你想让我也像她们那样吗？"

他亲切地笑笑，狡猾地说道：

"谁也不能勉强你，一切由你自己做主。不过我应当向你讲清楚，完全是为你好。真的，我找到一位贴心朋友可是好运气，不用多指点她一切都会明白，安拉赐给她出众的美貌和超人的志向。假如今天是我激起了你的热情，但愿明天就该由你来刺激我。我太了解你了，看你的心就像看一页书那么清楚，我可以肯定告诉你，你会学会舞蹈和英语的，在最短的时间里学会一切该学的东西。打从开始，我便与你推诚相见，什么也不瞒你。因为我真心爱你，相信你是骗不了，也压不服的。你愿怎么就怎么吧，亲爱的！跳还是不跳，卖身还是守节，留还是去，一切由你，我不勉强……"

他的话没有白说，解除了她的愁绪，她的神经松弛多了。他挨近她，将她的手拉在自己的双手中，温柔地捏着，说：

"你是生活赐予我的最大幸福……你多么美、多么迷人呀……"

他深情而妩媚地看着她的眼睛，紧紧攥着她的双手，把它放到自己唇边，不断亲吻那纤细的指头。她顺从地让他亲吻，她觉得他的每一吻都在她神经中引起触电般的感觉，她的两眼终于闪现出欲望的火光。她热切地长长舒了一口气。他伸出双臂轻轻将她搂到怀里，感到她的乳房紧贴在自己胸前。那还是处女微微发硬的乳房，它像要扎进他的胸脯。他的两只手在她后背上下抚摩，她将脸伏在他的胸脯上，他轻轻呼唤："把嘴伸过来。"她抬起头，微张着嘴，他将嘴唇贴在她的嘴唇上，两人长时间地亲吻。她闭上眼睛，像微微睡去一般。他轻轻将她托起，像抱婴儿般把她抱在怀里，慢慢朝床走去。她使劲晃了晃悬空的双脚，把绣花鞋也抖掉了，他把她放在床上，翻身压在她上面，两手撑着身子，凝视着她泛着玫瑰般红晕的脸颊。她睁开双眼，和他的目光碰在一起。他冲她妩媚地一笑，而她则始终温顺地望着他。其实，他始终控制着自己的感情，尽管表面不是这样。他的思想比他的感情更起作用，他决心按照不可更改的计划行事。他站起身，竭力掩饰脸上狡黠的笑容，用克制欲望的语调说：

"不，别急……美国军官为一个处女肯花五十镑的大价钱……"

她吃惊地望着他，眼中温顺的目光迅即消失，重新闪出严峻、渴望厮打的神情。她一个翻身坐到床沿上，然后迅速下地，就像一条被激怒的蛇一样站在他面前。她暴烈的本性突然被激发，她猛地抬手照他脸上狠命一巴掌打去，清脆的声音在房子四周回响，他僵站在那儿几秒钟，随后向左撇了撇嘴，嘲讽地笑笑，出其不意地举起手在她右边脸上死命扇了一个耳光。在等她清醒过来之前，他又举起左手在她左边脸上狠狠扇了一巴掌！她的脸刷地变了颜色，嘴角不住地颤动，全身剧烈抖动，像野兽般扑到他胸前，伸手死命掐住他的脖子。他平静地承受她这疯狂的举动，没表现出一丝对抗，而是用两臂抱着她，紧紧搂在胸前，几乎使她透不过气来。她的手指变得软了，渐渐放开他的脖子，移向两旁，贴在他的肩膀上，缓缓抬起那血红色的脸和战抖的充满渴望的嘴唇……

第二十七章

黑暗笼罩着梅达格胡同,四周死一般沉寂,就是卡尔什咖啡馆也打了烊,顾客早已散去。在这夜深人静的时分,面包房里闪出假残制造者宰塔的身影,他又开始按照惯例出去夜巡。他穿过梅达格胡同来到萨那迪格胡同,迅即朝左拐,直奔侯赛因清真寺。朦胧中半路上差点儿撞倒迎面过来的一个行人,在苍白的星光下他看清了对方的脸,喊道:

"布什博士!……上哪儿去?"

博士急急答道:

"我正要去找你哩。"

"又有人要搞假残啦?"

博士悄悄说:

"比这还重要,阿卜杜·哈米德·塔里比死了!"

宰塔的两只眼睛在黑暗中闪闪发亮,关切地问:

"什么时候死的?埋了吗?"

"今晚刚埋的。"

"知道地方吗?"

"在凯旋门和去山里的小路中间。"

宰塔挽着博士的手臂，让他跟他一道往前走，同时再次询问：

"你没在黑暗中弄错地方吧？"

"不会的……我当时跟着送殡的队伍，一路上仔细观察，记清了道路。何况这条道咱俩都熟，不止一回在夜里走过。"

"工具带在身边吗？"

"放在寺院附近一个牢靠地方。"

"那墓地在露天还是室内？"

"入口处有一间带顶的小屋，不过墓全在露天。"

宰塔不无嘲讽地问：

"你跟死者熟吗？"

"不太熟。他是麦比德区的面粉商。"

"整套牙呢还是只有几颗？"

"整套的。"

"难道死者家属不会在下葬前把牙从口里掏走？"

"不会的。当地居民都十分虔诚，绝不会干那种事。"

宰塔摇摇头，遗憾地说：

"人们把死者的财宝放进坟墓的时代一去不复返啰！"

博士也叹息着说：

"咱们可没赶上那时代！"

两人在夜色中默默走到贾玛利叶胡同，途中与两名巡警擦身而过，随后来到凯旋门。宰塔从兜里掏出半截香烟点燃，使劲儿地吸起来，布什博士对他划亮火柴很恼火，便狠狠对他说：

"见鬼，怎么这时候抽烟？"

宰塔没理他，自言自语似的说：

"活人身上什么也捞不着，死人身上好处也不多……"

两人穿过凯旋门，朝右走过一段两边全是坟墓的小路。四周显得异常凄凉，寂静得可怕。走到三分之一处，宰塔说："那就是寺院了。"布什瞧瞧周围，侧耳细听了一会儿，走近寺院，小心翼翼地避免发出声响。他沿着门旁的墙根摸索，找到块大石板，双手将它挪开，从土坑里掏出一把小锄和一支用纸包好的蜡烛；然后回到宰塔身旁，又一同往前走。路上他悄悄说：

"那墓地离去沙漠的路不远，中间只隔五个墓室。"两人继续往前，布什博士睁大眼睛察看路左边的墓地，心脏不停地跳动。忽然他放慢脚步，悄悄说："这就是那墓地了。"但他没停下来，而是催促他的伙伴继续往前走，同时说：

"俯视这条路的墓地的墙栏很高，再说这条路也不太保险，我们最好沿墓地绕到靠沙漠的一边去，再从后墙翻进去，正好到露天墓地……"

宰塔没表示异议，两人悄悄走到去沙漠的路边。宰塔建议坐下来休息一会儿，以便看见路上的动静。两人并肩坐下，四只眼睛仔细地观察。天空黑得伸手不见五指，四周一片荒凉，万籁俱寂。不远，星罗棋布的坟墓一眼望不到边。尽管他们已不是头一回冒险，但布什博士仍然控制不住自己的神经，两眼死死盯住前方的夜空，心脏不停地剧烈跳动，喉头也像被塞住似的，心情异常紧张。宰塔不动声色地呆呆坐在那儿，似乎什么也不在意。当肯定路上没有人时，他对博士说：

"把工具放在这儿，你到墓地后墙那儿等我。"

博士站起身，很不情愿地摸索着走向墓地后墙。天空只有微弱的星光，夜色中他贴着围栏前行，走到后面，他开始数栏杆，数到第五根，贼头贼脑地四下望望，然后蹲下来。他虽然没发现什么可疑的动静，不过心情依然紧张得很，感到十分害怕。不一会儿，他看见宰塔离他只有几米远，便小心地站起来。宰塔瞧了瞧围栏，低声对他说：

"你弯下腰，我踩着你肩膀上去。"

博士两手按在膝上，弯下腰，宰塔踩在他肩上，两手扶着围栏往上摸。当摸到栏顶时，便轻捷地翻上去，将小锄和蜡烛包扔进院里。然后把手伸给博士，拉他爬上栏顶，两人一同跳下去，站在墙根歇了一会儿。宰塔拾起地上的小锄和蜡烛包，两人已经习惯了微弱星光下的夜色，可以较真切地看清墓地和不远的两座坟茔。墓地那头是直通大路的门，门边有两间屋子，刚才他俩就是打那儿过来的。宰塔指着那两座坟茔问：

"是哪一座？"

博士用几乎是堵在嗓子眼里的声音回答：

"右边那座！"

宰塔毫不犹豫地走近那坟茔，布什战战兢兢跟在后头。宰塔猫着腰摸索到了墓穴，发现墓上还散发着新鲜的泥土气。他小心翼翼地用小锄将土刨到两腿的空当后面，持续不断地干着这对他来说并不陌生的活儿，直到刨出盖在墓穴顶上的石板。他将长袍撩起扎在腰间，用力挖起第一块石板，在布什帮助下将它推倒在一旁。然后又同样挖起第二块。露出的空隙已足够使他和他的伙伴钻进去。他一边走下石头台阶，一边对博士说："跟着我。"布什提心吊胆尾随他下去。通常在这种情况下，博士总是坐在石阶当腰，将蜡烛点燃，把它放在最后一级石阶上，然后闭着眼，把头埋在两膝中。他实在是不愿意走进这死人堆，他过去曾一再请求宰塔发善心，不要他进入墓穴。可是对方坚持要他参加每一步行动，否则就不为他效劳。宰塔内心是在用折磨他来取乐。烛光照亮墓穴，宰塔冷漠地看着穴中按去世时间整齐地一直排到头的裹着尸布的尸体，可怖的静谧似乎在诉说着永恒的消亡。但宰塔心中什么反应也没有，突然他收起冷漠的目光，注视着墓穴头上一具新埋的尸体。他蹲下来，用两只冰凉的手揭开死人的头布，然后将手指伸进死人口中，三下两下将金牙掏出，放在袋里。掏完后指头也被弄脏了。

他将死人头布盖好,离开尸体走到门边,见布什博士仍将头埋在膝间,蜡烛还在台阶上亮着,他鄙夷地朝他看了一眼,轻蔑地喊了声:"醒醒吧!"博士浑身战抖地抬头看了看他,伸手将蜡烛拿起吹灭,像逃跑似的迅速爬上石阶,宰塔也跟在他身后上来,但他还没来得及爬出洞口,就听见上面一声巨吼:"不许动!"随即传来布什博士的哀叫。宰塔一怔,双脚不由自主僵在原地不动,然后飞快退下石阶。他感到浑身发麻,不知该怎么办才好。他继续往回走,一脚踩在一具尸体上,往前猛跨了一步。站稳下来,发现前面无路可逃,他迅速闪过一个念头,想伏在尸体中间躲起来。但还没来得及动作,就被一道强烈的亮光照花了眼。随即听见一个带上埃及①口音的声音厉声喝道:

"上来,不然我就开枪了!"

他终于绝望了,乖乖投降,服从命令走上石阶。这时他早已忘了口袋里的那副金牙。

第二天黄昏,布什博士和宰塔在塔里比墓地被捕的消息传到了梅达格胡同。人们知道了他们被捕的原因,议论纷纷,不免感到吃惊和不安。赛尼娅·阿菲菲太太一听到这消息,便惊叫一声,从嘴里掏出金牙,摔在地上,同时发疯般地使劲打自己的两颊,然后昏倒在地。她的丈夫正在洗澡,听见她的叫声,心里一惊,顾不得全身是水,慌忙披上外衣,不顾一切地向她奔去。

---

① 指埃及南部地区,包括开罗南郊以南直到苏丹边境的尼罗河谷地。

第二十八章

格米勒大叔坐在铺门前的椅子上，脑袋耷拉在胸前，正呼呼酣睡，怀里放着蝇拂。他觉得秃脑门上有什么东西在爬动，以为是一只昆虫，便本能地伸手去拂赶。但他摸到的是一只人手，便生气地把它抓住，嘴里不断抱怨，同时抬起头要看看这位打断了他美梦的恶作剧者是谁。他的目光落在阿拔斯·侯勒维身上，他简直不敢相信自己的眼睛。他吃惊地凝视着阿拔斯，由于兴奋，那肿胀的脸变得更红。他想站起身，但阿拔斯将他按住了，用两手搂住他，两人热烈地拥抱在一起。阿拔斯激动地问：

"你还好吗，格米勒大叔？"

格米勒大叔兴奋地反问道：

"你怎么样呀，阿拔斯？……欢迎，欢迎……你走后我好寂寞啊，你这害人精！"

阿拔斯面带微笑地站在格米勒大叔两只手臂中间，后者用热烈的眼光端详着他。阿拔斯身穿一件白色衬衫，一条灰色西裤，头发梳得整整齐齐，看起来精神焕发，红光满面。格米勒大叔满意地大声说：

"愿安拉赐福！你现在变得真够神气的，杰尼①！"

阿拔斯从内心发出笑声说道：

"Thank you②……从今后不只是达尔维什长老才会说英语了！"

小伙子把目光转向亲爱的胡同，两眼落在原先是他的那爿理发铺上，见新的主人正在为一位顾客刮脸。他满怀深情地走近理发店，然后抬眼扫视那扇熟悉的窗户，窗户仍像他刚跨进胡同时那样关闭着。他心想：她是在家呢，还是外出了？当她打开房门，发现是他在敲门时，她会有什么反应？她一定会吃惊地望着他，而他一定会把她漂亮的脸蛋看个够！这是一生中多难得的一天啊！他注意到格米勒大叔在发问：

"你离开工作啦？"

"不，我请了短假回来。"

"你知道侯赛因·卡尔什的情况吗？他离家出走，结了婚，后来被解雇了，又拖着老婆和大舅子回到梅达格胡同。"

阿拔斯脸上露出遗憾的神情，说：

"真不走运！……这些天解雇了好多人！卡尔什老板怎么对待他呢？"

格米勒大叔撅了撅嘴说：

"还不是叫骂连天。不过，侯赛因和他的家属眼下还住在家里。"

他沉默了一会儿，突然又像想起了什么重要的事情，赶忙说：

"你还不知道布什博士和宰塔被捕了吧？"

然后，他向他讲述了两人因偷盗金牙在塔里比坟墓被捕的事，阿拔斯心里觉得难受，他认为宰塔犯什么罪都是可能的，但他对布什博士怎么会干出这种勾当感到不解！他记得博士曾说过，等他从大丘陵军营回来后要给他配一副假牙，想到这儿，他的嘴唇痛苦地、厌恶地翕动了

---

① 格米勒故意用英国人名称呼阿拔斯。
② 英语，谢谢你。

一下。

格米勒大叔赶忙转换话题说：

"赛尼娅·阿菲菲太太结婚了。"

他差点儿要说："就数你倒霉啦。"但他突然咽下了到嘴边的话，心怦怦直跳。这时他想起了哈米黛！打事情发生后，他就曾多次想到过今天这样的时刻，他奇怪眼下怎么会忘记应在见面时立即说的话！阿拔斯没觉察出他感情的变化，却又沉浸在希望和兴奋中，他往后退了两步说：

"我们以后再谈……"

对方不愿突如其来告诉他哈米黛出走的消息，只是小声问他：

"你上哪儿？"

阿拔斯边走边回答：

"到咖啡馆，去看看别的朋友……"

格米勒大叔两手撑着膝盖站起身，摇摇晃晃跟在阿拔斯的后面。当时正是黄昏，咖啡馆只有卡尔什老板和达尔维什长老。阿拔斯向老板打招呼致意，老板热情地欢迎他。他紧紧握住达尔维什长老的手，长老透过镜片微笑着端详他，却没说一句话。此时格米勒大叔忧心忡忡，不知怎么启齿把那令人伤心的事告诉他才好，他请求阿拔斯说：

"你是不是跟我到店里来一下……"

阿拔斯对朋友的请求犹豫了片刻。因为数月来，他一直焦急地盼望着探家访友。然而，他禁不起格米勒大叔一再请求，只好去跟他小坐片刻。他内心虽不乐意，却亲切地微笑着随他返回店中，刚肩靠肩坐下，他就愉快地对格米勒大叔说：

"大丘陵军营的生活真不赖，每天连续不断地干活儿。挣的钱也多。我从不乱花钱，生活也很简朴，跟在梅达格胡同差不多。就是大麻烟也只尝过几次，尽管这东西在那儿跟水和空气一样普通。我买了这个……瞧呀，格米勒大叔……愿你也早点儿娶个媳妇……"

他从裤兜里掏出一个小盒子，把它打开，里面是一条类似鸡心形状的精致的金项链，他的两只突出的眼睛闪着亮光，往下说：

"给哈米黛买的，知道吗？这个假期我将要跟她登……"

他预计格米勒大叔会跟他搭话，然而，对方却始终默不作声，甚至尽量避开他的目光。阿拔斯马上注意地望着他，这才第一次发现他脸上忧郁难看的表情。格米勒大叔不是那种能巧妙掩饰内心秘密的人，心里想什么都在脸上表现出来。阿拔斯当即沉下脸，心中感到不安。他关上盒盖，把小盒放回裤兜，怔怔地望着格米勒大叔，由于担心出什么事，他的心都紧缩在一起了。他怕自己那颗真挚愉快的心会因预料不到的失望而冷却。他心里难受极了，朋友忧郁的脸上分明表现出令人沮丧的神情，对方的沉默他再也忍受不了，便喃喃地问他：

"你怎么啦，格米勒大叔？……你不像我了解的那样了。你怎么变成了这样子？为什么不看着我呢？"

格米勒大叔缓缓抬起头，用一双忧郁的眼睛看着阿拔斯，想要开口讲话，但嗓子眼儿像被堵住了说不出。阿拔斯惊慌极了，感到发生了什么悲剧，欢乐和希望之光在他心中熄灭了。他决然地说：

"发生了什么事，格米勒大叔？你想要说什么？你肯定有什么要说的，有许多话要说，你别再折磨我了。是不是哈米黛……肯定是她出了什么事！要讲你就讲吧，别老不说话让人难受，有什么你都一股脑儿说出来吧！"

对方咽了咽唾沫，用低得几乎无法听清的声音说：

"她不见了！她失踪后就再没回来过。没人知道有关她的事！"

阿拔斯惊惶不安地听格米勒大叔叙述，一字字像石凿般印在脑子里。然而，思想却像蒙上一层迷雾，就像突然间发高烧，什么也不清楚似的，他急切地问：

"你说些什么，我一点儿也听不明白。失踪、没回来过，你指的是什么？"

格米勒大叔痛苦地说：

"坚强点儿，阿拔斯。安拉知道我是多么悲伤，打一开始我就为你担忧，但却无能为力，哈米黛不见了，一点儿消息也没有。一天黄昏，她像平时那样出去后就再也没回来。大家分头去找也毫无结果。我们已报告了贾玛利叶警察所，也去过阿尼宫街查询，仍然没一点儿线索。"

阿拔斯脸色刷地变得苍白，僵坐在椅子上，一动不动，一句话不说。他觉得一时间陷入了绝境，他的心里不是预料到有什么悲剧要发生吗？是的，现在证实了这一点，真是奇怪……他说什么来着？……哈米黛不见了？难道一个人能像一根针或一枚钱币那样一会儿就不见了吗？假如他说她死了或嫁人了，他不平静的心反倒有个结局。失望总比疑惧、折磨好受些，现在他该怎么办？他想失望都不能。他猛然清醒过来，浑身因激动而战抖，两只发红的眼睛望着格米勒大叔吼道：

"哈米黛不见了！你们做了什么努力？通知贾玛利叶警察所？到阿尼宫街查询？安拉奖赏你们！此外你们干了什么？各人干各人的事，就像什么事儿也没发生！安拉多仁慈啊！一切都没了，你卖你的糕点，她母亲继续敲新娘子的门，哈米黛完了，我也完了。你还有什么说的？把知道的都告诉我！她怎么失踪的？发生在什么时候？"

朋友那么激动、那么发愁，使格米勒大叔深为不安，他伤感地说：

"孩子，她失踪快两个月了，这件事大家都感到痛心。安拉知道，在寻找和查访上我们没少花力气，但一点儿结果都没有。"

阿拔斯两手狠狠一拍，热血直往脸上涌，两只眼睛显得更加突出，自言自语地说：

"快两个月了！……安拉……已经过了好长时间，一点儿线索也没有。死啦？……溺水啦？……还是被绑架？……谁知道？……告诉我，人们是怎么议论的?"

格米勒大叔忧伤、然而亲切地望着他说:

"人们有各种各样的猜测,但后来都认为她成了某个事件的牺牲品,现在大伙儿什么也不说了。"

阿拔斯悲痛地说:

"自然……自然……她不是你们任何人的女儿和亲人,就连她妈也不是亲的。她究竟发生了什么?这两个月中,我幸福地梦想着。瞧,一个人怎么在梦想幸福的同时,悲剧却在嘲笑着等待他,等他清醒时残酷地将他的命运摧毁!也许,当我晚上甜蜜地思念她时,她正在汽车轮下被碾死,或在尼罗河底挣扎……两个月,哈米黛……真是一切都无能为力,全靠安拉!"

说完,站起身用脚狠狠踹了一下地面,说:

"我出去一下。"

格米勒大叔急急问道:

"你要做什么?"

阿拔斯淡淡地说:

"找她母亲……"

他蹒跚跨出铺门时,想起刚来时那样兴高采烈,如今却垂头丧气,万念俱灰。他愤愤地咬了咬嘴唇,双腿僵在那儿迈不开步,痛苦到了极点。他转身看了看朋友,只见他正眼泪汪汪地凝视着自己,他再也忍不住,猛扑过去,一头倒在格米勒大叔怀里,像个孩子似的、失望地放声大哭……

他对她的失踪难道真的没有一点儿怀疑吗?难道没产生过恋人们在这种情况下通常会有的猜测吗?说真的,他怀疑过,也猜测过,不过都是想想而已,不再深究。他生性善良,不喜欢怀疑人,他属于那种总爱为别人开脱，用最小原因解释最大错误的少数人中的一个。爱情没能改变他的这种本性，反而使它得到加强，忌妒和猜测也没使他变得更加敏感。他太爱哈米黛了，他善良的天性使他不能不对她信任和放心。除此以外，他认为他的恋人是这个他并不太了解的世界上的最完美的姑娘，他从没对她产生过怀疑，怀疑的种子也压根儿就不能在他心中萌发。当天他去见她母亲，但她也不能告诉他更多的情况，只是哭着诉说了格米勒大叔所讲的那些，她诡称女儿一直焦急地盼望他归来。她的谎言使他更加伤心，他像痛苦地前来时那样，心碎地离去。他拖着两条沉重的腿，走出梅达格胡同。火红的晚霞印在天边，这正是以往他看见她倩影的时刻。每天这时她都出来散步，他神不守舍地往前走，眼前似乎出现了紧紧裹着黑袍的她的身体和那对水灵灵的大眼睛。他想起楼梯上的吻别，长叹了一口气，忧伤而失望地想道："她现在在哪儿呢？在干什么？是活在世上呢，还是葬在慈善公墓？主啊！整整这段时间里，我怎么会这么心安理得，既没料到出事，也未听见消息？怎么会只沉浸在梦幻之中，埋头干活儿，却从来不防备她的明天隐藏着灾祸？"周围拥挤的人群使他回过神来，他看了看街道，发现已来到她最喜欢的到处是人群和商店的穆士基大街。这里一切景象如旧，只是物是人非，缺少了她，就像过去这儿并不曾有过欢乐。他感到心中隐隐作痛，真想放声恸哭，然而却没哭出来。他在格米勒大叔怀里已经哭过了，紧张的神经多少松弛了些，现在只是静静地承受内心深处的痛苦。眼下他应当问自己，他该怎么办？到警察所和阿尼宫街查询？这有什么用呢？到开罗大街小巷去呼唤她的名字？一家家去敲门？安拉呀，他是多么无能，一点儿办法也没有。那么，忘掉一切回大丘陵军营吧！可是为什么要回去呢？他是为了什么才离乡背井，去忍受孤寂的呢？为了什么才不停地干活儿攒钱呢？缺了哈米黛，生活将成为毫无意义的负担，他心中的一切感情都淡漠了，只有沮丧和麻木在吞噬他的心。这时，他觉得像是生活在一块空地上，四周耸立着失望的高墙。他一直本能地生活着，不懂得本能以外还有什么。他忠实于生活的基本法则，认为爱情是他生活的核心，是他生命的延续。一旦失去它，便失去了与生活联系的因素，便会像太空中的一粒尘埃飘忽无着。生活总是将痛苦的汁液吮吸掉，哪怕是在绝境中也变着法儿引诱你附着它，要不是因为有生活，他就会结束自己的生命的。他漫无目的在街上彷徨，似乎觉得他再也找不到目的。不过他还有一丝意识在活动，在街上，他瞥见工场的女工们正下班往这边走。他不知不觉迎过去，挡住她们的道。她们吃惊地停下来，但并不费劲儿就记起了他。他毫不迟疑地对她们说："晚上好，姑娘们，请别责怪我。还记得你们的朋友哈米黛吗？"

一个姑娘说：

"我们全记得……我们还记得她突然就不见了，打那以后就再没见到过她！"

他又悲哀地问她们：

"她是怎么失踪的，难道你们一点儿都不知道吗？"

另一个姑娘眼中射出狡黠的目光，说：

"具体不大清楚。不过失踪那天她母亲来问我时，我跟她讲了，我们好几次看见她跟一位先生在穆士基大街上走……"

阿拔斯听后颇为惊讶，浑身发抖，紧追着问：

"你看见她跟一位先生在一起？"

姑娘们见他神态严肃，便不再表现出狡黠和嘲讽的眼神，并且装得一本正经。那姑娘又说：

"是的，先生。"

"你把这些告诉她母亲啦？"

"是的……"

他向她们道过谢便走了。他不怀疑，她们将把他作为下一段路程的谈话资料,也许她们会嘲笑那到大丘陵去为恋人积聚财富的糊涂青年。他一心一意为了她,可她却爱上了别人,跟别人跑了。是啊,他真是糊涂! 也许这地方所有的人都在说他糊涂。格米勒大叔同情他,却向他隐瞒了真情,乌姆·哈米黛同样如此,不过他们能不这样做吗? 他变得清醒些时,自言自语说:"一开始我就这么想来着。"然而他并不相信自己的忖度。他的怀疑仅仅是一闪念,可现在,他不得不再次记起当初这一闪念的怀疑了。不过他随即叹了口气,神经质地将手掌放开又攥拢,自问道:"安拉,我怎么能这么想? 哈米黛真的跟一个男人私奔了吗? 谁会相信呢? 这么说她没有死,也没有发生意外,他们到警察所和阿尾宫街查询是大错特错了。他们想不到,现在她正舒适地睡在把她抢走的那个男人怀里。但她对我许诺过,接受了我的爱情,难道她欺骗了我? 或者说,后来她认为爱我是一个错误? ……她怎么认识那位先生的? 什么时候爱上了他? 是什么魔力诱惑她大胆地跟那位先生逃走?"他脸色阴沉,浑身发冷,眼神忧郁,不时闪射出愤怒的光芒。一个念头进入他脑际,他抬头望了望街道两旁房屋的窗户,心想:"也许她现在正在哪个屋子偎依着那男人呢?"随即内心升起一股怨恨之火,代替了心中的疑问。由于强烈的忌妒,他的心都快窒息了。不过,由于失去希望和幻想产生了失望感,这比忌妒本身强烈得多。忌妒的根源是骄傲和自尊,阿拔斯不骄傲也不自高自大。然而他却满怀希望,喜欢幻想。如今希望消失,幻想破灭,怒火突然爆发。但他不知道这愤怒却对他有好处,使他没有沉溺于那黯然神伤的忧伤中,他总有一天会向她报复的,哪怕是向她吐唾沫或投以鄙夷的眼光。实际上,在当时的盛怒中,他所想的只是报复,他真想用一把尖刀刺进她背叛的心房。现在,他总算明白她每天黄昏出去的秘密,原来她是在向街上的豺狼显示自己! 不过她肯定是对那位先生着了迷,不然不会抛弃他而跟他私奔! 想到这儿,他痛苦地咬紧嘴唇,转身往回走。一个人孤孤单单地这么来回走，已经使他忍受不了。他的手摸到裤袋里的小盒子，不禁发出一阵干笑，笑声中含着嘲弄和愤怒的感情：但愿他能用这金项链把她勒死！他想起在珠宝店选购首饰时激动得心都快跳出来的情景，心头像春风般掠过一丝快意。然而在他满腔怒火的胸中，春风迅即化作狂暴的热风……

第二十九章

赛里姆·阿勒瓦先生刚在他办公桌上的合同上签好字，坐在对面的外国经纪商马上紧握住他的手，说：

"祝贺你，赛里姆贝克。这是一笔巨大的财富。"

说完起身告辞。赛里姆先生眼睛盯着他，直到那人的身影从代办处门口消失。不错，这是一笔盈利可观的交易。本来他只要与对方一笔成交，推销掉囤积的茶叶就满足了，不想还赚了许多钱。这使他彻底打消了后顾之忧，特别是在他的健康状况已不能再承受黑市交易中的风险和劳累的时候。然而，他内心还在愤懑地想道："巨大而可诅咒的财富，如今我生活中的一切都是可诅咒的。"确实，他已不是原来那位赛里姆先生了，眼下只不过是一具在风雨中飘摇的行尸。他的神经尤其搅得他精疲力竭，似乎要把他折磨死，使他老是不停地想到死，死成了他的最大忧虑。他原本并不软弱和怯懦，但精神的崩溃使他失去了信念和勇气。他不停地想到弥留的时刻——他在病中尝到了它的部分苦头，他回想起死去的亲友们弥留之际的情景。那无可奈何的痛苦的卧床，胸脯上下起伏，喉头不时发出咕噜咕噜的声音，眼前一片漆黑，就在这痛苦的挣扎中，生命从身体的各个部分一点儿一点儿消失，最终，灵魂离开了躯体。这一切果真会那么容易地发生吗？人的一片指甲如果被拔掉，还会痛得发疯呢，何况失去灵魂和生命，那会怎么样？只有弥留者本人才知道这痛苦，旁人只能感觉到弥留的表象。至于它对灵魂和身体的影响，则永远成为死者心中的秘密，这秘密同人一道葬入坟墓，死者对尘世痛苦的最后记忆，一定是空前惨痛的。假如死者能诉说弥留之际的痛苦，人就不会有一刻活得快活，而会在寿终正寝前就惊恐而死。他多么希望安拉使他成为有幸因心脏病突然发作而死去的人中的一个，这种人无论在活人和死人中都最幸福。他们在谈话、吃饭、起身或走路时突然死去，他们似乎是在与弥留捉迷藏，趁其不备便悄悄溜进了永恒的门庭！……然而，他因为与这幸福的死法无缘而颇感失望。以前，他曾亲眼看见父亲去世，整整半天的弥留，其痛楚之状简直使他与弟弟吓得头发都要变白。如今他惊恐地觉得这情景就要落在自己身上。谁能相信，赛里姆·阿勒瓦先生，一个幸福强健之人，如今竟会产生这种念头，成为恐惧心理的俘虏……弥留并非唯一使他惊恐的事，他迷迷糊糊的头脑还想到了死亡本身，他长时间思考死亡方式，并且做出哲理性的解释。他的想象和传统文化观念，使他相信人死后还会有部分知觉，人们不是说"死者的两只眼睛看着他周围的亲人"吗？他断定，他能看到死亡的发生，能感到永恒的消失将他吞没。他的感觉将与墓室的黑暗和孤独，与他的尸骨和寿衣，甚至与他的窒息和内心对尘世、亲人的渴望和眷恋联系在一起！……他眼前呈现出这一切，不禁心头一阵紧缩，额上冷汗涔涔，他自然也没忘记死后的复活、清算和受刑。啊……死后进入乐园，这段距离是多么遥远呀！

因此，出于恐惧和失望，他拼命抓住生命之线不放，尽管这生命已失去任何享受的乐趣。他在生活舞台上的作用，除了查看账簿和签订合同外，什么也没有。他痊愈后，仍不断求医，医生肯定他已安然无恙，不过仍劝他小心谨慎，注意保养，遇事随和，不可大意。他不断诉说失眠和恐惧之苦，医生指点他去找神经科大夫。此后，他便在神经科、心胸科和脑科大夫之间穿梭来去，病痛使他了解到一个其广阔和拥挤程度不亚于我们人类世界的细菌世界及其潜在的危险。说也奇怪，他并不相信医学和医生，然而在病重时不得不求助于他们，也许这一信念是使他神经不得安宁的原因之一！

当他处于这种幻想的火狱时，他的生命的天地似乎缩到小得不能再小，当他工作时和思绪平静时，他又好像是专为损害与周围人们的关系而活着。他不是跟自己过不去，就是跟别人过不去，代办处职工打一开始就明白，他们的主人已经变成一个怪异而讨厌的人，他的副手在为公司服务了二十五年之后，辞去了职务，留下的人忍气吞声、无可奈何。梅达格胡同的人说他是半个疯子，哈丝尼娅老板娘毫不掩饰她的幸灾乐祸，说："安拉知道，那全是炒麦饭的报应！"一天，格米勒大叔出于好心，问他：

"先生，是否让我给你特制一盘糕点，好使你健康长寿？愿安拉保佑！"

但先生暴跳如雷，大吼道：

"离我远点儿，你这老乌鸦，瞎了眼的，难道你疯了吗？你这种人跟牲口差不多，只求胃口好，到时便……"

从此，格米勒大叔不论好歹再不跟他打交道了。

妻子成了他泄怒的对象，他将自己身体和精神的变化全归咎于妻子对他的所谓妒忌，他呵斥她说：

"你对我的健康恨得要命，这下好了，我身体垮了，你可称心了，你这条毒蛇……"

他更加胡思乱想，甚至疑心他当时想娶哈米黛的事传到她耳里。因为这种事是瞒不过众人眼睛的，那些爱嚼舌根的人总会把消息走漏给她的。因此他不排除妻子为了报复，对他做了"手脚"，导致了他身体的亏损和精神的垮台。他对此既未认真思索，也不用理智进行判断。不久，怀疑似乎真的成了事实，他愈加怒不可遏，决意进行报复。他粗暴地对待她，不断咒骂她、呵斥她。然而她却逆来顺受，默默忍受他的虐待。他发现虐待不见效，便又不断刺激她，侮辱她，终于使她再也忍受不了，不能沉默。她开始抱怨、叫屈、痛哭。一次，他鄙夷地、淡淡地对她说：

"我跟你过腻了，咱们摊开说，我要另找女人，再试试运气……"

妻子信以为真，差点儿急晕过去，她惊恐地跑到儿子们跟前，将丈夫的反常举动告诉他们。这事着实使他们惊恐不安，他们坚信，父亲已经陷入后果不堪设想的深渊。一天，他们前去看他，建议他——为了他的健康——将产业卖掉，静心休息，怡养天年。他当即明白儿子们的真正意图，这对他并不新鲜。他怒气冲冲，以从未有过的粗暴态度冲着他们吼道：

"我这条命是我自己的，愿意怎么活就怎么活，只要我觉得工作带劲儿，就要一直干下去，我看你们没安好心，以后别再劝我啦！"

说完故意干笑几声，随后用无神的眼睛凝视着他们的脸说：

"你们的妈没告诉你们我要另娶女人吗？这是真的。她简直快把我折磨死了，我要再讨个女人，以便得到安慰。假如婚后你们再有弟妹，我的财产足够使你们全都满足……"

他警告他们，说以后不再管他们了，他们每人应该依靠自己的收入生活。他愤愤地说：

"你们全都看到，我一天到晚尝的都是苦药，别人没理由花我的钱。"

大儿子说：

"父亲今天怎么对我们说这些不中听的话？我们都是你的孝顺儿子！"

他嘲笑地说：

"你们都是你们妈的儿子！"

他说到做到，此后再没给儿子们的房间添置过任何东西。过去家里那种闻名远近的丰盛菜肴如今再也没有了。自他得病后，他就没有尝过好饭菜，如今他让家里人——特别是妻子——全都跟着他受罪。他仍不断嚷嚷要另娶女人，以此来战胜妻子的沉默和持重。儿子们则经过协商，一致认为要在灾难面前同心同德，体谅父亲的苦衷，对他恪尽孝道。老大说：

"先别去管他，让安拉使他回心转意！"

当律师的老二却防患未然，他强调说：

"如果他真的要娶小，我们采取的防备措施再厉害，稍一疏忽，他也会很容易落入贪婪者的手中。"

哈米黛的失踪在他的一生中是一件可怕的事儿，尽管自他生病以来便没再提起过她，对她的感情已经淡漠。然而她失踪的消息却引起他的关心，他不安地向寻找她的人打听消息，当他听说她跟一个陌生男子私奔时，他激动得不能自制。这一天他一直在发怒，谁也不敢接近他。黄昏，他无精打采回到家里，晚上头痛得厉害，一直到天明还未入睡。他对私奔的姑娘恨得咬牙切齿，心中充满妒恨。他希望有一天看见她死在绞刑架上，眼球突出，舌头伸得老长，这样才能解除心头之恨。当他得知阿拔斯从大丘陵军营回来后，心情稍许平静了些，什么原因他也说不清楚。出于某种强烈的愿望，他将小伙子叫到家里，热情款待他，跟他亲近，关切地询问他的生活，只是避而不谈哈米黛。阿拔斯对他的亲热颇感高兴，衷心感谢他的关心，在他的感动下兴奋地和他说东道西。他则不时透过一双深陷的眼眶偷偷察看阿拔斯的神情。

在哈米黛失踪的头几天里发生了一件事，虽然本身微不足道，但应当写进梅达格胡同的历史。一天清晨，赛里姆·阿勒瓦先生在去代办处的路上碰见正去办事的达尔维什长老。先生早期曾是达尔维什长老的膜拜者,他很尊敬他,给他许多周济。但在病中却忽视了他,似乎不再感到他的存在。两人在代办处门口相遇时,达尔维什长老自言自语似的说:

"哈米黛失踪了。"

先生愣了一下,以为是在跟他说话,便禁不住说道:

"这跟我有什么关系?"

达尔维什长老继续说:

"她不仅仅是失踪,而且是私奔。也不光是私奔,而且是跟一个男人私奔。这在英文里叫作 Elopement……"他把字母一个一个分开来,读成 e l……可话还没说完,先生就吼起来:

"今天真是倒霉,碰到你这疯子,快走开,该挨安拉诅咒的……"

长老僵立在原地一动不动,像一个被人用棍棒吓呆了的孩子,随即放声哭了起来。先生则径自走进他的办公室。达尔维什长老站在那儿越哭越伤心,啜泣几乎变成了号啕大哭,惊动了卡尔什老板、格米勒大叔和那位老理发师。他们立即跑过来询问他为什么哭,并把他带到卡尔什咖啡馆,让他坐在椅子上,好言劝慰。卡尔什老板给他端来一杯水,格米勒大叔拍着他的肩,不安地说:

"除安拉外,绝无应受崇拜的,达尔维什长老,别再让我们难受啦……长老哭可不是好兆头……安拉怜悯你。"

但长老还是越哭越厉害,浑身战抖,上气不接下气,嘴唇紧张地紧闭着,手一个劲儿地扯他的领带,双脚不停地跺地。胡同里所有房间的窗户全打开了,人们惊讶地探出头,哈丝尼娅老板娘跑了过来。哭声传到代办处赛里姆·阿勒瓦先生耳里,他听得不耐烦,可又不得不听,他怒不可遏,心想他要哭到什么时候才停止呢?他竭力不去听,可又办不到,那哭声好像是专给他听和使他难受的,他觉得整个世界似乎都在号哭。一会儿，他冷静了些，觉得长老因他的话而大哭深感过意不去，不禁对他充满同情。他多么希望当时没发怒，没呵斥这位虔诚的长老，没在路上碰到他。要是他不理他，像别的尊敬他的人那样与他擦肩而过，他也就不会伤害他了！他懊恼地叹了口气，心想："像自己这样有病的人，理应讨好安拉，而不该伤害安拉派到人世间的贤人。"他暂时收起自尊心，起身离开代办处向卡尔什咖啡馆走去，不顾周围投来的惊讶的目光，走到号啕大哭的长老跟前，亲切地将手搭在他肩上，表示歉意地说：

"原谅我……达尔维什长老。"

第三十章

阿拔斯躲在格米勒大叔家闭门不出。他听见一阵猛烈的敲门声,便起身前去开门。侯赛因·卡尔什穿着衬衫和长裤站在他跟前,两只小眼睛像往常那样闪闪发光,不等他说话,便先开了口:

"你回来两天了,怎么不来看我? ……你还好吗?"

阿拔斯把手伸过去,淡淡地笑了笑说:

"你怎么样,侯赛因? ……别见怪,我并没忘记你,只是感到累极了,我们出去走走。"

两人一道上了街。昨晚阿拔斯彻夜未眠,白天又陷入沉思中,他在路上耷拉着脑袋,眼皮都睁不开。昨天发疯般的狂怒已消失得无影无踪,报复的念头也已荡然无存,剩下的只是内心深深的忧伤和失望。换句话说,那些令人难忍的形形色色的冲动,全变成了忧伤和失望。侯赛因问他:

"你知道吗?你走后我也离开了这个家。"

"是吗?"

"我在外面结了婚,生活得蛮不错……"

阿拔斯竭力表现得很关心说:

"感谢安拉……祝贺你……真不赖……"'

两人走到奥里叶胡同，侯赛因使劲跺了跺脚，大声说：

"真是一场泡影！……他们解雇了我，我不得已又回到了梅达格胡同。你怎么也被解雇啦？"

阿拔斯淡淡地答道：

"不……我请短假回来看看。"

侯赛因心中掠过一丝妒意，冷笑着说道：

"想当初我让你出去工作，你还不乐意。如今你倒干得欢，我却东跑西颠，失业在家。"

再没有人比阿拔斯更了解他朋友喜欢妒恨和伤人的本性了，他流露出不安地说：

"我们也干不了多久啦，人们都这么说。"

侯赛因的心情稍微好了点儿，接着怅惘地说：

"战争怎么结束得这么快？谁能料到这样？"

阿拔斯点点头，一句话不说，战争结束还是打下去，他留下工作还是被解雇，反正都一样，他压根儿就不关心这些。朋友的谈话几乎使他厌烦，不过他觉得总比一人独处和胡思乱想要轻松些。再说，听他说话——就像过去已习惯听他说话一样，也可以避免他发火。侯赛因继续说：

"怎么结束得这么快？……当时一切希望都寄托在希特勒身上，希望他能将战争永久打下去，然而不幸战争结束了。"

"你说得对。"

侯赛因大声嚷嚷：

"我们都不幸得很，不幸的国家，不幸的人们。我们只有在全世界打得热火朝天中才能得到一点儿幸福，这不可悲？除了魔鬼，这个世界没有人怜悯我们！"

他沉默了一会儿。这时两人已来到新铁路区，在拥挤的人群中缓缓前行，夜色已经渐渐降临。他叹了口气继续说：

"我多么想当一名作战的士兵！你想想，一个勇敢的士兵的生活多有意思。在战场作战，取得一个个胜利，能坐飞机、坦克，能进攻、杀人、抢掠逃难的妇女，可以搞到好多钱，能不受法律的约束喝得酩酊大醉。这才是生活，你不想当一名士兵吗？"

不，他一听到警报两腿就发软，常常是跑防空洞的先锋，怎么会想当一名作战的士兵呢？不过，他却真诚地希望他生来是个嗜血成性的军人，这样可以向伤害他、破坏他幸福的人报仇！他无精打采地说：

"谁不想呢！"

他注意到自己正在走的街道，脑子里思绪纷乱。主啊，时间怎么能从他心中抹去对这条街道的记忆呢？地面还印有她讨人喜欢的双脚的脚印，天空还散发着她令人心醉的呼吸中的香气。他似乎又亲眼看见她丰满匀称的身躯，他怎么也不会忘记这一切的！他蹙起额头，对自己如此眷恋不值得思念的人感到气愤，他紧闭着嘴唇，脸上显出严肃、冷峻的神情。昨天的愤怒又在胸中沸腾，应当不再眷恋，摒弃背叛他的人，根本不值得为那个舒适地躺在情敌怀里的人忧伤，甚至也犯不着为她生气。去她的吧，那颗背叛他的心，那使他精神和肉体都受到折磨的女人。他爱上了一个既不爱他又看不起他的人，终于遭到屈辱和不幸。这时，他从侯赛因的大声说话中惊醒，侯赛因用手碰了他一下说：

"犹太区。"

说着用手挡住他问：

"你知道菲塔酒家吗？……你在大丘陵军营不酗酒吗？"

阿拔斯简单地回答说：

"不酗酒怎么跟英国人打交道？你真是头笨山羊……酒能提神，对脑子有好处，来吧……"

说着，挽起阿拔斯的手臂走进犹太区。非塔酒家坐落在离街口不远的街的左边，像一家普通的中等商店，铺面四方形，右边摆着一张大理石面的长桌子。老板站在后面，身后的墙上是一排长长的架子，上面摆着各种酒瓶。屋子最里面堆放着大酒桶，长桌子上放着盛水瓶和杯子的大盘子。周围挤满了本地顾客：车夫、工人，还有许多打赤脚和半裸着身子像乞丐一样的人——因为乞丐也喝酒。店里其余地方放了几张小木桌，稍有身份或不能站着喝的老人、醉汉围着坐在一起。侯赛因见最里边有一张空桌，便领着阿拔斯走过去坐下。阿拔斯不安地默默环视这人声嘈杂的地方，目光落在一个十四五岁的孩子身上。孩子身材不高，却极肥胖，蓬头垢面，赤着双脚，他在人群中挤来挤去，手里端着满满一杯酒在呷，脑袋醉醺醺地东倒西歪。阿拔斯吃惊地瞪大眼睛，叫侯赛因瞧。侯赛因却不屑一顾地撇撇嘴，轻蔑地说：

"这是报童奥凯尔。白天卖报，晚上喝酒，虽是个孩子，可成年人像他这样的都很少。看见吗？笨瓜！"

他微微凑近阿拔斯说：

"一杯葡萄酒一个半基尔什，是我这样的失业者的最高享受。一个月前我还在芬什夜总会喝威士忌，世道真是变幻无常。不过也无所谓，一切全是命定！"

他要了两杯葡萄酒，老板放在一个托盘中端过来放到桌上，盘中还带有一瓶凉水。阿拔斯看着面前这杯酒，对他朋友，也对自己的新的尝试担忧地说：

"人家说这酒很伤人！"

侯赛因握住酒杯，鄙夷地说：

"你这么担心你的身体？让它不知不觉烧死你吧，我的先生。放心吧，它一点儿都不会损伤你的，来，干杯！"

说完，与他碰杯后一饮而尽。阿拔斯举杯呷了一口，随即厌恶地拿开酒杯。他觉得喉头像被火苗烧着一般，紧皱着脸，就像一个被儿童手指捏着的橡皮娃娃的脸一样。他喷喷地说：

"真难喝，又苦又辣……"

侯赛因显得自豪地大声嘲笑他，轻蔑地说：

"勇敢点儿，伙计，生活比这酒还苦，后果还不堪设想呢……"

说着，把酒杯端到阿拔斯唇边说：

"快喝下去，别洒在衣服上。"

阿拔斯一口一口往下喝，直到喝完，他难受地吐了一口气，一会儿就觉得肚子里发热，热量很快扩散到五脏六腑中，酒劲儿随着血液流进血管，传遍全身，直到大脑。他昏昏沉沉，觉得世间的重负在他身上稍稍减轻了些。侯赛因嘲笑他说：

"今天你喝两杯就够了，别再多喝……"

他又为自己要了一杯，说：

"现在我住在父亲家里，老婆、大舅子也在一起，大舅子在工厂找到了工作，今天或明天就离开我们。父亲建议我帮他经营咖啡馆，每月三埃镑，就是说我每天从清晨干到半夜，一个月才三埃镑！……但对那大烟鬼疯子能说些什么呢？……所以你看到了，世界在跟我作对，激起我的愤怒和仇恨。我只有一个回答：要么过好日子，要么把整个世界全毁掉。"

阿拔斯开始产生了一种奇特的舒适感，这比他一整天的忧伤和思虑好受多了。他问朋友：

"你没攒下钱吗？"

侯赛因愤恨地说：

"一分钱也没攒！我原在瓦依利租了一套干净的房间，有水有电，还有一个小女仆，她总是恭恭敬敬喊我'先生'。我常去电影院和歌舞剧场。钱我没少挣，也没少花，这就是生活。岁月在流逝，把钱留下做什么？不过，人应该到死也有钱，假如办不到，只有诅咒埃及了。如今除了老婆的首饰外，我只有一点点钱了。"

说完又拍了拍手要来第三杯酒，并一本正经地说：

"更糟的是上星期我老婆一直呕吐……"

阿拔斯假装关切地说：

"那不要紧吧！"

"不要紧，可也不是小事。母亲说那是怀孕的反应，好像胎儿不满意等待着他的生活，不愿降生到这世上来而和母亲作对似的……"

由于对方说得太快，太含糊，阿拔斯没有全听懂，他也不再专心听他讲。在尝到短暂的舒适感之后，一阵忧伤突然向他袭来。对方看出他心不在焉，面色忧郁，便不悦地问道：

"你怎么啦？……你不在听我讲……"

阿拔斯伤感地说：

"再给我要一杯……"

侯赛因高兴地满足了他的愿望，并用疑虑的目光注视着他，说道：

"你心里不痛快，我知道原因……"

阿拔斯一阵心跳，忙说：

"绝对没有的事，你尽管说你的，我听着……"

他没理睬他，而是带着鄙夷的口吻说：

"是因为哈米黛……"

阿拔斯心跳得更厉害，好像已经喝了第三杯酒似的，全身热血沸腾，爱欲、忧伤、愤怒一齐涌上心头，他激动地说：

"是的，是为哈米黛。她跑了，一个男人把她抢跑了，耻辱、不幸！"

"别像傻子那样发愁了，那些女人没跟人跑的男人的生活难道又好得了多少？"

阿拔斯已激动得难以自持，下意识地说道：

"她现在在做什么呢？"

侯赛因嘲笑地回答说：

"她在做所有跟男人逃跑的女人都会做的事！"

"你拿我的痛苦开玩笑？"

"你为她痛苦，简直荒唐。告诉我，你是什么时候知道她跑的？昨天晚上？你现在应该把这事儿忘了……"

这时，那饮酒的报童奥凯尔做出一个动作，引起人们的注意。他喝多了酒，歪歪扭扭走到店门口，回头用神不守舍的眼光做出高傲的样子看着大家，咕咕哝哝地说：

"我是奥凯尔，流浪汉的头儿，男人们的主。我喝够了，心里真痛快。现在我就去找我的情人，你们谁反对？……金字塔……埃及……俱乐部……"

他咕哝着走出了酒店，身后引起一阵哄堂大笑，侯赛因则恼火地皱了皱眉头，眼中闪射出凶光，他呸地一口唾沫吐到奥凯尔站过的地方，嘴里不住地谩骂。任何一点儿挑衅——哪怕是闹着玩，也足以引起他的愤怒，挑起他内心的敌意。假使奥凯尔离他近，他非抓住他拳打脚踢，或是掐他的脖子不可。他看了看阿拔斯——他正在饮第二杯酒，似乎忘了刚才的话头，愤愤地说：

"这就是生活，不是拿木棍做游戏玩……你懂吗？"

阿拔斯没理他，心里在想：

"哈米黛不会回来了，从我的生活中永远消失了，她回来还有什么用？一旦有一天我见到她，非啐她一脸口水不可。这比杀死她还厉害。那该死的先生，我要扭断他的脖子！"

侯赛因又在说：

"我离开了梅达格胡同，魔鬼又把我送回来，我将一辈子恨这胡同，这是摆脱它的唯一办法。"

阿拔斯不满地说：

"我看我们这胡同不错，我从没想望要过比住在这儿更好的生活。"

"你真是一只笨山羊！应当在宰牲节①把你杀掉。你哭什么呢？你在军营工作，兜里有钱，以后你可以积攒下很多钱，还发什么愁？"

阿拔斯有些生气地说：

"你比我更发愁吗？指你生命发誓，你不懂得感谢安拉的大恩大德……"

对方狠狠盯住他，使他冷静下来。他又温和地说：

"我不是在说你，你有你的心事，我有我的烦恼……"

侯赛因放声大笑，笑声响遍了整个酒家。过度的酒量已使他昏昏沉沉，他口齿不清地说：

"我去卖酒也比在父亲咖啡馆干活儿强，酒店赚钱多，还可以随便喝酒……"

阿拔斯淡淡一笑，他跟酒劲发作的伙伴谈话格外小心，此时他自己也感到酒在他的全身神经中发生作用。不过，心中的愁闷不仅没消失，反倒变得更强烈和集中。侯赛因又一次嚷道：

"好主意！……我将加入英国国籍，在英国人人平等，帕夏和清洁工没什么区别。咖啡馆老板儿子没准儿会当上首相……"

阿拔斯心头一阵冲动，兴奋地说：

"好想法！我也要加入英国国籍。"

侯赛因鄙夷地撇撇嘴说：

"这不可能，你太软弱，最好加入意大利国籍。无论怎样，我们会乘同一艘轮船去的……走吧！"

两人站起身，付了钱，离开酒家，阿拔斯问：

"咱们现在上哪儿？"

---

① 伊斯兰教的一大节日，也称"古尔邦"节。

第三十一章

　　也许,她在过去生活中唯一持之以恒的,是每天黄昏外出散步。但如今每到这时候,她却长时间站在配有金色底座、坚立在房间里的大穿衣镜前。待她梳妆穿戴完毕,简直换了一个人,俨然像一个出身名门、自幼生长在富贵人家的小姐:头盔似的高高发髻上裹着白色纱巾,纱巾下露出油亮的、散发出清香的乌黑发辫。脸颊上抹了一层淡淡的脂粉,嘴唇涂得血红,脸上其余部分则露出本色。长期经验证明,她的紫铜色皮肤对同盟国士兵更有吸引力。她的眼睑涂了化妆墨,乌黑的长睫毛向上卷曲,抹成紫色的眼睑像黎明的朝露,高级化妆师给她描了两道柳眉。两只耳垂上带着白金耳环,耳环上还有酸枣般大小的珍珠。手腕上带着一块金手表,纱巾上还别着一颗新月形的宝石。白色筒裙上罩一件玫瑰色衬衣,裙子下面隐隐现出大腿的肉色。一双灰色纯丝长袜,穿它不为别的,就因为它价格昂贵。她的腋下、手心、脖颈都散发出浓香。这一切的变化有多大呀!

　　起初,她自愿选择了这条道路,经过奋斗和实践,她品尝到巨大的欢乐,也感受到痛苦的屈辱。如今,她正处在受考验的关键时刻,她徘徊观望，举棋不定……

从第一天开始，她就明白要她干什么。她曾为之怒火冲天，激动不已。她不是为了要挫伤情人铁一般的意志，而是为了顺从自己倔强的本性和满足厮打的愿望。以后她屈服了，就像完全自愿服从一样。她从法尔吉·易卜拉欣的声明中清楚地知道，她要想滚在金子堆里就必须先滚在泥堆里。她什么也不在乎，心胸开阔，满怀热情，以最大的激情去迎接新的生活，以至于就像那天情人用汽车送她回来时所说的那样，她是"天生做娼妓的料"！她充分显示出她的才能，在很短的时间内，学会了最基本的装饰打扮，虽然起初不免被人讥笑说她缺乏鉴赏力。她模仿力强，学什么会什么，然而却不善于选择服装颜色。她过分喜欢用首饰，但她还是随着自己的兴趣和爱好，显出一副她是很"在行"才穿那些绚丽的服装，全身戴满那些首饰的。此外，她还学会了两种舞蹈，在用英文调情方面也很成功。所有这些成绩并非毫无结果，士兵们纷纷冲她而来，她的脚边洒满了金钱，娼妓界一颗有巨大吸引力的新星在冉冉升起。看来，她似乎获得了一切，什么也没损失。她一开始就不是一个天真的姑娘，对把她毁了的骗局并不忧伤不已。她从来不是一个善良的少女，随着美好生活希望的消失，她的忧愁也消失了。她更不是一个对失去贞操痛不欲生的有美德的女人，她也没有那种心灵所留恋的对过去生活的美好回忆。因此她沉浸在她喜爱的现实中，什么也不顾忌。她与大部分烟花女不同，她们中有的内心充满追求、忧伤和失望的矛盾，有的为了养家糊口，有的在笑脸下隐藏着流血的心和对美好生活的向往。但是她，心里情愿过这种生活，一双迷人的眼睛闪射出自豪、自由、满意、喜悦的光芒。难道她没实现自己的梦想吗？不，实现了。昂贵华美的衣裳，价值连城的首饰，令人羡慕的黄金，纷纷拜倒在脚下的男人……这些就是梦想实现的象征，更不说还有那使多少追求者倾心的迷人魅力！对比之下，梅达格胡同显得像束缚自由的监狱。这还有什么可奇怪的呢？有一天，她想起自己曾经拒绝情人和她结婚，不免感到遗憾。她反问自己：难道我真的愿意和他结婚吗？回答是否定的，而且毫不犹豫。假如结了婚，她现在就会待在家里，承担起做妻子、用人、母亲和其他家务事的重担。经过实践，如今她坚信自己生来不是干这些的。真的，她多么聪明、多么有主意、眼光又是多么远！虽然如此，我还要请读者注意，别把她想象成一个只具有欲望的女人，她远不止这样！她的反常并不在她的强烈欲望，她不是那种被欲望控制能为之付出一切的女人。她全身心追求的是出人头地、权力和与人厮打，就是躺在她所爱的人怀里，依然在寻求伴随着厮打的爱情。她感觉到自己感情中的这种特点，或者说性格中的这种弱点。这是她桀骜不驯和对情人眷恋的原因，正是由于这种眷恋，使她深感痛苦和失望。

她站在大镜子前梳妆打扮，脑子里翻腾着这些失望的想法。她听见那人的脚步声，在镜子里看到他的身影。他严肃地、毫无表情地走进房间，似乎不是她的那个热恋中的情人，她的目光一动不动，整个心紧缩在一起。他已不再是她从前了解的那个男人了，这是她深感痛苦和失望的原因。假如时间长一点儿，也许她还会多少好受些，可在这初期的热恋中就遭到这一击，她再也尝不到他真挚的爱所带来的欢乐、幸福、幻想和希望了。他只给了她十天时间，然后就是舞蹈教练代替了他这个情人。他的商人嘴脸逐渐暴露，原来这是一个寡情薄义的人肉贩子！事实上，他压根儿不懂什么叫爱。也许令人奇怪的是，他的生活就建立在这从不会使他动心的感情上。他引诱猎获物上钩的方法，是扮演恋人的角色。由于长期这样，他对此已异常精通熟练，他的男性美帮助了他获得成功，一旦将对方弄到手，便占有一段时间。由于对方被他迷惑，又欠他的债，他完全相信对方会受他的控制，并总是以法律后果相威胁。这一切成功以后，他便真相毕露，恋人变成了人肉贩子！哈米黛把他感情冷下来的原因归咎于他生活在女人的包围中。她决计要单独得到他，这是她最大的忧虑。爱情，忌妒，愤恨，在她心中交织在一起，当她在镜中见他走来时，她完全被这种感情所控制。她的眼睛呆滞，心情却格外激动，怒火随时都会发泄出来。他佯作很紧急的样子，催促说：

"穿好了吗？亲爱的……"

她没理他，为了对他只关心"接客"表示不满，故意不回答他。她痛苦地回忆起当初从他口中只听到爱慕和赞美之声，而如今说的却只是接客和赚钱！……由于这行业，也由于内心的感情，如今她已不能与他分开！她心中恨得要命。可是恨有什么用？她已经失去了自由，为了自由，她遭到蹂躏。每当她走在路上，或去某个酒馆时，她还会有一种力量感和自由感。然而，一见到他或想到他，这种感觉便消失殆尽，只感到压抑和屈辱。假如她得到他的心，一切她都甘愿忍受。为爱情而受辱，对她来说也是胜利。假如情况相反，她只有用发疯来摆脱窘境。法尔吉·易卜拉欣知道她心里在想什么，但他想让她慢慢习惯他的冷淡，顺利地割断与他的情丝。如果是别的女人，他是很容易将她甩掉的，对她，却只能让她一点点去品尝失望的苦味。他耐心地优待了她漫长的一个月，准备与她最后摊牌。他毫无表情地说：

"走吧，亲爱的，时间就是金钱。"

她猛地回过头，厉声说：

"收起这些俗套行不行？"

"亲爱的，你别这么生硬地回答好吗？"

由于气愤，她的声音发抖：

"难道现在你只能这么跟我说话吗？"

他显得不耐烦地说：

"噢，难道我们还要重复那无聊的谈话：'你怎么这样对我说话''你不爱我了''假如你爱我就不会把我当商品了'……谈这些有什么用？难道我早晨和晚上不说'我是你的爱人'，就不是你的爱人吗？每次见面不说'我爱你'，难道就不爱你了吗？我希望你的理智压住你的怒火，把你的生命献给我们的共同事业——就像我把生命献给它一样，把它看得高于爱情本身，看得高于一切……"

她听着听着，脸色气得发青，这些全是空话，是为了对付她才说的，话中没有一丝感情。这些话她早就听腻了，从他对她冷淡以来就常听它。她还记得这巧言令色之徒是怎样故意给她难堪的：他仔细察看她的双手，表现出过分的关心，说："给你的指甲涂上指甲油……这手可是你的美中不足哟！"一次又一次，他俩正吵个不休时，他幸灾乐祸地说："注意，你的嗓音可是你身上的又一不足之处，我过去怎么没发现。亲爱的，你要用口腔发音，而不是用喉头，用喉头发出的音粗极了。假如不改改，是很难听的，即使你在阿玛德丁大街，也会使人想起梅达格胡同！……"那无耻的家伙就是这么跟她说的！这些话使她多痛苦，多伤她的自尊心啊！每当她跟他谈起爱情时，他便转弯抹角，跟她搪塞。时间长了，他连这种虚伪的应酬都不再表演了。也许他会厌烦地说："爱情只是逢场作戏，而我们可是实实在在的！"或者满不在乎地说："快去接客吧……爱情不过是句空话！"这该死的！她曾经有过幻想的脑海，充满了痛苦的记忆！她冷漠地看着他说：

"别跟我讲这些，你怎么开口闭口就是'接客'，难道我没在接客吗？你心里清楚，我比她们都强，我给你挣的钱比她们挣的加起来还要多。你别再讲这些听腻了的废话，也别再绕圈子，我已经烦透了。你直截了当说，还爱不爱我？"

他很想明确回答她，因为，他已经为这个回答准备得很充分。然而，他脑子迅速而不安地转动了一下，两只杏仁眼始终没离开她怒气冲冲的脸。他迟疑一下，决心不跟她发生争吵，哪怕暂时也好，便跟她周旋说：

"我就猜到了，又回到老话题上……"

她高声嚷道：

"直截了当回答我：你会不会以为我假如不能被你爱，就会伤心地死去？"

现在回答还不是时候。假如她从外面回来或在早晨提这问题，他愿意怎么回答便怎么回答，有的是时间争吵。可现在明确回答，多半会丢了今晚的生意，因此他淡淡地一笑，说：

"我爱你，亲爱的……"

"爱"字从一张使人讨厌的嘴中说出，真比被人吐了一口唾沫还恶心！她感到遭受极大侮辱，再也不能忍受，即使这侮辱包含着他重新回到她怀抱的内容。一瞬间，她几乎感到他的爱是值得为之付出生命去追求的。然而这只是短暂的一瞬间，她立即从沉思中清醒，心中充满了怨恨。她朝他走近几步，两只眼睛像别在头巾上的宝石一样闪闪发亮。她决心与他相持到底：

"你真的爱我？那我们就结婚。"

他吃惊地睁大两眼，似信非信地盯住她。其实她并不打算像说的那样去做，只是为了试探试探他。他说：

"结了婚能改变一点儿我们的现状吗？"

"是的。我们结婚，抛弃这种生活。"

他失去了耐性，心里当机立断：严肃地把事情挑明，把很长时间来他心中所考虑的问题付诸实施，即使失掉今晚的生意也在所不惜。他十分恼火而又鄙夷地放声大笑，嘲讽她说：

"真是好主意！你想得真妙，亲爱的。我们结婚，像有身份的人那样生活。易卜拉欣和他的夫人，还有他的子女，一代一代传下去！不过请告诉我，结婚是什么？……我早忘了，就像我忘了所有高尚的礼节一样。或者你让我想想……结婚？……这可是一桩大事，我记得这要有一个男人，一个女人，还要证婚人，宗教证明书，许多仪式……你什么时候知道这一切的，易卜拉欣？从书本上还是在学校里？我可记不得。如今这传统被沿袭还是早被人们抛弃？告诉我，亲爱的，如今人们还结婚吗？"

她气得浑身发抖，心中充满失望和忧伤，同时又见他毫不掩饰地露出嘲讽的微笑。她被激疯了，一下子扑过去用手指掐住他的脖子。他对她的突然举动并不吃惊，而是冷静地承受着，他握住她的两只手腕，将它们拉开，脱出身来，嘴角依然挂着嘲讽的微笑。她怒不可遏，出其不意地抬手使劲扇了他一记耳光。他的笑容消失了，眼里露出逼人的凶光，她也用毫不惧怕的目光与他对抗，焦急、失望地等待一场风暴的来临。即将到来的战斗的喜悦使她几乎忘掉了痛苦，要在这场兽性般的战斗中获胜的歇斯底里幻想使她陶醉。不过，在他这一方面，却估计到感情用事的后果。他认为，以牙还牙反倒会加强他希望摧毁的那种关系，会更使她抓住他不放。他克制住自己，强忍下怒气，决心要跟她讲明断绝这种关系，而要这样，只有毫不抵抗地退出战场。他朝后退一步，主动避开她，同时冷冷地说：

"快接客去吧，亲爱的……"

她简直不敢相信自己的眼睛，失望地注视着他离去，关上房门。她本能地明白了他退避的原因，完全领悟了这痛苦的事实，她顿时产生了杀死他的念头！她觉得心中有一股不可遏制的力量，这力量不是满怀怨恨的弱者的一种希望，而是一种厮杀的愿望，她觉得她有力量做到。她在与这人相处中，发现了自己的许多特点，如今他事已做绝，从而也揭示了她最重要的一个特点。可是她真的愿意为杀死他而毁掉自己的生命吗？为了使生命更有价值，她已经牺牲一切，难道还要牺牲生命本身?！想到这儿,她的心不由一紧,不得已排除了这种可能,然而复仇的怒火仍然在燃烧。她应该先离开这房间,到外面冷静地想一想,从长计议。她拖着沉重的双腿走到门口。她想起这是最后一次离开这所房间——他们两人的房间,便不由得回过头,投去告别的目光。在这离别的时刻,她的心猛跳不止。啊,这一切怎么结束得这样快?这面大镜子曾多少次照出过她欢乐的面容,这舒适的软床曾是爱情和幻想的摇篮,这沙发,她曾坐在上面,在拥抱和接吻中听他的开导,这桌上摆着他俩穿着夜礼服的合影!一切都成为过去,她转身离开了房间。路上,阵阵暖风迎面扑来,她疲惫地呼吸着,一面走,一面思忖道:"我会找到办法杀死他的!"有很多惩治他的办法,但条件是不以自己的生命作代价。生命被创造不是为了牺牲,生命高于一切,当然也高于爱情本身。是的,爱情已成了她心灵深处永远不能治愈的创伤,但她不是那种能被爱情毁灭的女人。她受了重创,可是,却要带着创伤生存,而且还要享受有黄金、幸福、权力和厮打的生活。她就是这样来对待她的失望的。面前一辆马车经过,她向车夫招招手,跳上车。此时,她觉得迫切需要更多的休息和清新的空气。她对车夫说:

"先到歌舞广场,然后从福阿德一世大街返回。劳驾慢慢走。"

她仰面靠在车座上,一条腿搭在另一条腿上,绸裙下摆滑到一旁,露出了大腿。她从挎包中取出烟盒,点燃一支香烟,贪婪地吸着,根本顾不得向她大腿投来的众多的目光……

她沉浸在思绪中,她的心要摆脱伤痛已经不可能。虽然如此,要她轻易放弃生命之线也不可能。她用各种希望和未来的幸福宽慰自己,然而,却从不幻想再找另一种爱情代替这失败的爱情。因为她对爱情已充满怨恨,人一旦失去真正的爱情,便不能设想会再一次幸福地获得它。马车在歌舞广场绕圈子时,她注意到周围的街道,远远看见法利黛王后广场。她立即想起穆士基大街、新铁路区、萨那迪格胡同和梅达格胡同,她眼前呈现出一群群男人和女人的幻影。她暗自想道:"会不会有人从我这一身打扮中认出我?会不会有人通过蒂蒂认出哈米黛?顾忌什么?我反正没爹没娘!……"她不在乎地吸了一口香烟,将烟蒂扔掉,然后观赏起街上的景致,一直到马车返回谢里夫大街,朝着她要去的酒家驰去。这时,一个声音传到她耳中:"哈米黛!"这真像坟墓突然裂开从里面传出的声音。她扭头望去,不由心惊胆战,只见阿拔斯在离她不远处跑着追赶她……

第三十二章

她下意识地喊了一声：

"阿拔斯……"

阿拔斯从歌舞剧场起就跟在马车后面跑，跑了很长一段路，已累得气喘吁吁，他顾不得撞倒行人和遭到谩骂，在街上拼命奔跑。这之前，他和侯赛因从菲塔酒家出来，正手挽手漫无目的地在街上行走，一直走到歌舞剧场。侯赛因首先看见载着哈米黛的那辆马车和坐在上面的哈米黛，但他没认出她，只是被她漂亮的外貌所吸引。他指着马车叫阿拔斯看，阿拔斯朝沿广场迎面而来的车辆望去，目光落在姑娘身上，但再也收不回来。她的容貌和形体上有某种东西，或者说是某种只有他心里才觉察到的眼熟感觉在神奇地吸引着他。他全身一阵战抖，从刚才小醉的状态中清醒过来，暗暗想道："是她？"这时，马车已从他对面驰过，朝兹巴克公园方向奔去。他不假思索拔腿追了上去，侯赛因在后面大喊大叫。在福阿德大街街口，阿拔斯被红灯阻挡了一会儿。但两眼一直没离开那马车，然后又竭尽全力拼命追赶。在马车即将靠近酒家时，他追上她并喊了她一声。她扭头一望，下意识地喊了他的名字。毋庸置疑，他的内心感觉是正确的。他气喘吁吁，木然地站在她面前，简直不敢相信自己的眼睛。起初,她颇感惊惶不安,心情异常激动。继而,又觉得自己处境尴尬,怕好奇者围过来。她控制住感情,向阿拔斯招招手,急急下车走到酒家前面的一条胡同,阿拔斯尾随着她。她走进左边第一扇门,这是一家花店,花店女老板向她致意——由于她常来这儿,花店老板认识她。她还过礼后,将阿拔斯带到花店的最里面,避开人们的耳目。花店老板明白她的意思,便走到一排排花束后面的椅子前,若无其事地坐下来,似乎谁也没来过。阿拔斯与哈米黛两人面对面地站着。他忐忑不安,激动得浑身上下直哆嗦。究竟是一种什么力量使他这么拼着命一个劲儿地追赶她的呢?这种急促的会见又能带来什么呢?此时,他发现自己一点儿主意和决心都拿不准。奔跑时,那毁了他希望的梦魇般的回忆,像尘埃一般弥漫在他的眼前,差点儿使他辨不清道路。但他还是拿不定主意、下不了决心,只是迷迷糊糊、机械地奔跑着,直到她喊他的名字。他似乎连最后一丝知觉也失去了,像梦游般一样跟她进入花店。他渐渐从劳累和激动中清醒过来,打量站在面前的这个花枝招展、珠光宝气的女人。他怎么也找不出与他曾经爱过的那个姑娘相同的地方来,他深感失望,困顿地收回目光。他虽然单纯,但不会愚蠢到不明白眼前的事实。梅达格胡同的谣传曾使他不得不相信那可怕的事实,但谣传毕竟不如眼见。一瞬间,他觉得生活毫无意义,对人的作弄冷酷无情。但他内心日夜燃烧的怒火并未爆发,他除了想到要惩罚她、朝她吐唾沫外,还想得更多。哈米黛惶惑地看着他,面对她竭力想抹去过去痕迹的心理,深感恐惧不安。但这并未使她动感情或者是后悔,反而引起她的鄙夷和愤恨。她暗自诅咒,今天在路上碰见他真是晦气。两人神经紧张地沉默着。阿拔斯忍受不住了,用沙哑、战抖的声音说:

"哈米黛!这是你吗?……安拉啊,我怎么能相信自己的眼睛呢?你怎么抛弃家,丢下母亲,落到这种地步呢?"

她不安地但却毫不掩饰地说：

"什么也别问，我没什么要告诉你的。这全是不可违抗的安拉的意愿。"

她那不安的神态和冷冷的回答却引起了对方的激烈反应。阿拔斯怒气冲冲地大喊，喊声响遍了整个花店：

"骗子，妓女……一个像你一样的淫棍把你给迷住了，你便跟他跑了。你不知道你给人们留下多么丑恶的印象，你的脸和你的一身打扮就是放荡的最好证明……"

对方突如其来的愤怒，激起了她恶劣本性的发作，她怒不可遏，适才的不安和惶惑已从心中消失殆尽，日间的怨恨和失望犹如火上加油，一并发作。她脸色发青，发疯般吼道：

"住嘴，别像个疯子似的喊叫！你想用喊叫来吓唬我吗？你想干什么？你没权利管我，走开……"

她话还没说完，他就消气了。她的怒气胜过了他，他只好将怒气压在心中，就像火遇到水被浇灭一样。他茫然地凝视着她的脸，颤颤巍巍地咕哝道：

"你怎么能跟我这么说话？……难道你不是我的未婚妻吗？"

她很高兴看到他败下阵去，对自己及时的发火感到得意。但又对他的问话感到厌恶：

"还提过去干什么？全都一去不复返了……"

阿拔斯沉痛地说：

"不错，全都一去不复返了。可我心里仍放不下咱俩的事儿，你难道没有接受过我的求婚吗？我不是为咱俩的幸福才到那遥远的地方去的吗？"

她在他面前不再感到窘迫，然而心中却在暗暗思忖："他什么时候才不谈这些？什么时候才会明白？又要待到什么时候才走？"她用极不耐烦的口气对他说：

"你这样想，可命运偏偏不这样……"

他见她不耐烦，但仍想与她交谈，仔细询问她。她的怒气消失使阿拔斯受到鼓舞，便用失望的口吻对她说：

"你都干了些什么？怎么落到这种不幸的地步？是什么迷住了你的眼睛？……（他提高嗓门）那毁了你清白一生，使你堕落为烟花女的罪犯是谁？"

她听着听着不由变了脸色，心里不安极了，厌烦地说：

"这是我的生活，也是我的必然结局。如今我俩成了陌路人，谁也不了解谁。我也不可能走回头路，无论你说些什么，也丝毫改变不了现状。小心点儿，别这么粗暴地对待我，我可是不会容忍的。我虽然懦弱，但我的命运由我自己掌握。我不能忍受一个伤感的人对我的怨恨和呵斥。忘掉我吧，你怎么鄙视我都行，只要平平安安地放我走……"

这哪是他心上的姑娘？那个他喜欢、她也爱他的哈米黛在哪儿呢？真不可思议！她难道不是真的爱过他吗？不是在楼梯口把双唇献给他亲吻的吗？告别那天，她不是为他祝福，答应代他祈求先贤侯赛因满足他的恳求吗？……眼前的这姑娘是谁呢？她不觉得难过和后悔吗？往日的温情她全忘却了吗？要不是怕她生气，他差点儿又要发火了。他像一个战败者，强压住心头怒火，叹了口气说：

"你使我感到不解，我越听你说越不明白。昨天我从大丘陵军营回来，突然知道这不幸的消息，你知道我为什么回来的？（他取出装项链的小盒给她看）我是为了送这礼物给你才回来的，我本想跟你举行了婚礼再走……"

她默默看了小盒一眼。这时，他的目光突然落在她的新月宝石和珍珠耳坠上，一阵局促不安的心情袭上心头。他迅速将小盒放进裤兜，随后颇动感情地问她：

"你对这结局不后悔吗?"

她眼光一亮,脑子里突然闪出一个模糊的念头,她格外认真起来,佯作忧伤地说:

"你不知道我有多么不幸。"

阿拔斯既吃惊又怀疑地睁大了眼睛,痛心地说:

"你真的太不幸了,哈米黛!……你为什么要听从魔鬼的召唤?为什么蔑视高尚的生活?……为什么为一个罪犯和恶魔(说到这儿声音有些哽咽)而抛弃美好生活和即将盼到的希望?……这是不能饶恕的罪过!"

那念头仍在她心中酝酿,她又以新的表示悔恨的口气说:

"我以血肉之躯付出了代价……"

阿拔斯愈加感到吃惊。她在承认自己不幸时还带有一种莫名其妙的欣喜之情。她不是无缘无故平息怒气的,而是一个可恶的念头在她心中疯狂般迅速酝酿成熟。她想怂恿阿拔斯向那曾无情嘲弄和捣碎了她的心的人进行报复,利用他作复仇的工具,而自己不用担任何风险。她目光变得柔和起来,轻声对阿拔斯说:

"我真是不幸得很,阿拔斯!原谅我刚才说话粗暴,不幸的生活已使我失去了理智。你们都认为我是个娼妓,其实我也很痛苦。正像你说的,那恶魔欺骗了我,我不知道怎么就屈从了他。尽管如此,我并不为自己开脱,也不希望你原谅,我知道我有罪。如今我已为这不可饶恕的罪过付出了代价。你刚才一番善意的话反而使我发怒,请原谅我。你的心是高尚、纯洁的,你怎么鄙视我、生我的气都行。如今,我不过是那罪恶的男人手中的廉价玩物,他在破坏了我最珍贵的贞操后,便把我赶到马路上,从我的不幸中获利。我的不幸和屈辱全是他造成的,我恨死他了,然而一点儿办法也没有……"

她的诉说迷惑了他,她忧郁的目光使他难受,他忘记了刚才那个咄

咄逼人的女人。作为一个男子汉,他不能不表示愤怒,便大声说:

"你真不幸,哈米黛。我也同样不幸,咱俩的不幸全是那罪犯造成的。是的,我不能忘记你犯了大错,这错把我们永远分开了,这错导致咱俩共同的不幸。而那罪犯却从我们的不幸中得到好处,如果不砸碎他的脑袋,我就不活在这世界上!"

她感到满意,但又怕他看出破绽,便把目光低垂下来。他陷入她的圈套比她想的还要快,她特别对他这句话感到放心:"这错把我们永远分开了。"她曾经怕他会原谅她,并设法解救她,可她压根儿就不想这样。阿拔斯仍然伤感表示决心说:

"我不砸碎他的脑袋绝不罢休!是的,我忘不了你是跟他跑的,人们都看见你跟他在一块儿走。咱俩再在一起是不可能的,我已经永远失去了我爱的那个哈米黛。但那罪犯必须像我俩遭到不幸那样遭到惩罚。告诉我,在哪儿能找到他?"

她早已想好了怎么回答,赶忙说:

"今天找不到他。如果你愿意,星期天中午来,就在这条胡同口的第一家酒馆里,里边就他一个埃及男人。假如你认不出,我用眼睛向你示意……不过,你打算拿他怎么办?"

她最后一句话的语调,似乎是对可能产生的后果为他担心。但阿拔斯在狂怒和失望下不顾一切地说:

"我要砸碎那下贱的妓院老板的脑袋……"

她凝视着他,暗想:"他能够杀死他吗?"她认为答案是清楚的。但她只希望他引起事端,揭露他的丑行,把他交给法律制裁,她的报复目的也就达到了,从此可以摆脱他的控制。她无暇多加思索,对自己的想法十分得意。但她真诚地希望阿拔斯不要因为冒险而遭难,她祈求安拉保佑阿拔斯,不要因此付出生命作为代价,因为他是为了她去向那罪人报复的。她告诫阿拔斯说:

"你别一心想报复而不顾自己的生命。你可以打他、揭发他,把他带到警察所,由法庭制裁他,审判他的罪行……"

但他不听她的劝告,自言自语地说:

"我们不能白白遭受不幸。哈米黛完了,阿拔斯也完了。怎么能让那妓院老板在我们的不幸中大笑呢?我要掐断他的脖子,叫他不能呼吸。(他又提高嗓门对她大声说)哈米黛,如果我使你摆脱那魔鬼,你今后将怎么生活?"

她就怕他提这个问题,担心他又会变得像过去那样纠缠不清,便冷峻而果断地说:

"我和过去的哈米黛、过去的生活已经一刀两断。不过我会卖掉首饰,到遥远的地方去,为自己找个正当的职业……"

他长时间没说话,陷入痛苦的沉思中。此刻,她对阿拔斯的沉默产生了许多忧虑。突然他低下头,用几乎听不见的声音说:

"我的心不能宽恕你,不,不能……不过你别急于又一次藏起来,让我们看看这事的结果再说……"

她从他的语气中听出了宽容、谅解和屈服的意思,便变得警惕和不安起来。在她愤怒的内心深处,宁愿让他和她的对手死去,也不愿让他张开双臂回到她的身旁。不过,她不能表露内心的想法,好在她并不难以掩饰,假如他为她报复成功,那她去亚历山大太容易了。过去法尔吉·易卜拉欣曾多次谈起过这座城市,在那儿,可以自由自在地生活,再也不受人摆布,还能摆脱那些寄生虫们的纠缠。因此,她认为必须用对方那样柔和的语气来回答:

"随你便,阿拔斯……"

他那曾被失望、不幸的痛苦折磨和渴望报复的心,如今已变得犹疑不决、充满同情……

第三十三章

这是告别和愉快的一天，朋友们心中都有一个共同的感觉：利德瓦·侯赛因先生在大家的心目中是个品性高尚的人。先生蒙安拉恩允，今年要去朝觐。大家知道他今天黄昏启程，经苏伊士运河去圣地，所以至亲好友全来为他送行。他们聚集在那间他们几乎每晚都在一起聊天的简朴房间里，热烈地谈着朝觐的事，勾起对它的各种回忆。屋中央，香炉里升起一缕青烟，在空中袅袅飘忽。房间的各个角落里，人们七嘴八舌谈论一些古人和今人朝觐的趣闻逸事。谈话中还引经据典，背诵了许多圣训和优美的诗歌，嗓子甜润的还当众诵读了容易背的《古兰经》章节。然后大家便专心致志倾听利德瓦先生发自内心的、感情洋溢的讲话……

一个朋友对他说：

"祝你一帆风顺，平安返回。"

先生面带微笑，光彩照人，和颜悦色地说：

"兄弟，别提返回的事，前往天房的人，如果一心念着故土，便得不到安拉的奖赏。安拉会不理他的祈祷，使他失去幸福。在我从安拉降临启示的地方回埃及时，我确实会想到返回的，我指的是再次返回去朝觐。如蒙安拉开恩的话,让我在有生之年再到那纯洁的土地上的造物主面前,我算得了什么呢?在那儿,我从早到晚见到的土地是先知留下足迹的土地,天空是天使曾展翅飞翔的天空,屋子曾是聆听先知启示的屋子。先知从天空降到陆地,将陆地上的人们引到天上。那儿会给人的脑际留下永恒的记忆,人们的心灵里充满了对安拉的爱。在那儿,有灵丹妙药。兄弟,我朝思暮想,就是盼望能看到麦加的土地和天空,倾听它历史的回音,漫步在天房和郊野中,痛饮渗渗泉①的甘露,奔驶在先知迁徙的大道上。一千三百年来,人们步着先知的足迹来往于这条大道,至今络绎不绝。当我想到拜谒先知陵寝和在高贵的圣园中祈祷,心儿便禁不住狂喜,觉得时间似乎都停滞不前。我的渴望和幸福是难以形容的。兄弟们,我似乎看到我一面在麦加的土地上漫步,一面吟诵《古兰经》,就像它刚刚启示一样,使我领受到最高的教诲,这有多么愉快!我似乎看到我在圣园中叩拜,眼前掠过那可爱的面容,就像它多次在梦境中出现一样,这又有多么幸福!我似乎看到我在圣陵前虔诚地请求宽恕,这又是多么的放心!我似乎看到我用渗渗泉的甘露沐浴我焦渴的身心,这又是多么的吉祥!兄弟,别提返回的事,跟我一道祈求安拉实现我的愿望吧……"

他的朋友对他说:

"愿安拉实现你的愿望,使你健康长寿。"

先生将伸开的手掌合拢,抓住胡须,两眼闪出愉快和渴慕的光芒,说:

"祝福得好。其实,我爱后世,并不厌弃尘世和生活,你们也可以感觉到,我对生活是多么热爱。怎么不是呢?生活是安拉创造的!安拉创造了生活,使它充满欢乐和苦难,谁愿思考就思考,谁愿感恩就感恩吧!因此,我爱生活,爱它的绚明色彩和各种声音,爱它的白昼和夜

---

① 在麦加天房附近的一泉名。

晚、痛苦和欢乐，爱时光的流逝和来临，爱一切有生命和无生命之物。这些便是生活的纯粹的美和善，生活中唯一的丑和恶，是病态性的无能，它识别不出隐藏在某些方面的美和善，病态的无能者总是对安拉创造的世界产生种种怀疑。所以我要对你们说，热爱生活便是对安拉的一半崇敬，热爱后世却是另一半。因此尘世中充满泪水、呻吟、怨愤，以及病态的无能者的抱怨，这使我深为不安，难道他们宁愿我们的生活不存在，希望我们至今还未被创造成人吗？难道他们内心在怨恨和反对神的英明和睿智吗？我并不为自己开脱。一次，我失去爱子，忧郁成疾，在忧伤中我暗自思忖：'为什么安拉不让我孩子活下来，享受生活的欢乐和幸福？'后来安拉指引了我，我对自己说：'难道他不是安拉创造的吗？为什么安拉不能随自己的心愿将他召回呢？假如安拉希望他活在这世上，那他就会活着，然而安拉睿智地将他召回，仅仅是出于睿智，安拉的睿智就是善，它希望我和我的儿子都沐浴在它的恩情中。'所以，在了解安拉的睿智后，我很快就转忧为喜。我的心似乎在说：'主啊，你用灾难考验我，瞧，在你睿智的启示下，我信仰甚笃，接受你的考验。感谢你啊，安拉！'从此，每当灾难降临，我的心便沉浸在感激和满意之中。怎么不呢？安拉对我特别考验和关注，我越是渡过灾难走上平安和信仰的坦途，就越是加深了对安拉的睿智和恩情的认识，从而就越是高兴和感谢。就这样，在我和安拉的睿智之间，灾难络绎不绝，以致我以为我是安拉的大地上的一位骄子，它严肃地呵斥我，假装吓唬我，为的是使我加倍感到它的慈爱。情人有时要用作对的方法来试探被爱者，要是被爱者知道这是爱的方式而不是同自己疏远，他就会加倍地爱对方和感到喜悦。如果我相信世上的不幸者都是安拉喜爱的人和他的圣徒，安拉给予他们使人信服的爱，而他们享受后世幸福已为时不远，安拉只不过是试试他们是否配享有它的仁爱和慈悲，如果我相信这些，绝非大谬不然。多多感谢安拉吧！由于他的恩惠，我才会反过来抚慰那些认为我该抚慰的人……"

他兴奋地抹了抹宽阔的前胸,想表达内心所想的愿望,犹如歌唱家听见音乐声而陶醉在艺术的王国里,他继续热烈而满怀深情地说:

"有人认为,善良人遭受的这些灾祸是一种报应,一般人是认识不到的。他们说,比如一个失去儿子的父亲,如果他仔细忖度,就会发现失去儿子是他或他的祖先曾犯下罪过的报应。不过,我以生命发誓,安拉比想复仇的受害者要公正、宽容得多。受害者为了证明自己的正确,引用安拉对自己的描述,即它是亲近而又会报复的。不过先生们,我要说安拉是不会报复的,他所以要这样描述自己,是为了使人们相信报复说,使他们认为这个世上的一切只有通过奖赏和惩罚才能确立。而安拉伟大的、令人亲近的本性则是以神智和神爱为基础的。如果我在灾祸中或在看到儿子们的尸体后发现了我应得的惩罚和报应,我确认这一切全是事实,又不能面对事实退却。但内心却十分悲痛,泪如泉涌。这时,焦灼不安的心也许会喊道:"啊,弱者有罪,死者无辜,还谈得上什么宽恕和仁慈?你怎么能从灾祸中体会到神的睿智、恩慈,以及自身的快乐呢?""

他的观点引起了许多议论,一些人同意,一些人要求进一步解释,另一些人仍认为安拉会报复。在座的有许多人比他更有学问,更长于雄辩。不过,他不准备争论,只是为了表达自己内心的欣喜,他像孩童般天真地笑了笑,脸上泛着红晕,眼睛闪耀着光芒,用比恋人悄声细语还动听的声音说:

"请原谅,先生们。我爱生活,也爱我自己,但不是为我自己,而是把自己看作是人类的一分子,生活中的一根脉搏,造物主的一个产品和神智的试验物。我爱所有的人,包括那些心灵邪恶的罪犯,他们的存在,不是象征着为达到完美生活而必须经历困顿吗?他们正像一团阴影,更映衬出善和美的光辉。请允许我向你们披露一个秘密,或者说你们知道我为什么今年要去朝觐吗？"

先生停了一会儿，两只清澈的眼睛闪出喜悦的光芒，随后像回答向他投来的那些探询的目光似的，说：

"我不否认，朝觐是我多年的愿望，然而由于安拉的意志，我却一年年拖了下来，以致我觉得对朝觐的向往胜过了朝觐本身，对礼拜的仰慕像进行礼拜一样令人愉快！而我们胡同发生的事诸位都已知道，魔鬼迷住了两个男人和一个姑娘的眼睛，那两个男人去盗墓被投进监狱，那姑娘沉沦在卑劣的欲望的渊薮之中。这事强烈地震动了我，使我异常难受。不瞒诸位说，我内心有一种负罪感，因为两个男人中有一个是靠乞讨过日子的，也许，他去盗墓只是为了在腐臭的尸骨中寻找糊口之食，像丧家犬在垃圾堆中刨食，他的饥饿使我联想到自己有丰腴的身躯和红润的脸膛，我感到羞愧和难过，常常责问自己说：'安拉给了我许多好处，我为避免或减轻灾难又做了些什么呢？我不是心安理得地眼看着魔鬼将邻居一个个引上邪路吗？'好心的人赋闲在家，就是不知不觉帮助了魔鬼。痛苦的良心呼喊我响应那长期萦绕在心头的召唤，我决心到圣地去忏悔，如蒙安拉开恩，我带着一颗纯洁的心返回，我将用我的心、舌和手在安拉创造的广阔天地里为传播善行而尽力……"

朋友们都真诚而热烈地为他祝福，继续亲切和愉快地进行交谈。

利德瓦先生离开家门，到卡尔什咖啡馆与众人告别。他坐在椅子上，卡尔什老板、格米勒大叔、达尔维什长老、阿拔斯、侯赛因坐在四周，面包房哈丝尼娅老板娘过来亲吻先生的手，祝他旅途平安。先生对众人说道：

"朝觐是每个有能力前去的人的义务，除了表示自己的虔诚外，他还可代表那些确实不能前去的信仰真诚的人。"

格米勒大叔用孩童般的声调说：

"祝你一路平安,不过别忘了从麦地那给我们带一串念珠回来。"

先生笑道:

"我不像答应送你寿衣然后又不认账的人那样。"

格米勒大叔格格笑起来,要不是看见阿拔斯脸色阴沉,他差点儿又回到那个陈旧的话题上了。利德瓦先生故意挑起人们的记忆,以便减轻阿拔斯的忧郁,使他心里好受些,他看着小伙子,亲切地说:

"阿拔斯,听我说。振作起来,全胡同居民都公认你是个聪明温顺的青年,别辜负大家的希望,尽快回到大丘陵去。如果听我的话,最好今天就走。在那儿尽力干活儿,省着用钱,为以后新的生活做好准备。千万别忧虑过度,让失望和愤怒损伤你的意志,别以为眼前的不幸便是你生活的结束。你还只是个二十来岁的青年,眼前的痛苦不过是一生中的一些挫折。它就像儿童长牙、出天花一样,只要勇敢地挺住,就会变得更加成熟。在未来的岁月中,你会自豪地回忆这些往事的。要坚韧、有信心,去为生活而奋斗,以便享受一个虔信者的欢乐,如果他知道他被安拉选为贤人,并用灾祸来考验他的话。"

阿拔斯没吭声,但当他看见先生两眼一直瞅着他时,便像接受了劝诫似的微微一笑,情不自禁地咕哝说:

"一切都会过去的,就像没发生过一样。"

先生露出满意的微笑,然后转向侯赛因说:

"你好!我们胡同的英雄!我将在祷告灵验的土地上祈求安拉指引你上正道。当我返回这儿时,但愿能看见你肩负起你父亲的重任,就像他希望的那样,他可真有主意,一个新的小老板,多好呀!"

这时,达尔维什长老也打破沉寂,若有所思地说:

"利德瓦先生,你到了圣地请记住我。告诉穆罕默德家族,他们的崇敬者如今破落了,他为爱情憔悴消瘦,为那永不满足的爱,他失去了全部金钱和财富,特别要向他们诉说,他为信士之母所付出的一切。"

利德瓦先生在朋友们簇拥下离开了咖啡馆,他的两位亲属将陪送他到苏伊士运河。先生顺道拐进代办处,见赛里姆·阿勒瓦先生正埋头查阅账簿,便笑着说:

"向你告别,请允许我拥抱你。"

对方吃惊地抬起憔悴的脸,他知道利德瓦离家的日子,但是没有任何表示。利德瓦先生并不在乎他的冷淡,他像别人一样知道赛里姆身体欠佳,但还是决意在离开前来向他道别。此时,对方似乎感到自己的态度欠妥,颇觉不安。但利德瓦先生依旧伸开双臂拥抱他,和他亲吻,长时间为他祝福,并坐了很久,然后起身说:

"祈祷安拉,愿明年我们一道去朝觐。"

赛里姆先生不知所云地咕哝说:

"但愿如此。"

两人又一次拥抱后,利德瓦先生回到送行者行列。大家来到胡同口,一辆满载着行李的马车停在那儿,先生跟众人热烈握手后,便和两位亲属坐上车,朝奥里叶胡同驶去,人们一直目送马车拐进爱资哈尔街。

第三十四章

格米勒大叔对阿拔斯说：

"利德瓦先生的劝告很好，并不是什么说教，你还是振作精神，把一切托付给安拉，尽快离开这儿。不管时间多久，我都等着你，你将会成功归来，成为这地方最好的理发师。"

阿拔斯坐在糕点铺前离格米勒大叔不远的椅子上，默默地听朋友说话。他没有向任何人透露新的情况，利德瓦先生劝诫他时，他本想向他倾吐内心苦衷，但犹豫了片刻，后来先生便转向侯赛因说话，他也就迅速改变了主意。利德瓦先生的劝诫并没白说，他认真考虑了很久。但他的脑子总是想着星期天，自从花店奇遇后，又过了一天一夜。他经过冷静的反复思考，发现自己至今仍然爱着哈米黛，虽然由于她的原因，两人已永远不能结合，但他对情敌的报复欲望还是无法遏制。他默默地倾听着格米勒大叔的劝诫，然后长叹一声。他深感不幸、进退维谷。格米勒大叔不安地问：

"告诉我，你打算怎么办？"

阿拔斯站起身，说：

"我在这儿再住几天，至少住到星期天，然后把一切都托付给安拉。"

格米勒大叔同情地说：

"遗忘并不是很难做到的，只要你真正的不再想这件事。"

阿拔斯离开刚才坐的地方，说：

"你说得对！……再见了！"

他要到菲塔酒家去，他猜想侯赛因送别利德瓦先生后会在他之前直接到那儿去的。至今他仍心神不宁，各种感情在胸中翻腾。他在等待星期天的到来，星期天已经不远了，可到时候他该怎么办呢？带一把匕首前去赴约，将它刺进情敌的心脏？也许这是他那颗愤怒、仇恨和不幸的心所迫切希望的。但他能去犯罪吗？他的手能一下刺中要害吗？他怀疑、忧伤，愤恨地摇摇头。他远不是那种迷恋暴力和犯罪的人，他的过去证明了他是个温顺、随和的人。那么到了星期天他该做些什么呢？他急切希望见到侯赛因，告诉他哈米黛的事，找他商量和帮忙！首先是帮忙，显然他没有他的帮忙会寸步难行的。在感到自己无能的当儿，他想起利德瓦先生的劝诫："尽快回到大丘陵去。如果听我的话，最好今天就走。千万别忧虑过度，让失望和愤怒损伤你的意志……"他费劲地一字一字回忆那些快忘了的话。是啊，为什么要承担无力承担的重负？为什么要用生命去冒险，其结果最轻也要坐牢。他虽然赞赏这些新的想法，但始终拿不定主意。他仍然念念不忘要报复，也许，报复本身不是唯一支配他感情的东西。也许，他怕改变主意，因为一变主意就会把他与昨天的哈米黛的一线微弱的联系彻底切断。他很难相信他会原谅发生的一切，他不止一次有原因或无原因地说，他俩的姻缘已经永远断绝了。但这说法本身就包含一个愿望——也许他并未意识到，即让她回到他身旁，重归于好！他的报复欲念一直是和他所爱而不忍离开的姑娘连在一起的。他怀着彷徨不定的心情寻找侯赛因，并走进菲塔酒家。侯赛因正坐在那儿喝红葡萄酒，酒对他的脑子还没发生作

用。阿拔斯急忙走过去,匆匆向他问好后,热切地说:

"别喝了,我有重要事情找你……跟我来。"

侯赛因不满地扬起脸,似乎对来人的打搅感到不悦。但已被忧虑弄得神魂颠倒的阿拔斯抓住他的手臂,用力将他拉起来,说:

"我现在非常需要你。"

侯赛因生气地唉了一声,把阿拔斯的手甩开,陪他走出酒家。阿拔斯决计把他拉出酒家,是怕他喝醉不好商量。

两人走到穆士基大街,阿拔斯如释重负地说:

"我找到了哈米黛,侯赛因……"

侯赛因睁大两只小眼睛,关切地问:

"在哪儿?"

"你不记得昨天我跟在后面跑的那辆马车上的女人吗?昨天你问我,我没对你实说,那就是哈米黛……"

侯赛因惊讶但却嘲讽地喊道:

"你喝醉了吧?说些什么?"

阿拔斯认真而激动地说:

"相信我说的,那女人就是哈米黛,我第一眼就认出了她,所以便跟在车子后面跑,这你看见的。后来我追上了她,还跟她说了话。"

侯赛因仍惊讶和怀疑地问道:

"你怎么才能让我相信我的眼睛看错了呢?"

阿拔斯伤感地叹息了一声,从头至尾如实对他讲了他和哈米黛见面交谈的情形,对方极为关注地听着,阿拔斯最后说:

"这就是我要对你讲的,哈米黛已经陷入无法解脱的深渊,但我不能白白放过那卑鄙的罪犯。"

侯赛因长久地凝视着阿拔斯,使阿拔斯困惑不解。侯赛因本性放荡,对任何事冷冷淡淡,不过,阿拔斯没料到他这么快就清醒过来并不屑一顾地说：

"哈米黛才是真正的罪犯，不是她跟那男人私奔的吗？难道她没顺从他吗？对他，你有什么好责备的？姑娘迷上了他，他便把她勾引走，发现她容易摆布便占有了她。不但自己欲望得到满足，还想利用她，于是把她放到酒家。以我生命发誓，这是个极为狡猾的男人，我倒愿意像他那样来摆脱目前的困境。哈米黛才是真正的罪犯，听见吗？"

阿拔斯十分了解他的朋友，知道他对他的情敌犯下的罪行不以为然，因此他睿智地避免在行为、道德方面指责他，而是用另一种方法来激起他的义愤：

"你不认为那人损伤了我们的尊严，应该受到惩罚吗？"

侯赛因听他说到尊严，明白这是指他与哈米黛的乳兄妹关系，他立即想起由于类似丑闻而被捕入狱的亲妹妹，便不由恼羞成怒，吼道：

"这事跟我无关，让哈米黛见鬼去吧！"

然而，他说的并非全是心里话，要是他在这时碰见那男人，一定会像猛虎般扑过去，用利爪撕碎他。但阿拔斯却信以为真，不无责备地说：

"一个男人无耻地霸占了咱们胡同的姑娘，你不气愤吗？……就算是我同意你说的哈米黛是真正的罪犯，那人本身的行为无可指责。然而，对我们来说，这不是明目张胆的挑衅，应该受到惩罚吗？"

侯赛因冲他大声说道：

"你真是个傻瓜。你并非因为尊严发怒，而是由于强烈的忌妒，要是哈米黛回到你身边，你会高兴得跳起来。你是怎么跟她见面的，傻瓜！你没有跟她争辩，我真为你这个大男子害羞！……你为什么不杀死她？假如我是你，那背叛我的女人偶然落到我手中，我当即就把她掐死，再把她的情人宰了，然后逃走或躲起来……这就是你应该做的，傻瓜！"

他微黑的面孔显出凶相，他继续咆哮着说道：

"我说这些不是想撒手不管，那男人确实应该为他的行为付出代价，付很高的代价！我们在约定的时间一起去，先痛打他一顿，然后监视他，再找机会揍他。如果需要，可以找一帮人相助，他不付出一大笔钱赎罪，我们决不罢休。这样我们既报了仇，又得了利……"

对这不曾预料到的结果，阿拔斯欣喜若狂，他激动地说：

"好主意。你真是危难中的好帮手！"

阿拔斯的赞扬使他感到高兴，他为了维护自己的尊严，出于好斗的天性和希望得到一笔金钱，开始思考应采取的措施，他提醒阿拔斯说："星期天就要到了！"这时两人已来到法利黛王后广场。侯赛因停下来，说：

"我们还是回菲塔酒家吧……"

阿拔斯却拉着他的手说：

"最好我们到约好星期天见面的那家酒家去看看，也好让你认认路！"

侯赛因犹豫片刻，然后像很愿意似的同对方一块儿朝前走。两人加快步伐，这时太阳已经西沉，只留下微弱的亮光。夜色越来越浓，整个夜空被梦幻般的沉寂笼罩着。华灯初上，照亮了街道，行人川流不息，根本不在乎白天黑夜的交替。电车、汽车的喇叭声，小贩的叫卖声和吹号声与人群的嘈杂声汇成一片。他俩从梅达格胡同走上这条街，就像从宁静的睡梦中突然醒来一般。阿拔斯心情舒畅，长期犹疑不决的苦闷，由于勇敢朋友的帮助已不复存在。至于哈米黛，她的事情将取决于那些眼下还不清楚的条件，一切由她去吧。他不可能表示什么意见，或者说，他不愿做出决定。他曾想把自己的某些想法告诉侯赛因，但他偷偷看了他一眼，一见他黑青的脸，便把话咽到肚里，一声不吭。两人一直朝前走，来到他永远也忘不了的昨天站过的地方。他碰了碰侯赛因说：

"那儿有家花店，我跟她就是在那里边谈的话。"

侯赛因看了看他指的那家花店，什么也没说。然后关切地问：

"酒家在哪儿？"

阿拔斯指了指不远的一扇门，悄声说："就在那儿。"两人慢慢走近那酒家，侯赛因用两只敏锐的小眼睛仔细地观察着周围。经过酒家时，阿拔斯朝里边望了望，一幅奇异的景象把他吸引住了。他不禁"啊"了一声，呆呆地站在那儿。随即，还没等侯赛因弄明白是怎么回事，事情就发生了。阿拔斯看见哈米黛怪模怪样地坐在一群士兵中间，一个士兵站在她背后弯下腰给她灌酒，她把头偎在他身上，两条腿架在面前一个士兵的怀里，一群士兵围在他们身旁饮酒取乐。阿拔斯惊讶地说不出话来，怔怔地站在原地不动，一瞬间，他忘记了哈米黛的职业，似乎被这突如其来的景象弄懵了。他热血直往上涌，什么也顾不得，似乎天底下只有她才是他唯一的仇敌。他发疯般闯进酒家，雷鸣般地吼道：

"哈米黛……"

哈米黛一惊，迅速坐正在椅子上，两眼狠狠地盯住阿拔斯，几秒钟后她便恢复了平静。她生怕他的冒失会使她出丑，便恼怒地冲他厉声喊道：

"别待在这儿……快给我出去……"

她的发怒和呵斥无疑是火上加油，他那胆小、犹豫的天性，此时已消失得无影无踪，三天来的痛苦、失望，如今终于找到了发泄的机会。他大声喊着，发疯般地奔了过去，看见桌上有几个空啤酒瓶，便随手抄起其中一个，用力向哈米黛掷去，其动作之快，无论是士兵们或酒家侍者都来不及阻止。空瓶打在哈米黛脸上，鲜血从她鼻子、嘴巴和下颚往外流，和着脸上的脂粉，滴到脖子上和裙子上。她的惊叫声和被激怒的醉汉们的狂叫声混杂在一起，发怒的士兵们像野兽般扑向阿拔斯，接着是一阵拳打脚踢，加上空酒瓶……

侯赛因站在酒家门口，眼看着他的朋友被打来踢去，像一只完全泄气的皮球。他每挨一下打，都呼喊道："侯赛因……侯赛因……"然而，一生从不畏惧打架的侯赛因却站在原地不动，他不知怎样才能推开那些凶猛的士兵，去解救他的朋友。他气得浑身发抖，胸中燃起怒火，他左寻右找，希望能发现一件锐利的武器，或木棍或尖刀。他一直无可奈何地站在原地，这时行人都聚集在酒家门口，惊惧地、束手无策地围观着眼前这场殴斗……

第三十五章

　　晨光照亮了胡同的各个角落，代办处和理发铺的墙上洒满了灿烂的阳光。咖啡馆小伙计桑格尔提着满满一桶水在喷洒地面，梅达格胡同又翻开了它有规律的生活的一页。早上，人们照例相互致以传统的问候。在这大清早，格米勒大叔非同寻常地忙碌着，他站在糕点盘前，四周围了一大群伊扎米亚学校的学生，他们个个口袋里装着钱。他对面，老理发师正聚精会神地磨剃刀，面包师贾阿德正从屋里把面端出来。代办处的职工纷纷前来上班，打开门窗和仓库，开始了他们一整天不停的吵嚷。卡尔什老板悠闲地坐在钱箱后面，正用门牙咬着什么东西，然后放进嘴里咀嚼，又把它压在咖啡杯下。达尔维什长老出神地默默坐在他近旁。赛尼娅·阿菲菲太太也这么早出现在窗口，目送年轻的丈夫离开胡同去上班。梅达格胡同的生活就这样单调地、有条不紊地进行着，只是他们中间的一个姑娘私奔了，或一个男人入狱了，才引起他们一些不安。然而，这些事像平静的湖面上的水泡一样，很快就在人们的记忆中消失了。夜晚来临，白天的事差不多被忘得一干二净。天亮了，梅达格胡同又迎来一天平静的生活。清晨，侯赛因气急败坏地回到胡同，由于一夜未眠，两只眼睛红肿得几乎睁不开，他拖着沉重的

步子走到父亲跟前,倒在旁边的椅子上。他没向父亲打招呼,便粗声粗气说:

"阿拔斯被打死了,爸爸……"

由于儿子整夜未归,老板本想数落他几句,但终于忍住没说。他两只无神的眼睛睁得大大的,盯住儿子的脸呆了片刻,似乎没听清他的话,极为不安地问:

"你说什么?"

侯赛因两眼茫然望着前方,用沙哑的嗓音说:

"阿拔斯死了!是英国人把他打死的!"

侯赛因咽了咽口水,向父亲讲述着昨天黄昏他和阿拔斯在穆士基大街漫步时阿拔斯告诉他的事。他难过地说:

"他把我带去看那下贱姑娘约他见面的酒家,当我们从门口经过时,他发现那婊子与一群士兵饮酒作乐,便失去理智,跑进酒家。在我还没弄清楚他想干什么时,他已举起一个空酒瓶向那婊子脸上砸去,几十名士兵被激怒了,一拥而上,拳打脚踢,打得他不能动弹。"

他愤愤地握紧拳头,牙齿咬得咯咯作响,说:

"真是见鬼!……我当时根本没法救他!……门口堵满了士兵……啊,假如我的手能掐住一个混蛋士兵的脖子……"

正是这刺痛着他的良心,使他胸中充满怒火。由于羞愧,他一回到梅达格胡同,就几乎躲着不露面。卡尔什老板拍着双手,说:

"一切无能为力,全靠安拉!你们都做了些什么呢?"

"事件发生后警察才来,他们包围了酒家。包围有什么用?他们把尸体抬到阿尼宫街医院,把婊子也送去抢救……"

老板关心地问:

"她死了吗?"

侯赛因愤恨地说:

"我看没有……没打着要害！……阿拔斯白白送了一条命。"

"英国人呢？"

侯赛因无可奈何地说：

"警察把他们包围后，我们就离开了，不过，谁能真的拿他们怎么样呢？"

老板又一次拍拍双手说：

"我们属于安拉，迟早将回到它那儿。阿拔斯的亲属知道这噩耗吗？你快去通知他在哈兰法什街的舅舅哈桑·盖巴基比大叔。安拉啊，你是无所不能的。"

侯赛因站起来，支撑着困倦无力的身子，离开咖啡馆。消息传开，卡尔什老板数十次地向询问者讲述儿子告诉他的内容，人们议论纷纷，也免不了添枝加叶。格米勒大叔摇摇晃晃走进咖啡馆，这消息像霹雳般使他震惊，他倒在椅子上，伤心地像孩子般放声大哭，他不敢相信曾答应给他寿衣的那个年轻人如今已不活在世上了。消息传到乌姆·哈米黛耳朵里，她走出家门，号啕大哭。一些看见她哭的人说，"她是在哭凶手而不是哭死者。"最伤感的是赛里姆·阿勒瓦先生，他并不是为死者难过，而是对胡同里有人死了感到不安，这引起他的惊慌和加倍的痛苦。以往那些糟糕的、病中的设想，以及对于弥留、死亡、坟墓的幻想，又搅得他不能安宁。他神情紧张，坐立不安，不是不停地在代办处来回踱步，就是走进胡同两眼茫然地望着那很长时间一直属于阿拔斯的理发店。天气极热，过去，他在这种时候一直是喝凉水的。但现在他却命令用人像冬天那样给他准备开水。他在格米勒大叔震耳欲聋的哭声中恐惧、担心地度过了得知阿拔斯死讯的最初时刻……

这个水泡像先前的水泡一样，也消失了。梅达格胡同带着它那健忘和对诸事冷漠的永恒美德存在着。像往常一样，早上哭过了——如果有什么可哭的话，晚上就开怀大笑，早晚之间，无非像门窗打开关上、关上又打开。在这段时期里，除了赛尼娅·阿菲菲太太坚持要把她那间布什博士入狱前住过的房子腾出来外，并没什么值得一提的事发生。格米勒大叔不得不自告奋勇将博士的家具和医疗器具搬到自己房间里。有人对此解释说，格米勒大叔不习惯孤独，他会愿意和布什博士一起住的。无人对此提出责难，相反，大家也许会认为这是一种美德，因为监狱并未降低布什博士在梅达格胡同的地位。

这些天，人们在议论乌姆·哈米黛与她疗养中的女儿取得联系的事，都说她梦想从那一大笔钱财中得到好处。不久，整个胡同的注意力突然都集中在新近搬到布什博士房间的屠夫一家身上，这个家庭由卖肉的本人、他的妻子、七个儿子和一个俊俏的姑娘组成。侯赛因说那姑娘的脸蛋美得跟新月一样。不过，当利德瓦·侯赛因先生从希贾兹各地朝觐归来的日期越来越近时，他回来的那一天就成为每个人所关心的唯一事情。这一天来临，胡同里挂起了吊灯和彩旗，路面上铺了一层沙子，全体居民都度过了一个欢乐愉快的夜晚，几天以后大家还记忆犹新。

一天，达尔维什长老见格米勒大叔正跟老理发师开玩笑，便抬眼望着咖啡馆天花板，吟道：

人只因健忘才被称作人，

他善变，是因为他没有心。

格米勒大叔听后脸色陡变，泪如泉涌。但达尔维什长老轻蔑地耸耸肩，两眼仍盯住天花板吟道：

为爱情悲伤地死去吧，
　　没有死的爱没有价值。

吟罢战栗地长叹一声：

"太太呀……你主宰一切……请宽恕……穆罕默德的家族呀，请宽恕！指安拉起誓，我要坚强地活下去，一切不都会有个尽头吗？是的，凡事都会有尽头的……它的英文名称是 end……"他把字母一个一个分开来，读成 e n d。

图书在版编目（CIP）数据

梅达格胡同/（埃及）纳吉布·马哈福兹著；郅溥浩译. -- 北京：华文出版社，2018.5
ISBN 978-7-5075-4898-3

Ⅰ.①梅… Ⅱ.①纳… ②郅… Ⅲ.①长篇小说-埃及-现代 Ⅳ.①I411.45

中国版本图书馆CIP数据核（2018）第076940号

梅达格胡同

作　　者：	〔埃及〕纳吉布·马哈福兹
译　　者：	郅溥浩
策　　划：	杨　平
责任编辑：	杨　宁　郭俊萍
特邀编辑：	田亚慧
出版发行：	华文出版社
社　　址：	北京市西城区广外大街305号8区2号楼
邮政编码：	100055
网　　址：	http://www.hwcbs.com.cn
电子信箱：	silkroadlibrary@qq.com
电　　话：	总编室 010-58336239　　发行部 010-58336267
	责任编辑 010-58336258
经　　销：	新华书店
印　　刷：	北京画中画印刷有限公司
开　　本：	710×1000　1/16
印　　张：	19.5
字　　数：	170千字
版　　次：	2018年7月第1版
印　　次：	2018年7月第1次印刷
标准书号：	ISBN 978-7-5075-4898-3
定　　价：	48.00元

版权所有，侵权必究